Walter Veltroni

L'isola e le rose

Rizzoli

ISBN 978-88-17-06083-7

Prima edizione agosto 2012

Impaginazione e redazione: PEPE *nymi – Milano*

Nel libro si citano brani di canzoni e opere letterarie: *Don Giovanni* (Panella/Battisti-Veronese, Aquilone/Numero Uno); *Cercate di abbracciare tutto il mondo come noi* (Cassia-Bardotti/Cenciarelli-Shapiro, Universal); *Homburg* (Brooker-Reid, IL); *Catch the wind* (Donovan, Pye Records); *Silvia* (Rossi-Scandolara, Borgatti); *Bocca di rosa* (De André, Universal); *Sittin' on the dock of the bay* (Cropper-Redding, Volt Records); *Se telefonando* (Costanzo-De Chiara/Morricone, Universal); *C'è tempo* (Fossati, Il Volatore/Columbia Sony Music). Pedro Salinas, *XIII*, in *La voce a te dovuta*, Einaudi 1979; Frank Schätzing, *Il mondo d'acqua*, Nord 2007; Robert Musil, *L'uomo matematico*, in *Saggi e altri scritti*, Einaudi 1995; Tonino Guerra, *Sette messaggi al Sindaco del mio paese e a tutti gli altri*, 1988; Giorgio Caproni, *Congedo del viaggiatore cerimonioso*, in *Congedo del viaggiatore cerimonioso & altre prosopopee*, Garzanti 1965; James Oppenheim, *Pane e rose*, 1911.
Le fotografie alle pp. 294-296 sono di Davide Minghini, © Biblioteca Civica Gambalunga, Rimini.

A Martina e Vittoria,
perché le parole,
la fantasia,
il pensiero degli altri
salvano il mondo.

Che gran vigilia il mondo!
Nulla era fatto.
Né materia, né numeri,
né astri, né secoli, nulla.
Non era nero il carbone
né tenera era la rosa.
Nulla era nulla, ancora.
Com'è ingenuo credere
Che fu il passato di altri
E in altro tempo, ormai
irrevocabile, sempre!
No, il passato era nostro:
e nemmeno aveva nome.
Potevamo chiamarlo
a nostro piacere: stella,
colibrì, teorema,
invece che «passato»;
togliergli il suo veleno.
Un gran vento muoveva
verso di noi miniere,
continenti, motori.
Di che, miniere? Vuote.
Erano in attesa del nostro primo desiderio,
per essere poi subito
di rame, di papaveri.
I porti, le città
galleggiavano sul mondo,
ancora senza un posto:
aspettavano che tu dicessi «Qui»,
per lanciare le navi,
le macchine, le feste.

Pedro Salinas, *La voce a te dovuta*, XIII

Oggi

Lo fa ogni volta. È come una rassicurazione, per lui. L'idea che anche lo sterminato mare abbia dei luoghi familiari, dei punti fissi. Che l'acqua non rappresenti un flusso indistinto ma consista di un insieme di tessere, come un mosaico composto da pezzi riconoscibili. Solo a saper alzare gli occhi da quel colore ingiustamente bruno, da quella enorme massa silenziosa, solo a saper trovare i punti di riferimento, guardando verso la riva che si allontana veloce. Come nella vita, che la sprechi se stai a testa bassa, che la perdi se ti accontenti dell'evidenza. Giovanni sa che il mare, anche quell'Adriatico piatto e dolente, è una creatura consapevole, capace di sedurre e di uccidere, di attirarti e di atterrirti.

Ha un'anima, il mare. Conserva e restituisce, seppellisce e disvela. Per questo, ogni volta che esce con i suoi amici per le immersioni, Giovanni, in un punto che solo lui conosce, si alza in piedi sul gozzo, sfida il vento dell'alba e getta in mare una pietra alla quale ha legato con una corda una busta impermeabile. Dentro, alcuni fogli di carta. Il suo diario del giorno precedente. Annota su quei fogli i suoi pensieri di ventenne, le sue insicurezze, le sue rabbie, i suoi amori e i suoi conflitti. A cominciare da quello con i genitori, una coppia esplosa, forse per noia o per delusione.

Sua madre è stata una promettente cantante pop, una volta ha anche partecipato a *Discoring*. A casa conserva gelosamente in un cassetto i ritagli dell'epoca, compresa la classifica di vendita dei dischi in cui compare, con il singolo *Davvero tu*, al sessantaquattresimo posto. Ha ancora il vestito di quel giorno in televisione, una minigonna nera che a Giovanni è sempre apparsa spropositata. Poi, una sequenza di delusioni e Lucia è rifluita in una scuola per ragionieri dove insegna contabilità. Spesso sembra triste e Giovanni l'ha vista più volte piangere di nascosto quando in tv sfilano ragazze carine, carine come è stata lei, anche loro in minigonna, forse destinate a un rosario di aspettative deluse e di frustrazioni simili a quelle che Lucia ha vissuto, sopportandole sempre con dignità ma con un nascosto, inconfessabile dolore. Quando si parla di spettacolo, cinema, musica o televisione, Lucia si dà un tono, di chi ne sa più degli altri perché è «del ramo». Una volta Giovanni è rientrato prima del previsto, senza che lei se ne accorgesse, e l'ha sorpresa in sala da pranzo, con indosso il vestito di *Discoring* e un mestolo come microfono. Nell'aria le note di *Davvero tu* e lei che, in uno straziante playback, cantava sopra la sua stessa voce, la voce di vent'anni prima.

La passione per le esplorazioni dei fondali gli è nata da bambino, nella vasca da bagno. È uno dei ricordi più belli che la vita gli abbia regalato. E siccome ha letto dell'esistenza di una specie di punto G della memoria, ha deciso che se riuscirà a raggiungerlo, con qualche scarica elettrica ben assestata, certamente gli restituirà quella sensazione. Anche così, a punto G silente, rammenta tutto: i pomeriggi d'autunno a giocare a pallone con gli amici, le grandi sudate, le ginocchia sbucciate, i palmi delle mani graffiati nel tentativo di arrestare la quotidiana caduta. Poi il ritorno a casa, l'espressione di rimprovero della mamma, il consueto «Guarda come ti sei conciato», il dito puntato verso il bagno.

Il resto era un meraviglioso protocollo. Giovanni che si spogliava, in bagno. La mamma che apriva i rubinetti e versava, da una bustina di plastica, un liquido magico che di lì a poco si sarebbe trasformato in una miriade di bolle al profumo di essenze inaspettate: pompelmo, tè verde, limone, menta, anice e una volta persino cioccolato. Poi lei che affondava il suo pollice sapiente nell'acqua e decretava, severa, che la temperatura andava bene. E allora Giovanni entrava in quella meraviglia calda e profumata e si immergeva fino al collo. Intanto la mamma si ritirava in cucina a preparare, almeno così Giovanni sperava, le cotolette alla milanese e le patate saltate. Se gli voleva bene avrebbe fatto quello, proprio quello.

Da quel bagno gli sembrava di dominare il mondo, a soli quattordici anni o forse tredici o dodici. Ancora ricorda la sensazione di piacere fisico, forse il primo, che quelle bollicine gli provocavano sul corpo affaticato e abraso. Ricorda i profumi che gli riempivano le narici e la testa. Ricorda la sensazione impagabile di «fine giornata» che gli procuravano quei bagni all'imbrunire. Ricorda che dalla finestra poteva vedere, spostando leggermente la tendina, la luce accendersi in una stanza del palazzo di fronte. Una volta aveva persino sorpreso la padrona di casa, una bionda procace, mentre si infilava la camicia da notte e da allora, in verità, non aveva mai smesso di gettare un occhio a quella finestra.

Ma soprattutto ricorda la radio. Era appoggiata su una credenza, quella che conteneva scatole di medicinali per ogni malattia immaginabile. Prima di entrare in acqua Giovanni sceglieva con cura la stazione. Quella che trasmetteva musica pop, perché il rock un po' lo imbarazzava. La madre seguiva la manovra con attenzione e poi gli raccomandava, una volta entrato nella vasca, di non toccare più la radio, perché l'elettricità... Sono stati quelli i momenti più belli della sua adolescenza: acqua tiepida, profumo di anice e di cotoletta, la tentazione di una luce di fronte che può accendersi, e nell'aria, a volume alto, la sua musica preferita.

Essere piccoli e grandi, insieme. Ricorda che una volta, mentre ascoltava Will Young in *Light my fire*, era entrata, spalancando la porta, la madre. Ballava sulle note di quella musica sensuale e sorrideva al figlio che la guardava sorpreso. Gli aveva sussurrato: «Questa è musica dei miei tempi, tesoro» e aveva cantato, totalmente rapita: «Come on baby light my fire, come on baby light my fire, try to set the night on fire». Solo più avanti, solo dopo aver conosciuto la musica dei Doors, Giovanni avrebbe capito, ascoltando *The end*, la ragione della strana, imbarazzante sensazione che provava, disteso nell'acqua, guardando danzare quella donna, la donna che lo aveva messo al mondo.

Poi Giovanni si immergeva. Prendeva un respiro grande e ficcava la testa sotto le bollicine. Si divertiva a contare quanti secondi riusciva a resistere. Era un rito, una sfida, una prova. E, piano piano, si era anche abituato a tenere gli occhi aperti. Poco importava che poi bruciassero un po', avrebbe afferrato l'asciugamano e se lo sarebbe passato sul viso. Per completare l'incanto gettava in acqua alcuni piccoli oggetti, spesso dei pupazzetti Playmobil del fratello, per poi poterli ritrovare. Si sentiva proprio come uno di quei fantastici sommozzatori che aveva visto con emozione nella sequenza iniziale di *Titanic.*

Così è cominciata la sua passione. E da due anni, finita la scuola, ha preso a frequentare i sub di Rimini. Un gruppo di giovani esuberanti che amano la vita, la spiaggia, le turiste, il mare, il cazzeggio no limits e che fanno delle esplorazioni del mare un gioco per *épater* le signore senza marito che, arrivate dalla Germania o dalla Russia, rimangono colpite dai preparativi per le immersioni, con grande ostentazione di vistose mute e pesanti respiratori.

Le signore non necessariamente devono sapere che le acque dell'Adriatico – non siamo alle Maldive – difficilmente ospitano pesci meravigliosi come l'Acanthurus leucosternon o lo Pseudanthias evansi e che i fondali di Rimini non sono ricchi, a differenza di quelli del mar Rosso, di coralli spettacolari come l'Acropora o la Meandrina. I ragazzi partono, allegri e concentrati, con l'aria di dover affrontare squali pericolosi o reef misteriosi. Lasciano sulla spiaggia una scia di attesa e di leggerezza, di fascino e di mistero. E sulla barca a motore, poco lontani dalla riva, si guardano sornioni.

In realtà sono seri, professionali. La loro è una vera passione, anche se si sentono un po' come la nazionale di bob a quattro della Giamaica. Sanno tutto del mare e delle tecniche di immersione e di esplorazione dei fondali marini. Ma devono applicare la loro competenza all'Adriatico. Per questo si considerano più archeologi che sommozzatori. Più che pesci multicolori, cercano reperti di navi affondate nella Seconda guerra mondiale e, chissà, forse anche prima. Una volta, esplorando un peschereccio andato a picco negli anni Cinquanta, hanno riportato a galla una bottiglia vuota di Ferro-China Bisleri e recuperato le reti strappate da pesci vendicativi.

A bordo, mentre la barca si avvicina al punto che di volta in volta il responsabile indica con sicurezza come una zona di ritrovamenti, Giovanni tace. Si sente un po' come Jean-Louis Trintignant nel *Sorpasso*. Timido e introverso in una compagnia di tiratardi che spesso, come quella mattina, congiungono la notte al giorno e usano l'immersione come una specie di grande doccia collettiva, un modo per svegliarsi dopo notti intere di bagordi, di alcol e di sesso consumato, in mezzo alla spiacevole sabbia, con persone delle quali, nei racconti esagerati del giorno dopo, si fatica a ricordare il nome. È quello il tema preferito delle traversate, quando la riva si fa sempre più lontana e le sagome dei bagnanti diventano sempre più piccole, fino a dissolversi.

Giovanni si siede d'abitudine a poppa e i suoi occhi inquadrano, sullo sfondo del mare, l'unica ragazza della compagnia. Anzi, ne è consapevole, l'unica donna della compagnia. Perché Francesca non è certo una sua coetanea. Potrebbe essere sua madre. Avrà più del doppio dei suoi anni, lui venti, lei quasi cinquanta. È affascinante, lineamenti non perfetti, ma occhi verdi e capelli neri, un fisico da atleta non esagerato, lo sguardo intenso e sensuale, ma allo stesso tempo tenero. E dopo aver ascoltato Jim Morrison cantare in *The end*: «Father?», «Yes, son?», «I want to kill you; Mother, I want to...», si è imbattuto nel complesso di Edipo, dando così una compiuta spiegazione alla sua propensione a innamorarsi di donne più grandi di lui.

Francesca si è accorta di piacere a quel ragazzo. Anche lui le piace, con quel volto incantevole e quel ciuffo di capelli che ricorda Mark Frechette, l'affascinante protagonista di *Zabriskie Point* di cui lei si era perdutamente innamorata da ragazza. Quel film le aveva trasmesso due cose: una incomprimibile voglia di libertà e la sensazione di un'imminente, possibile, deflagrazione del nostro modo di vivere e di essere. Così il mare era diventato, per lei, quello che la Death Valley era per Daria e Mark, i protagonisti del film, e per gli attori del Living Theatre: il regno della libertà, il trionfo del corpo e della natura, la dissoluzione di convenzioni e regole fisse. E la villa che, nel finale del film, esplode al rallentatore rappresentava per lei l'annuncio della fragilità del mondo delle cose.

La prima volta che Francesca ha visto Giovanni è stato a bordo della barca. Lei era arrivata con un gommone, per la sua prima immersione. Lui invece stava risalendo. Quando il ragazzo si è tolto la muta e ha staccato il respiratore, Francesca ha pensato che, ancora una volta, realtà e fantasia si stessero confondendo. Quel ragazzo sembrava il gemello o la reincarnazione di Mark. Non ha pensato, in verità: «Potrebbe essere mio figlio», ha pensato invece che da tutta la vita inseguiva quel volto, quel corpo giovane e asciutto, quei capelli che volano al vento. Si è vergognata di quella idea e si è buttata in acqua, come per purificarsi e cancellare dai suoi occhi quello sguardo che temeva il ragazzo avesse colto e compreso.

L'acqua. È il suo elemento naturale. Il luogo dell'universo in cui si sente più a suo agio. Libera, felice. Senza che nessuno la giudichi, senza rumori che non ha scelto né cercato, senza l'ossessione del tempo e dello spazio. Il mondo senza confini, fisici e temporali. E poi la sorpresa, l'ignoto, la percezione del proprio respiro come promemoria del valore di ogni istante della vita. Insomma: il ventre materno, l'origine del mondo, la libertà. Il mare e gli oceani non sono sempre esistiti. Sono nati dopo che tante cose erano già avvenute, nel grande sommovimento di materia che ha dato origine all'universo. Quel tempo remoto che ha descritto meravigliosamente Frank Schätzing in *Il mondo d'acqua*, un libro di cui Francesca potrebbe citare a memoria lunghi brani.

«Comincia a piovere. A essere sinceri, non si può semplicemente dire che piove. Diluvia proprio. Nessuna emittente televisiva oserebbe trasmettere un simile bollettino meteorologico. Quella pioggia ha una temperatura di 300° C, la temperatura in cui l'acqua si condensa quando la pressione corrisponde a 100 atmosfere. Continua a piovere per millenni, un vero e proprio tempaccio da cani. Tutta l'acqua dell'atmosfera si riversa sulla Terra.

«Un miliardo e mezzo di milioni di tonnellate. Dopo la prima grande precipitazione, la Terra si raffredda, si formano le nuvole, cade altra pioggia. E poi ancora nuvole.

E pioggia. Nuvole. Pioggia. Giorno dopo giorno, anno dopo anno. Per milioni di anni.»

E ora in quel prodigio, frutto della sapienza dell'universo, Francesca si sente come sul divano di casa. Anche i pesci sembrano sorriderle quando scende, muta nera e bombola rossa, a perlustrare quei fondali senza troppe sorprese. Ma lei non cerca nulla, né galeoni affondati né sottomarini squarciati, non le interessa quello che l'uomo ha lasciato nel mare, che anzi considera una violazione, uno stupro involontario del sacro equilibrio di quel luogo. Le interessa il mare. Per lei è fine, non mezzo. Vuole che quell'acqua l'avvolga, la carezzi, la culli.

Giovanni sa che tra i suoi amici di escursione circola una leggenda che forse non è una leggenda. Narrant che una mattina Francesca fosse arrivata in ritardo all'appuntamento in spiaggia con gli altri. E che, constatato che la barca con i subacquei era già partita, si fosse rivolta a un suo amico col gommone, un gommone rosso, per farsi portare al largo. Tradunt che durante la traversata Francesca avesse meticolosamente indossato sopra il costume la muta nera e preparato il respiratore e la bombola di ossigeno. Dicunt che a un certo punto Francesca avesse sussurrato al suo amico di fermarsi. Erano ben lontani dalla riva, intorno non c'era nessuno. Francesca era rimasta un po' in silenzio, ferma a fissare un punto preciso dell'acqua, e poi aveva chiesto al suo amico di girarsi un momento. Dopo qualche istante lui aveva sentito il rumore di un tuffo e si era voltato. Di Francesca erano rimasti, sul fondo del gommone, la muta e la bombola, il respiratore e il bikini.

Da allora Giovanni ha pensato a mille modi per restare solo su una qualsiasi imbarcazione con Francesca. Ma lei non è mai più arrivata in ritardo. E lui ha provato una insopportabile invidia per i pesci fortunati che quel giorno si erano trovati a passare dalle parti di un gommone rosso al largo di Rimini, Adriatico, Italia.

Settembre a Rimini è bellissimo. Meno gente sulla spiaggia e nei viali, e nell'aria quella sensazione un po' malinconica e un po' febbrile della stagione che sta per finire. Qualche stabilimento chiude gli ombrelloni dell'ultima fila e i commercianti cominciano a fare i conti, lamentando un calo, come sempre. Forse è il 15, o giù di lì, quando Giorgio, il leader indiscusso del gruppo, annuncia via sms che il lunedì mattina, presto, sarebbe partita una missione di esplorazione al largo. Stavolta, scrive, voglio andare davvero lontano, in mare aperto.

Quella mattina, forse perché non è un giorno festivo, sono in pochi. Quattro, per la precisione. Anzi cinque, perché Francesca arriva trafelata proprio quando Giovanni sta per dire che l'avrebbe aspettata lui, visto che ha confermato la sua presenza, e li avrebbero poi raggiunti con un gommone preso a nolo.

Si siedono in fondo alla barca e lui le offre del caffè dal thermos. Non sono neanche le otto e la giornata si annuncia lunga. Lei è affannata e scarmigliata, ma a Giovanni sembra ancora più bella. Come se la vedesse al risveglio, come se non fossero in mezzo al mare ma in una stanza con la luce che filtra dalle tapparelle e illumina quel volto sensuale e quel corpo da sogno. Come se, in quel caffè, ci fosse qualcosa di intimo. Come se lei stesse aprendo gli occhi e lo stesse cercando, con la mano, nel letto. Senza trovarlo, perché lui è in cucina a prepararle questo meraviglioso espresso. Il migliore dai tempi di Omar, un uomo che nel Quattrocento fu condannato a morire di fame ed espulso da una città dello Yemen. La leggenda dice che Omar ebbe una visione e mangiò le bacche di un albero da caffè che lo fecero restare in vita. Quando tornò nella sua città tutti lessero nella sua imprevista sopravvivenza un segno divino e l'indicazione chiara che Omar dovesse diffondere urbi et orbi le virtù della magica bevanda. La città yemenita si chiamava Mocha e, a giudicare dai risultati, il povero Omar ha fatto proprio un buon lavoro.

Giorgio è al timone della barca e ha lo sguardo rassicurante e intrepido di chi sa riconoscere, nell'uniformità del mare, una rotta, un punto di arrivo, un destino. Gli altri due, un muscoloso assistente bagnanti dello stabilimento «Aldo» e un professore universitario male in arnese ma metodico e determinato, stanno preparando l'equipaggiamento per l'immersione, che questa volta, a giudicare dai propositi bellicosi del comandante, sarà particolarmente laboriosa e affascinante.

Nei momenti in cui si sono incrociati, in quelle uscite in mare, seduti a fianco per brevi istanti, Giovanni e Francesca finora sono riusciti a scambiarsi solo poche informazioni personali: Che fai? Studi, cosa? Lavori, dove? In che zona vivi? Dove andavi a scuola? Vuoi darmi il cellulare? Ti trovo su Facebook? Usi Twitter?

«Perché vieni qui?» gli chiede quel giorno Francesca.

Tiene ancora in mano il bicchiere di plastica e sembra ipnotizzata dal liquido nero che ondeggia alla base. Non sposta gli occhi su di lui e allora anche Giovanni recupera il suo sguardo da quel fondo di caffè e, con dignitoso distacco, resta a fissare un punto indefinibile dell'orizzonte. Già, perché è lì?

«Non lo so, Francesca.» E si rende conto che pronunciare quel nome, in quel modo, in quella frase, gli conferisce improvvisamente un'autorità particolare, come se parlassero da pari a pari, come se quasi trent'anni di differenza fossero annullati in un momento da nove lettere. Però si rende conto che quella frase non basta, che se lei si chiede una cosa così è perché si aspetta una risposta vera.

«Forse perché il mare è grande e la mia vita mi sembra piccola.»

Francesca lo guarda e gli dice, dura: «Lo sai che vi trovo abbastanza insopportabili?».

«Vi, chi?»

«Voi, vi lamentate di tutto. Siete sempre depressi e sfiduciati, angosciati e isterici. Ma siete anche leggeri. È come se il mondo non vi riguardasse. Come se lo vedeste su YouTube. Scuotete la testa e il mondo al massimo volete maledirlo, non cambiarlo.»

«Eccoci qua, ci mancava. Voi invece volevate cambiarlo. Bel capolavoro avete fatto. Ti chiedi come mai siamo sfiduciati, tristi, disimpegnati? Be', ci avete tolto tutto e pretendete anche che siamo allegri! Siamo disoccupati cronici o potenziali. Avete costruito un mondo in cui le persone vivono con lo specchio in mano, guardando se stesse e parlando di se stesse. È colpa nostra? Tutto è frettoloso, come se al mattino, ogni mattino, si aprissero i recinti e milioni di bufali cominciassero a correre.

Ma non sono bufali felici. Perché non sanno dove vanno, dove devono andare, dove possono andare. Corrono perché non sanno cosa altro fare. Corrono perché lo fanno gli altri. Corrono perché non sanno stare fermi e hanno paura dei loro pensieri. Voi che ci date lezioni ci avete depredato. Ci avete tolto tutto: dall'illusione della ricchezza facile alla fiducia in una società migliore, più giusta. Avete divorato tutto e ora ci sputate addosso i semi. E vi lamentate se non siamo zingari felici. Ci avete portato nel deserto, ve ne siete andati con la riserva d'acqua e siete indignati perché non sentite il suono, per voi rassicurante, delle nostre risate?»

«Prendi un metro e misura la tua vita. È più lunga, in verticale e in orizzontale. Tu vivrai più di tutti quelli che ti hanno preceduto sulla terra e sei in un reticolo di rapporti e conoscenze che i nostri nonni, con le baionette in mano e le loro lettere scritte dal fronte a una donna che stava in una casa senza acqua corrente, non avevano certo. Sei il più potente uomo della storia. Quando ti viene voglia di lamentarti, pensa che ti stanno guardando uno schiavo che aspetta il combattimento nel Colosseo, un malato di peste, un soldato al fronte, un nero in carcere in Sudafrica. Se ci pensi capirai due cose: che noi siamo stati meno inutili di quanto pensi e che la tua vita è migliore di quello che senti. Misurala.»

«La vita non si misura. Non ha solo quantità. Trovami un rilevatore di qualità, di speranza, di fiducia, di solidarietà. E vedrai che è per questo che i bufali hanno gli occhi tristi.»

«È comodo essere rassegnati. Come è facile essere indifferenti. La vita è meravigliosa. Perché non è perfetta e perché la si può cambiare. Scuotiti, perdio.»

Si ferma un attimo, come se si fosse resa conto del tono con cui sta parlando a quel ragazzo che l'ascolta sorpreso. Addolcisce la voce, torna a scoprire i denti bianchi e conclude: «E anche il tuo sorriso è meraviglioso. Non regalarlo solo ai pesci, non lo saprebbero ricambiare».

Giovanni resta interdetto, l'addolcimento finale non ha cancellato la sgradevolezza delle parole di Francesca e la loro inaspettata brutalità. Consulta se stesso per decidere dove portare la sua reazione. Si chiede, in un lampo, che effetto avrebbero un sorriso tenero e una spiegazione dolce. Poi decide, in un tuono, il contrario. Ha vent'anni ma ha ragione. E la loro distanza di età, qualche decina di Festival di Sanremo e sette campionati mondiali di calcio e sette Olimpiadi, non gli impedisce di rispondere a quell'attacco con un dignitoso e offeso silenzio.

Si ravvia il ciuffo. È l'unico segno che tradisce la sua tensione, Francesca ne è consapevole ma insieme non smette di ammirare la bellezza di quel volto. È attratta da lui e forse per questo, forse solo per questo, lo ha maltrattato, esageratamente.

Allora Francesca i suoi occhi li parcheggia nel luogo più comodo e rassicurante che in quel momento abbia a disposizione: l'infinito.

Giorgio arresta la barca, dopo aver dato allo striminzito equipaggio un messaggio imperativo e rassicurante: «Ci fermiamo qui». Tutti sanno che non c'è nessuna differenza tra qui e lì, in quel punto o tre miglia più avanti, ma nessuno vuole deludere il capitano che, guidato da un imperscrutabile senso del destino, ha calato l'ancora in quell'angolo di mare.

Tutte quelle parole hanno stancato e imbarazzato Giovanni. Non sa come potrebbe continuare la conversazione con Francesca.

Si chiede se abbiano litigato e il solo porsi questa domanda gli piace enormemente. Gli dà l'idea, che fino a quella mattina non lo avrebbe mai sfiorato, che tra di loro ci sia un legame forte e vero. Tanto da prevedere la più sanguigna e intensa delle relazioni, il conflitto. Però la vuole piantare lì. E gli sembra anche di aver assestato un bel colpo e di essersi messo dalla parte della vittima, lasciando a Francesca un sonoro senso di colpa, qualcosa a cui avrebbe avuto il dovere di riparare.

Mentre si sistema il respiratore e infila le pinne, pensa che ci vuole qualcosa che spezzi, qualcosa di teatrale, qualcosa come un calo di sipario, una dissolvenza. Batterebbe, compiaciuto, le mani a se stesso, in volo, mentre si protende verso l'alto per poi piombare nell'acqua con uno scroscio fragoroso. Un tuffo, e l'acqua a separare.

Un colpo da maestro, pensa. Ma un'ombra lo distrae dalla contemplazione della sua grandezza. Anche lei ora è sott'acqua, senza l'attrezzatura. Solo lei, come quel giorno, nella leggenda. Ma col bikini. Fa per raggiungerlo, mentre lui nuota verso il basso. Ma lui accelera, in coerenza con il ruolo dell'offeso. A Francesca manca l'aria e sospende l'inseguimento. O si ferma perché ha giudicato altezzoso il comportamento di quel ragazzino suscettibile?

È il dubbio che folgora Giovanni mentre scende in fondo a quel punto melmoso del mar Adriatico. Prima di tuffarsi ha fatto in tempo a sentire Giorgio che forniva le coordinate della lunga traversata: «Siamo a sei miglia dalla costa». Quale che sia la ragione dell'abbandono di Francesca, Giovanni non può dare l'impressione di essere tanto fragile da ripensarci e tornare indietro. Se ne occuperà dopo.

Mentre scende si guarda intorno. I suoi compagni di esplorazione hanno preso altre direzioni e lui non li vede più. Il fondo della barca farà da riferimento e il mare è talmente calmo da non suscitare preoccupazione. Vede banchi di sardine e di tonni rossi, che non si sa perché si chiamino così visto che sono azzurri. Pensa ai racconti degli amici sub, che descrivono i mari esotici come l'Eden, il luogo dell'arcobaleno permanente. Le acque trasparenti sulla sabbia tanto bianca da accecare, la barriera corallina, i pesci dai colori splendenti, addirittura fosforescenti. Non questo grigio che tende al marrone, non questi pesci invernali che sembrano indossare loden da anziani signori.

Eppure il suo sguardo è richiamato da un lampo di colore, un lampo di rosso. Pensa di averlo sognato, pensa a un pesce «immigrato» che ha perso la strada. L'acqua non è nitida e non può essere un riflesso del sole, ora alto nel cielo romagnolo. Dà un colpo di reni e muove più velocemente le pinne per avvicinarsi a quel colore scandaloso lì sotto.

Ora che si avvicina si rende conto che la macchia è immobile. Non è un pesce, è un oggetto. E il rosso non è rosso, ma un arancione sbiadito, come consumato. Giovanni si sistema meglio la maschera e fa girare lo sguardo alla ricerca di qualcuno con cui condividere la scoperta. Nessuno, né vicino né più in alto. Allora scende ancora un po', fino a raggiungere il fondo. Si accosta a quell'oggetto, coperto di alghe e di licheni. Tenta di togliere un po' dei depositi che sembrano imprigionarlo e lo tocca. Si rende conto che è uno di quei contenitori frigorifero portatili che si usavano un tempo. Quelli a chiusura ermetica, tanto ermetica – una volta le cose venivano fatte bene – che ha resistito in fondo al mare per chissà quanto tempo. Riesce a prendere l'oggetto e a risalire, lentamente, portandolo sotto un braccio. Arrivato in superficie, cerca di vedere se qualcuno è rimasto a bordo della barca. Non c'è nessuno, si scorge in lontananza la canna del boccaglio di uno, forse il professore, che prudentemente si è fermato sulla linea dell'acqua.

È in quel momento che Giovanni decide di non dire a nessuno del ritrovamento. Risale a bordo dopo aver issato l'oggetto e lo nasconde sotto il sedile, coprendolo con la muta che si è prontamente tolto. Si bagna con la doccia portatile e si mette comodo, come nulla fosse. Prende un'arancia e comincia a sbucciarla con le mani, piano. Guarda lontano, con il cuore che batte forte. È contento di avere un segreto e di non volerlo condividere. Sarebbe poco poetico aprire quello scrigno in modo così ovvio, con il bagnino di «Aldo», il professore scricchiolante e quel simpatico fanfarone convinto di essere il capitano Achab. Se ci fosse solo Francesca prenderebbe in considerazione l'ipotesi di rivelarle la scoperta. Ma con lei «è litigato» e, semmai, potrebbe essere un buon motivo per un incontro a due, in terraferma.

Aver preso l'impegno a rigovernare la barca gli consente di restare da solo e di vedere tutti allontanarsi. Francesca, enigmaticamente muta per l'intero viaggio di ritorno, scende per prima, come se fuggisse. Gli sibila un «ciao» che assomiglia a un ghiacciolo e poi, mentre si allontana lungo la banchina, si volta e lancia uno sguardo indifferente verso la barca.

È quasi l'ora di pranzo e Giovanni si affretta. Prende la borsa frigorifera e la tiene avvolta nella muta, tante volte incontrasse qualcuno. La sua casa è poco lontano dal lungomare Murri, un piccolo portone al numero 4 di via Otto e Mezzo. Su questi numeri la sua fantasia ha giocato, fin da quando era piccolo. Già il fatto di abitare in una strada che non avesse il nome di un luogo o di un personaggio storico ma quello di un film gli era sempre sembrato bizzarro, poi che il suo civico fosse il «mezzo» di otto indicava una certa magia, una predestinazione.

Fellini è per lui, come per molti riminesi, un amico di famiglia, un parente fortunato e geniale, uno che è andato in

«America», a Cinecittà, ed è tornato ricco e famoso. Fellini è in ogni angolo di quella città sorridente e misteriosa.

Giovanni ha visto tutti i suoi film, più volte. Fin da bambino il padre, un fan scatenato del maestro, gli ha fatto penetrare i confini di quel regno magico. Felliniland è stato il suo parco giochi personale. E Rimini, la città reale dove è andato ogni giorno a passeggiare e a vivere, è la dimostrazione che la fantasia e la memoria non sono immateriali, ma si nutrono di mattoni e di strette di mano, di monumenti logorati dal tempo e di seni gagliardi di donne anche brutte.

Il padre di Giovanni ha lasciato la loro casa da cinque anni. Né lui né Vittorio, il suo fratello più piccolo, ricordano un giorno senza baruffe dei genitori, urla, qualche volta piatti che volavano e bicchieri infranti contro il muro. Solo negli ultimi tempi, prima che si separassero, era subentrata una certa calma. Giovanni aveva capito però che quei silenzi erano peggio delle grida, che quell'indifferenza alla vita dell'altro era una specie di muro invisibile. Una volta, mentre guardavano tutti insieme la televisione, aveva notato che la madre per sbaglio, rannicchiando le gambe, aveva sfiorato quelle del marito. Che si era ritratto bruscamente, come se lo avesse toccato una biscia o la bava di una lumaca. Quel giorno Giovanni aveva capito che i suoi genitori si odiavano, si rifiutavano, si respingevano.

Il padre è un tipo strano. Fa il commercialista ma, come per reazione alla monotonia arida delle cifre e delle leggi, ha sviluppato una dimensione creativa, fantastica, sognante. È un meraviglioso raccontatore, inventa storie che non si capisce se siano fatte della materia della fantasia o di quella del ricordo. I figli, da piccoli, sceglievano, confabulando tra loro, quella che avrebbero preferito ascoltare prima di dormire. Esisteva un invisibile catalogo al quale attingere. Un repertorio di storie, per lo più riminesi, ricco di ogni genere narrativo. C'erano mostri spaventosi e fiabe rassicuranti, angoli riconoscibili della città e mondi misteriosi. Il signor Alfredo sapeva descrivere in maniera lieve e sognante vicende paurose. Era un Walt Disney della Riviera romagnola.

Giovanni e Vittorio ancora ricordano che erano proprio loro a sollecitare i racconti più terrificanti e a chiedere al padre di non farsi pregare per raccontare quella di Cagliostro o quella dei cannibali. Lui faceva finta di resistere, chiudeva la porta, perché sapeva che la moglie avrebbe protestato per l'efferatezza di quelle storie, e cominciava. In quei momenti era come se si saldasse un patto segreto di complicità tra un padre e quei due bambini che si stringevano tra loro, abbracciandosi forte a ognuno dei passaggi più raccapriccianti di racconti che, peraltro, conoscevano ormai a memoria.

Uno dei loro preferiti era quello su San Giovanni Marignano, un comune ai confini con Cattolica, già dichiaratamente misterioso per la tradizione della Festa delle Streghe che si celebra, ancora oggi, a giugno. Lì, nel 1944, sembra che i cittadini avessero mangiato un soldato delle SS in ritirata. Tanto che gli abitanti, poco più di novemila anime, vengono tuttora chiamati dai vicini «Magna al tudèsch». Ora, spiegava Alfredo ai figli, i nazisti ne avevano fatte proprio tante ed erano le peggiori persone dell'universo, ma farli a pezzetti e mandarli giù con il Sangiovese non era carino.

Infatti si pensa che la storia sia solo una diceria. Che, però, ha dei precedenti. Si tramanda che nel 1859 i marignanesi si fossero ingurgitati un soldato austriaco. E lo storico Procopio di Cesarea racconta che molto prima, nel 539, mentre Goti e Bizantini se le davano di santa ragione e la carestia dilagava in Italia, «in un villaggio oltre Rimini» ci fossero due donne che uccidevano nel sonno e poi mangiavano gli stranieri che chiedevano ospitalità per la notte.

«Insomma,» concludeva Alfredo, avvicinandosi all'interruttore della luce, «sono leggende, che ritornano e si arricchiscono negli anni. Nessuno ha mangiato nessuno, ma tutti hanno inventato e diffuso queste storie fantastiche. Perché l'immaginazione è l'unico stomaco che non si riempie mai, per fortuna. Buonanotte, ragazzi.»

Se ne andò, in silenzio, una domenica all'alba. Non fece valigie, forse gli sembrava una volgarità. Prese il necessario, lasciò una lettera che Giovanni non ha mai avuto il coraggio di chiedere alla mamma di leggere e chiuse la porta dietro di sé. Loro due e la signora Lucia si svegliarono perché sentirono una musica venire dal salotto. Era la canzone che, lo ricordavano sempre nei momenti sereni, veniva diffusa negli anni Ottanta dall'amplificazione del luna park di Rimini. Il luogo in cui si erano conosciuti, una notte d'estate di quasi trent'anni prima, la loro mamma e il loro papà.

Era la loro canzone e ora risuonava nella stanza vuota. L'aveva fatta partire lui, spingendo dalla strada il telecomando, prima di salire in macchina e allontanarsi. Non si capiva, almeno Giovanni non capiva, se fosse un gesto di estrema cattiveria o un segno di residuo amore. La famiglia si affacciò alla finestra e videro, tutti insieme, la macchina partire. Sul divano quella busta: «Per Lucia». Capirono, non era difficile. Giovanni ricorda come una sensazione di capogiro, come se quella stanza, improvvisamente sconosciuta e vuota, avesse cominciato a ruotare. Nell'aria la voce di Lucio Battisti: «Non penso quindi tu sei, questo mi conquista. L'artista non sono io...».

Quella sera Giovanni si mise nel letto con il fratello, che allora aveva nove anni. Quella sera nessuno chiuse la porta, quella sera nessuno raccontò le storie dei cannibali. Giovanni spense la luce. Poi, nel buio, sussurrò a Vittorio: «La sai quella dell'invasione delle bisce a Gambettola?». E, stringendolo a sé, gli descrisse, attingendo a un antico e un po' dimenticato racconto paterno, la storia di don Claudio, il prete che, nel Seicento, fece bonificare una intercapedine della chiesa che era piena di migliaia di serpenti. Fu chiamato un «ciurmadore», una specie di stregone che combatté per ore con quel groviglio di rettili impazziti, che si mangiavano l'un con l'altro. Giovanni non ricordava come finisse la storia e allora inventò l'arrivo di un folletto che, con una formula magica, trasformò quell'orrore in un magnifico campo di girasoli. Vittorio si addormentò, appoggiato al torace del fratello. E Giovanni capì, quella sera, di essere diventato grande. E cominciò a piangere. A piangere come un bambino.

Appoggia la borsa frigorifera sul letto della sua stanza. La mamma è al lavoro e Vittorio a scuola. È l'ora di pranzo ma l'arancia lo ha saziato. Fa la doccia e quando esce gli sembra che, a contatto con l'aria, la borsa abbia ripreso improvvisamente colore. Ora l'arancione sbiadito è diventato di nuovo rosso e il raggio di sole che colpisce la serratura viene riflesso con giovanile baldanza da quel metallo che, per un tempo incalcolabile, ha convissuto solo con il buio della profondità. Sembra rida, quella chiusura ermetica, al cospetto della vita e della luce.

Si asciuga la testa con il cappuccio dell'accappatoio e il viso con un asciugamano. Accende il computer e, senza guardare la posta, cerca iTunes. Nella libreria seleziona la musica jazz di Fabrizio Bosso e fa scorrere la barretta azzurra fino al brano che lo commuove di più. È una rivisitazione, con lo struggimento che il suono dolente di una tromba può provocare, della colonna sonora di *Amarcord*. Vuole essere in tema: quella città, quella strada, quella strana magia di un oggetto venuto da lontano.

Si avvicina lentamente, fa volare l'asciugamano su una sedia e si siede a fianco del contenitore ora luccicante. Cerca di aprirlo, ma non ci riesce subito. Prende un coltello in cucina e, nonostante gli sembri di commettere una violenza, forza la serratura. Quando i due pezzi finalmente si separano, lascia passare un secondo, prima di aprire. Lo prende una strana emozione, si sente esploratore e ladro, medium e voyeur. È curioso e timoroso. Se ci fosse una biscia di quelle di don Claudio? O i resti sbocconcellati di un Ostrogoto?

In quell'istante Indiana Jones e Fellini si mescolano e Giovanni si ricorda in un lampo di aver letto della visita che il giovane Spielberg aveva fatto al maestro al ristorante Cesarina: «Ho incontrato un giovane regista americano, che è venuto a trovarmi qui a Roma, non ricordo il suo nome, ma so che ha appena fatto un film televisivo intitolato *Duel*» aveva scritto a Paul Mazursky. Chi era presente racconta che Spielberg non faceva altro che scattare foto dell'incontro e che quelle immagini tappezzano oggi il suo ufficio a Los Angeles. A Giovanni l'idea che l'inventore della Gradisca e quello di E.T. si fossero stretti la mano ha sempre messo allegria.

Con la stessa delicatezza con cui Indiana toglieva l'arca dal «pozzo delle anime» o l'Avvocato di *Amarcord* faceva depositare sul palmo della mano le «manine» che dal cielo annunciano la primavera riminese, Giovanni alza piano piano la parte superiore della borsa frigorifera.

Ne scaturisce un inconfondibile odore di mare. Ma odore di mare recluso, un odore sconosciuto. Si alza un pulviscolo che la luce del sole colora di arcobaleno. Quando questo tripudio di tempo liberato finisce, Giovanni guarda l'interno. C'è un mucchio di dischi a quarantacinque giri, perfettamente conservati, disegni stampati, un libro di García Márquez con un'orecchietta al bordo di una pagina, dei tappi di Coca-Cola, un microfono che sembra uno di quelli dei film anni Sessanta, un berretto blu stinto e una bandierina scolorita, una di quelle triangolari. E poi francobolli e documenti in una cartella di cartone.

È la prima cosa che il ragazzo estrae, con delicatezza, e posa sul suo letto. Dentro trova alcune carte ingiallite, scritte in una strana lingua. Intanto un occhio va alla pila di dischi sul fondo del contenitore e registra mentalmente un titolo, *Ricordo quando ero bambino*. Le carte che ora Giovanni rigira con cura tra le mani hanno una strana intestazione. Ecco, finalmente si distingue il marchio che sovrasta i fogli, densi di parole sconosciute. È una scritta allegra, con i caratteri tipografici dell'epoca hippie. La stessa che campeggia sulla bandierina variopinta, ma totalmente incomprensibile, almeno per il ventenne Giovanni. Che diavolo vorrà dire «Insulo de la Rozoj»?

Giovanni ha consultato con attenzione Google Street View. Gli piace enormemente girare per la sua città a bordo del mouse. Un clic e si va veloce contromano, si viola il codice della strada pagina per pagina, senza rischiare tibia e perone. Un clic e, senza fatica né tempo perso, si può girare e «vedere» anche gli angoli più remoti e sconosciuti.

Con Google era andato in tutto il mondo, aveva girato per i giardini botanici del Sudafrica e visto, con la webcam, sorgere il sole e cominciare la vita a Kuala Lumpur. Ora Giovanni deve andare a pochi passi da casa sua, nella sua città. Sposta il mouse verso il numero 11 di via Ferdinando Succi, l'indirizzo che cerca. Eppure prima di portare lì i suoi occhi e il suo corpo vuole vedere e capire. Per questo punta l'occhio del programma sul piccolo portone, all'esterno del quale è appoggiata, come in un quadro, una solitaria bicicletta azzurra.

Quando poi la vede sul serio gli viene voglia, chissà perché, di toccarla. Come per dimostrare a se stesso che è reale.

Il portone è aperto e lui, prima di salire, controlla sul citofono che il nome corrisponda a quello che sta cercando. Lo trova subito, su un piccolo adesivo di plastica un po' consunto, di quelli fatti con le etichettatrici Dymo. Sale le scale della palazzina, apre una porta a vetri. Sulla parte superiore una scritta in caratteri Bodoni bianchi su superficie di plastica verde recita solenne: Federazione Esperantista italiana, sede di Rimini. Sotto, più piccola, c'è un'altra scritta fatta con la antica Dymo che un po' contrasta, nella sua vetustà, con il contenuto: IEJ Gioventù Esperantista italiana, sede di Rimini.

Giovanni procede a passi lievi, nello stretto corridoio del piccolo appartamento. È talmente attento a non far rumore, come fosse in chiesa, che se avesse un cappello di certo lo toglierebbe. Sente alcune voci provenire dalla stanza in fondo. Distingue una voce di ragazza. Arriva, scoprendosi teso, all'uscio e si ferma. È un attimo. Lui percepisce, in un unico sguardo: che una ragazza carina, ma sex appeal zero, sta parlando in piedi davanti a una lavagna; che in sala ci sono cinque persone, una delle quali, la più anziana, dorme con le spalle appoggiate al muro e la sedia appoggiata solo sulle gambe posteriori, un miracolo di equilibrismo; che i quattro svegli, facce da bravi ragazzi, si girano tutti nello stesso istante, come se qualcuno li avesse chiamati, a guardare il nuovo arrivato. E registra che anche la «maestra» ha smesso di pronunciare parole strane e lo fissa, interrogativa.

In quel silenzio Giovanni sa di dover dire qualcosa, non sa cosa.

«Ah, be', buongiorno. Non vi preoccupate di me, continuate pure. Volevo parlare con un responsabile, aspetto che finiate» dice con un sorriso del quale avverte, neanche avesse avuto uno specchio, il carattere totalmente ebete.

La rottura dell'equilibrio delle voci nella sala provoca nel maturo equilibrista un devastante scossone e Giovanni si rende conto improvvisamente che il primo effetto del suo ingresso in quella comunità è una probabile sublussazione della spalla destra dell'esperantista d'antan che ora giace, lamentandosi, ai suoi piedi.

«Mi dispiace, spero non sia stata colpa mia» sussurra Giovanni mentre due dei giovani si offrono di accompagnare a casa l'uomo sofferente. La ragazza dice a una coppia di sposini o di fidanzati che è rimasta seduta, nella sala ormai vuota: «Grazie, finiamo qui. Ci vediamo la settimana prossima». I due prendono un libro e un quaderno che avevano appoggiato sul piano ribaltabile delle loro sedie anni Ottanta e si allontanano salutando ossequiosamente l'insegnante, intenta a recuperare dispense e fogli, e Giovanni che, uscendo, squadrano da capo a piedi. Lei si volta verso il nuovo arrivato e sembra vederlo per la prima volta: «Buongiorno, posso esserti utile in qualcosa?».

Anche Giovanni ora la vede meglio. Anzi, la guarda meglio. Vero, sex appeal zero, ma un volto da sogno, un corpo sottile e vestiti scelti per scoraggiare subito qualunque tipo di pensiero e trasmettere l'idea che del look a lei non importa nulla, che nella vita c'è molto altro, e che in una persona, in una donna, conta la testa e non le misure. Una missionaria laica, una professoressa con gli occhialini sul piccolo naso, una dirigente del Pci degli anni Sessanta: tre generi femminili che Giovanni ha incontrato nelle foto di famiglia. Non tutte nella stessa persona, però.

«Sì, mi scusi se ho disturbato il vostro incontro.»

«Mi dai del lei? Abbiamo la stessa età, credo. Ma se vuole...»

«No, certo, scusami, era per...» Non gli viene la parola: ne affiorano alla mente di incongrue, tipo rispetto o educazione. Ma il selettore automatico delle controindicazioni le scarta inorridito e dunque la frase rimane appesa nell'aria, con quel «per» che sembra un moncone, un ombrello privo della parte superiore.

Lei si accorge dell'imbarazzo e sfodera il primo sorriso dolce, come di compatimento nei confronti dell'imbranato sconosciuto.

«Ok, non ti preoccupare, dimmi.»

Giovanni sa che, entrando lì, non avrebbe saputo da dove cominciare. È una storia talmente incredibile che rischia di farlo sembrare un pazzo. Eccolo, un buon inizio.

«Giura che non mi prenderai per pazzo, ti assicuro che non lo sono» dice sfoderando consapevolmente il sorriso irresistibile che al liceo sterminava ragazze come fosse il cocktail al cianuro che il Reverendo Jones offrì nel 1978 ai membri della sua comunità in Guyana assicurando loro il passaggio immediato alla migliore delle vite possibili.

Lei lo guarda e pensa per un attimo a quanto in effetti sia bello, questo stralunato ragazzo in jeans. Giovanni capisce che quella pausa prima della risposta è un punto a suo favore. Che la partita è tornata in pareggio, dopo il clamoroso autogol di prima.

«Mi chiamo Daniela, e tu? Non mi sembri matto, per niente» gli dice sorridendo.

«Giovanni» e le tende la mano in un gesto goffo che rimette inaspettatamente il match a favore della ragazza.

Lei gliela stringe, ma con un sorriso che replica l'impressione di gentile compatimento.

«Allora, io faccio parte del gruppo dei subacquei di Rimini. Durante un'immersione, molto al largo, ho trovato sul fondo del mare una borsa frigorifera perfettamente conservata. L'ho aperta e in mezzo ad altre cose, dischi e libri e cappellini, c'erano dei fogli di carta con parole per me incomprensibili. Ne ho cercata qualcuna in rete e ho scoperto che sono scritte in esperanto. Ti dico la verità, non sapevo cosa fosse. Così ho pensato di venire qui. Credevo di trovare dei vecchi barbuti e, a parte quello che ho contribuito a eliminare, ho incontrato te e quegli altri ragazzi.»

Daniela gli sorride incoraggiante: «E allora?».

«E allora mi viene più facile domandarti un aiuto. Non ti chiedo di tradurmi quello che c'è scritto, o comunque non adesso. Ma puoi dirmi se ti dicono qualcosa le parole "Insulo de la Rozoj"?»

«Significa Isola delle Rose. E posso dirti che questa espressione non mi è nuova. Sto cercando di ricordarmi... Sai, io sono la responsabile della sezione giovanile degli esperantisti, per cui non ho molta memoria storica.»

«Interessante. E quanti siete?»

Daniela sorride, autoironica: «Cinque, quando va bene».

«Apperò» commenta sornione Giovanni.

Daniela fa finta di offendersi e mette su un broncio che fa pentire Giovanni della confidenza che si è, troppo rapidamente, preso. Ma lei lo stupisce dicendogli, con una sicurezza insospettabile in quell'aspetto deliziosamente minuto: «Alle tre ho una riunione, ora è l'una e la lezione si è conclusa prima del tempo a causa del tuo tentativo di strage nei confronti del mio vasto uditorio.

Il minimo che puoi fare è venire a mangiare un panino con me».

Messa così è assolutamente impossibile dire di no. Anche se la ragazza davanti a lui fosse stata la figlia di Fantozzi e anche se in quel momento avessero trasmesso in tv la finale dei campionati del mondo di calcio. Anche se volesse sfuggire, non potrebbe farlo. La verità è che improvvisamente nella vita non desidera altro che sedersi a un tavolo di fronte a lei, aspettare che arrivi un cameriere e chiederle: «Che prendi?».

«Che prendi?» domanda a Daniela che, davanti a lui, sta sistemando la borsa sullo schienale della sedia. Il cameriere è arrivato troppo presto e la ragazza non ha fatto in tempo a consultare il menu che fa anche da tovaglia di carta.

Nell'aria, la musica della colonna sonora di un vecchio film americano, *Quell'estate del '42*. Perché anche quel locale, come molti di Rimini, sembra un set cinematografico. Non solo Fellini, qui. I tavoli hanno i nomi di attori e i piatti quelli di film, soprattutto americani. I proprietari, un ragazzo e una ragazza diplomati al Dams, hanno pensato di collegare la loro passione con l'obiettivo di campare, guadagnare e, si sono detti, un giorno reinvestire gli utili per fare un film, il loro film. Il cui titolo avrebbe poi accompagnato il piatto più prelibato del ristorante, chiudendo il cerchio.

Il locale si chiama Il ristorante di Alice, in omaggio al film di Arthur Penn e al nome della proprietaria, ed è in una strada silenziosa e piena di verde. Il tavolo di Giovanni e Daniela, il Kevin Kline, è di fronte alla grande vetrata ed è pieno di luce. La luce chiara, sincera e un po' malinconica di un'estate che finisce. Ogni tanto fuori passa qualcuno in bicicletta, una ragazza ha la gonna che le si alza con il vento e ride imbarazzata, sembra un disegno di Rockwell.

Daniela ordina un «Paris, Texas», patatine fritte e hamburger, e Giovanni un «Non si uccidono così anche i cavalli», ipercalorico formaggio fuso con bacon e funghi. Da bere un «Ore 10: calma piatta», cioè acqua naturale, per lei e un «Corvo rosso non avrai il mio scalpo», un Salaparuta, per lui, che ha deciso di strafare.

«Da quanto ti occupi di esperanto? E, soprattutto, perché?» chiede Giovanni stando attento che la seconda domanda non sembri derisoria.

«Come vuoi che una ragazza di diciannove anni si appassioni a qualcosa di così strano? Sono stati i miei genitori, ovviamente. Quando ero piccola alternavano, nelle loro conversazioni, italiano ed esperanto. Così sono cresciuta bilingue. Loro pensavano fosse la lingua del futuro. Erano, e sono rimasti, dei sognatori. Degli utopisti. Però belli, persone buone. Davvero.»

Giovanni pronuncia allora la frase di cui si pentirà di lì a poco: «Mi parli un po' dell'esperanto? Io non ne so nulla».

Come se togliesse il tappo a una diga di milioni di metri cubi di acqua, come se aprisse i cancelli dello stadio dove i Beatles tornano a suonare insieme. Lei lo guarda un po' stupita, inspira forte e comincia.

«Ti faccio una lezione fuori orario, ma la prossima volta vieni in classe, e puntuale.» Sembra una battuta, ma Giovanni la avverte come un'inquietante minaccia. In realtà a lui dell'esperanto non è che importi molto. Vuole solo capire come abbia fatto quella lingua a entrare nella «sua» borsa frigorifera e, soprattutto, vuole sentir parlare Daniela di quello che più la entusiasma. Ha tempo, è una bella giornata, una ragazza carina sta seduta davanti a lui e lo guarda, l'altoparlante diffonde la «Cavatina» del *Cacciatore*. Cosa volere di più?

«Il fondatore del movimento era un intellettuale ebreo. Si chiamava Ludwik Lejzer Zamenhof e alla fine dell'Ottocento cominciò a immaginare una lingua universale.»

Si gira ed estrae dalla borsa un libro, uno di quelli che aveva in classe, e lo apre a colpo sicuro sulla pagina giusta. Un gesto che evidentemente ha ripetuto mille volte.

«Senti che belle le sue parole. Sono del 1905. "Se non fossi un ebreo del ghetto l'idea di unire l'umanità o non mi sarebbe neanche venuta in mente, o comunque non mi avrebbe posseduto così ostinatamente durante tutta la mia vita. L'infelicità della divisione tra gli uomini nessuno la può sentire così forte quanto un ebreo del ghetto. La necessità di una lingua non nazionale e su un piede di parità tra gli uomini nessuno la può sentire così tanto quanto un ebreo, che è obbligato a pregare Dio in una lingua morta da tanto tempo, che riceve la sua educazione e la sua istruzione nella lingua di un popolo che lo respinge, che ha compagni di sofferenza in tutto il mondo e non si può capire con loro..." Ti rendi conto? Sono parole scritte prima delle deportazioni di massa, prima del protocollo nazista di Wannsee sulla "soluzione finale", prima di Auschwitz e di Birkenau.»

«E cosa gli è successo con il nazismo?» chiede Giovanni.

«Furono perseguitati: il figlio di Zamenhof, Adam, fu arrestato nell'ottobre del 1939 a Varsavia e poi fucilato nel bosco Palmiry insieme ad altre cinquanta persone.

Era ebreo, intellettuale, esperantista. Hitler nel *Mein Kampf* aveva scritto che "l'esperanto è stato pensato per i popoli, per far sì che anche con questo mezzo gli ebrei possano dominarli più facilmente" e nel 1936 Himmler decretò lo scioglimento del movimento in Germania. Ma l'esperanto non piaceva neanche a Stalin e gli esperantisti sovietici finirono in massa nei Gulag, accusati di intrattenere "corrispondenza con l'estero", il che, per un movimento che si preoccupava di creare una lingua universale, era il minimo che potesse accadere.»

Daniela si interrompe per cercare un'altra citazione sul libro.

«Zamenhof diceva: "Attualmente io non appartengo a nessuna nazione... ma sono semplicemente un uomo, ed Esperanto vuol dire, non per caso, 'Uomo che spera'". Zamenhof pensava che solo comprendendosi in una seconda lingua, che non cancellasse quelle nazionali, l'umanità sarebbe riuscita a regolare i suoi conflitti e le sue contraddizioni senza ricorrere alla guerra e alla violenza. Era un utopista? Un sognatore? Forse. Pensa che auspicò gli Stati Uniti d'Europa. Oggi una di quelle utopie si sta realizzando.»

Tira il fiato. Giovanni l'ha vista accendersi. I suoi occhi si sono trasformati, come se una luce particolare li avesse inondati. Ma non gli sembra una fanatica, proprio no. Gli sembra un'entusiasta. Il ragazzo non vuole dare l'impressione di non aver seguito, di non essersi appassionato. Dice allora l'ennesima cosa sbagliata in quella giornata che si configura, per lui, come una Caporetto delle relazioni umane. «Be', in fondo l'inglese sta diventando una specie di lingua mondiale...»

Daniela prende tempo, prima di malmenarlo. Quel

ragazzo carino ha detto una ovvietà, una di quelle da far cadere le braccia. Teme di dover confermare la sua tesi di sempre: che gli uomini belli sono irrimediabilmente scemi. Ma non vuole rassegnarsi, almeno non subito, non così. Per questo sceglie di parlargli con dolcezza, come un medico che deve annunciare una grave malattia al paziente o un professore che deve comunicare a una madre la bocciatura del figlio.

«No, non è così. Anzi. Il progressivo dominio dell'inglese è il frutto di una colonizzazione lenta e inesorabile che tende a omologare il mondo, a rendere uguali i nostri consumi, il nostro modo di esprimerci e di comunicare, il nostro modo di vestirci e persino di pensare. E le lingue tenderanno a essere cancellate, come le culture nazionali. Guarda la televisione. Giri per il mondo, accendi col telecomando, e ti sembra di non esserti mosso da casa. Gli stessi programmi, i format, dovunque. Come dovunque trovi gli stessi centri commerciali, le stesse marche, gli stessi prodotti. Asfissiante.»

Daniela è interrotta dall'arrivo del cameriere con i loro piatti.

«La grandezza dell'esperanto è che si proponeva come seconda lingua che nasceva dal basso, non imposta. E rispettava la prima. Persino per la sua costruzione fonetica e sintattica l'esperanto porta dentro di sé il segno di tante lingue, tanto che ciascuno può riconoscere nelle sue parole una radice familiare. L'inglese è una camicia dello stesso colore per tutti. L'esperanto è arcobaleno, come le scritte degli hippie degli anni Sessanta.»

«Ecco, fermati. Scusa, ma non sono così convinto che si possa far nascere una lingua da menti illuminate che la diffondono, come il Vangelo, a tutto il mondo. Non sembra una cosa aristocratica? E poi se l'inglese estende i suoi confini è perché è stata la lingua delle idee vincenti del Novecento, a cominciare dalla libertà e dalla democrazia. Ti dice niente che Gran Bretagna e Stati Uniti siano tra i pochi paesi al mondo che non hanno mai conosciuto una dittatura? E se l'obiettivo dell'esperanto era quello di far comunicare i popoli del mondo fra loro, almeno questo, in fondo, non è stato raggiunto?»

Daniela non se l'aspettava. Un po' è scocciata per il tono della reazione di Giovanni. Tono ingiustificato, visto che lei è stata benevola di fronte alla sua domanda ovvia. Però un po' è contenta. Diversamente da un suo compagno di banco del liceo, tanto bello quanto sprovvisto di qualsivoglia genere di neuroni, il ragazzo che sta davanti a lei, in quel giorno di fine estate riminese, ha avuto un'impennata, un colpo di reni e quando tutto sembrava averlo precipitato definitivamente nel girone delle persone soprammobile, come Lazzaro è resuscitato. Interessante.

«Vabbè, comunque ne parleremo» riprende Giovanni. «Hai parlato della grafica del movimento hippie. È la stessa della scritta "Insulo de la Rozoj". Continua a non dirti nulla?»

«Aspetta, fammi telefonare a mia madre, sicuramente lei ne sa più di me.» Prende il cellulare dalla borsa e Giovanni nota con piacere che l'apparecchio non ha nessuna custodia. Per lui è un test decisivo, come uno screening segreto delle persone. Odia quelle coperture fatte a uncinetto o quelle in colori sgargianti o, peggio, di strass. Sarebbe capace di trovare una scusa, come l'invasione delle cavallette che Belushi invocò come ragione dell'assenza al proprio matrimonio, e andrebbe via.

«Mia madre dice che dobbiamo parlarne con mio nonno Andrea, che sa tutto. Sono le due, vogliamo andarci ora? Tanto sta sempre a casa, che è qui vicino, ed è sempre felice quando mi vede. Ti va?»

Giovanni chiede «La stangata», cioè il conto, e rifiuta sdegnato la richiesta di Daniela di dividere l'importo.

Il nonno abita in via Ramusio, dalle parti di via Destra del Porto. I due ragazzi inforcano la bicicletta e pedalano affiancati sentendo sotto le ruote il rumore delle foglie, le prime che cominciano a cadere e rompono la monotonia acustica dell'asfalto. Quando arrivano di fronte al cancello del villino, lei appoggia la Bianchi blu al muro, mette un lucchetto alla catena e fa cenno a Giovanni di aspettare, che deve dirgli una cosa prima di salire.

«Volevo avvertirti, mio nonno è una persona fantastica, ma un po' strana. È un tipo eclettico, molto creativo» dice, con un sorriso ammiccante, mentre suona il citofono. Non risponde nessuno, ma improvvisamente al primo piano si apre una grande finestra da cui si affaccia un uomo robusto, con dei composti e folti capelli bianchi che risaltano sul maglione color cielo.

«Ohi, Daniela, evviva! Sali, dài.» Poi, vedendo che Giovanni la segue, le grida tra il pensieroso e il divertito: «E questo chi è? Un fidanzato nuovo?».

«No, nonno,» risponde lei sconsolata «ora ti spiego.»

Il ragazzo sale la rampa di scale un po' preoccupato ma si ferma sull'ultimo gradino, basito. Sulla porta di casa non c'è l'anziano, seppur aitante, progenitore di Daniela, ma un esagerato pezzo di ragazza, una bionda con una canottiera da infarto, una creazione impareggiabile della natura che i suoi vecchi compagni del liceo certamente avrebbero definito nel modo più corretto.

«Ciao, Daniela» dice la meraviglia ambulante con una inflessione che ne denuncia le origini slave, forse russe. Daniela si gira e presenta il suo amico dicendo: «Ludmila, lui è Giovanni e lei è...».

Dall'interno sopraggiunge la voce del nonno, una voce calda e roboante, e completa la frase: «... e lei è la nonna», scoppiando in una risata rotonda e contagiosa.

L'autore della battuta si materializza nell'ingresso. È ancora più alto di quanto sembrasse dal cortile. Si vedono gli anni, che non devono essere pochi, ma si capisce subito, dal linguaggio del corpo, che è un «tipo da spiaggia» o, come si dice a Rimini, un «birro», uno di quelli a cui la vita piace un sacco e viverla bene ancora di più. Per rompere l'evidente sorpresa di Giovanni, il nonno Andrea sciorina una spiegazione che deve aver usato molte volte, tanto che la presente e silente Ludmila ascolta senza fare una piega.

«Lei, questo pezzo di figliola, è venuta un inverno con un gruppo di anziani russi, faceva da guida e da vigilante. Li portano qui a svernare, che a casa loro giocano a scopone con i pinguini, a novembre. Fa meno 20 e molti rimangono ibernati gettando la spazzatura. Allora i compagni, che tanto sempre loro sono, li esportano nei paesi caldi. Ma siccome non ci possono mandare solo dei tir di rughe, allora allegano divine creature bionde. E noi riminesi, che abbiamo esperienza nel ramo, gli rimandiamo le babbione e ci teniamo la meglio gioventù. Import export perfetto. Insomma è arrivata qui, ha conosciuto questo fior di *pataca*» dice indicandosi divertito «e non s'è più mossa. Ha cominciato facendomi da badante, che ne avevo tanto bisogno a causa delle mie difficili e molto precarie condizioni mentali e di salute» e strizza complice l'occhio al ragazzo «e poi mi ha sposato e ora sono io che devo fare il "badante" a lei. Se non "bado" arriva il primo birro da Cattolica e se la porta via.»

Ludmila ride a crepapelle di quel mattacchione del marito ma non è una bella scena, pensa Giovanni.

Andrea fa sedere i due ragazzi, chiede a Ludmila, con un tono che a Giovanni dà un po' fastidio, di portare, chissà perché, un latte e orzata agli ospiti e si rivolge poi a Daniela: «Qual buon vento ti porta qui, mia nipote adorata? Mamma e quel citrullone di mio figlio stanno bene? Tu continui a perdere tempo con quella illusione dell'esperanto? Nobile missione, ma è come occuparsi della diffusione dell'aramaico o della commercializzazione dei busti per signora del Settecento o vendere la cintura di castità ai concorrenti del *Grande Fratello*, mission impossible cara mia...»

«Nonno, ne abbiamo parlato mille volte, non ricominciare, ti prego. Piuttosto ti volevo far conoscere Giovanni perché...»

Andrea squadra il ragazzo, cosa che a Giovanni sembra faccia anche Ludmila, e poi interrompe la nipote. «È un bel ragazzo, perché non ti fidanzi con lui? Tu sei così carina, perché devi ammuffire in mezzo a quelle scartoffie? Tra università ed esperanto ti stai perdendo gli anni più belli. E, credimi, come ci si sente in questo tempo della vita non ci si sente più.»

«Dài nonno, sto bene, fidati. Volevamo chiederti un'informazione, mamma mi ha detto che tu puoi aiutarci. Su, Giovanni, racconta.»

«... e sulle carte c'è scritto Insulo de la Rozoj» conclude Giovanni. In quel momento si accorge che Andrea ha gli occhi pieni di lacrime. Scende un silenzio che nessuno ha il coraggio di spezzare. Lo fa il nonno che, ora, sembra davvero un nonno.

«Abiti lontano?» chiede al ragazzo.

«Sto a via Otto e Mezzo, saranno due chilometri, in bicicletta sei o sette minuti, forse meno.»

«Allora, se non ti dispiace, vorrei che prendessi la borsa e me la portassi qui. Ti risponderò dopo aver visto quegli oggetti. Vi prego, andate.»

I due ragazzi sono scossi e sorpresi e non possono fare altro che accontentarlo.

«Tutto bene, nonno?» chiede amorevole Daniela.

«Sì, sì, andate, e tu, Ludmila, fammi una cortesia, esci subito a prendermi...» e la frase rimane nell'aria come se in verità Andrea non abbia bisogno di nulla se non di restare solo e voglia che anche quella creatura divina lo lasci pensare e ricordare, scontando il rischio del birro di Cattolica e di chiunque altro. Conclude la frase in modo credibile: «... prendi le pile per il vecchio mangiadischi che sta nel cassettone. Funziona ancora e voglio vedere se riusciamo a usarlo per i dischi che ha trovato Giovanni». Ludmila fa un cenno di assenso col capo e si avvia per le scale con i ragazzi.

Mentre la «nonna», tacchi alti e gonna corta, va via, i due cominciano a togliere le catene alle biciclette e Giovanni chiede a Daniela, un po' preoccupato: «Che gli è successo?».

«Non so, è chiaro che hai trovato qualcosa che riguarda la sua vita. E, se lo conosco, ora vuole restare solo per pensare a cosa fare. Se e quanto raccontarci. Deve essere una cosa importante per lui.»

«Ok, andiamo, ma tu come fai per la riunione?»

«Ti pare che sia il consiglio dei ministri? Dovevamo essere in tre. Due sms ed è fatta. Poi sai di cosa dovevamo discutere?» e sorride in quel modo autoironico che a Giovanni comincia a piacere tanto. «Del Festival Giovanile Internazionale che faremo a ottobre a Cervia. Un po' di ragazzi dall'Italia verranno, ma in verità di stranieri, l'anno scorso, c'era solo un tredicenne ciccione di Hannover trascinato dai genitori esperantisti. È lui che ci consente di definirci "Internazionale", se si ribella ai suoi, siamo finiti.»

Cominciano a pedalare ridendo e si girano, quasi simultaneamente, verso la grande finestra dalla quale poco prima si è sporto un bel signore maturo, con il suo golf azzurro e i suoi folti capelli bianchi. Ora è chiusa.

Quando tornano a via Ramusio il nonno sembra rasserenato, come se avesse messo ordine nel caos che quel racconto, con la borsa frigorifera sbucata dal fondo del mare e il nome in esperanto, gli ha provocato.

Apre con cautela il contenitore, sembra assaporare quel profumo di mare chiuso e comincia, con la cura di un chirurgo, a estrarre gli oggetti. Ognuno viene soppesato dalle sue mani rugose. È emozionato, confuso, commosso. Però appare felice e la sorpresa sembra trasformarsi in meraviglia e ogni cosa trovata in quello scrigno gli regala un sorriso.

I dischi li stringe al cuore, prima di guardarli a uno a uno. Non ha detto una parola, fino a quel momento.

Solo sussurra, a se stesso, un flebile «Guarda...». Ora invece scandisce i nomi dei quarantacinque giri e li passa a Daniela, che, seduta a terra vicino a lui, condivide la sensazione di «illuminazione» che quella scatola magica sembra contenere.

Elenca i titoli, null'altro. «*La ballata di Bonnie and Clyde...*, *Rain and tears*, *Words*, *Azzurro*, *The days of Pearly Spencer*, *Ragazzo triste*, *She's a rainbow*, *Il volto della vita*, *Angelo blu*, *Massachusetts*, *Atlantis*, *Gimme a little sign*, *L'ora dell'amore*, *Ricordo quando ero bambino* e no...»

Prende una copertina colorata e l'avvicina al naso per odorarla. «Non potete capire... Questa copertina era profumata, si sentiva l'odore dei fiori. Fu una rivoluzione... Ludmila, prendi il mangiadischi.»

È paonazzo, ora. Infila il disco nell'apparecchio, residuato di un tempo sconosciuto ai ragazzi, e ne esce una voce metallica, come venisse dall'oltretomba:

Riderà
forse qualcuno riderà
ma anche a te
offriamo un fiore
e sai perché

'Cos we love you
che vuol dire «amiamo voi»
all we love you
solo chi non capirà
riderà.

Cercate di abbracciare tutto il mondo come noi.

«I Rokes: Shel, Johnny, Bobby, Mike» sussurra, si alza in piedi, prende Daniela e la costringe a ballare con lui questa musica lenta ma non troppo. Invita Ludmila e Giovanni a fare lo stesso e, nonostante il ragazzo tenga a marcare con il braccio esteso le distanze dalla divina creatura, la nonna invece preme per stringere, eccome. Finita la musica, Andrea prende in mano la bandiera triangolare con la scritta «Insulo de la Rozoj» e ha come un sussulto doloroso. Torna smarrito, quasi piccolo, quasi indifeso. Raramente Giovanni ha visto tante emozioni succedersi così rapidamente sullo stesso volto.

Ora il nonno guarda in silenzio la bandiera. Si prende la testa tra le mani e non dice nulla. Poi avvicina il mangiadischi a sé. Mette *She's a rainbow* dei Rolling Stones e dice, con voce improvvisamente solenne, ai ragazzi: «È una lunga storia. Lunga, magica e dolorosa. Ora ve la racconto...».

Giugno 1967

Ventuno a venti. La prossima palla sarebbe stata decisiva. Giulio si guardò intorno, doveva servire lui che si era aggiudicato l'ultimo punto. Attorno a quel tavolo da ping pong, collocato su una piattaforma di cemento a metà strada tra le cabine e gli ombrelloni, si era riunita una gran folla. La finale del torneo dei bagni «Luciano» era uno dei principali avvenimenti dell'estate riminese. Ne segnava l'inizio, come la Milano-Sanremo per la stagione ciclistica. Da un jukebox in lontananza arrivava la voce di Maurizio Vandelli: «Seduto in quel caffè io non pensavo a te». C'erano decine di persone, forse addirittura un centinaio. Giulio e Alfonso si erano combattuti aspramente per cinque set. Ciascuno ne aveva vinti due e ora tutto dipendeva da quella pallina.

Non potevano essere più diversi, i finalisti. Giulio era il bello della compagnia, guascone e sfrontato, conquistava donne, nazionali ed esportazione, con la facilità di una pesca a strascico. Alfonso era il contrario, brutto come raramente era capitato di essere a un membro della umana specie. Tutto era sbagliato nella sua faccia, sembrava che i componenti fossero stati assemblati in quel modo per burla. Pareva che avesse la maschera di Carnevale incorporata.

Il suo modello di vita, però, era un po' l'Alberto Sordi di *Brevi amori a Palma di Maiorca*, il cui protagonista era un personaggio affetto da una fastidiosa invalidità che lo aveva reso claudicante. Sordi lo aveva davvero incontrato un giorno a Ischia. Nella finzione cinematografica era diventato Anselmo Pandolfini detto lo Zoppetto, un tipo umano particolare, esagerato nella sua esuberante invadenza, vigoroso e dinamico, simpatico e travolgente. Del tutto superiore alla sua zoppia si era proposto di conquistare il cuore, con annesso il resto, di una famosa attrice americana in vacanza a Palma. Ovviamente ci era riuscito, complice una memorabile telefonata in cui, imbucatosi nella suite della star, aveva risposto a Gary Cooper dicendogli: «Allò Gary, ho visto il tuo ultimo film. Discreto».

Alfonso era un po' così. In compagnia era imbattibile, indossava la sua faccia come se fosse un'altra. Ed era ossessionato dalle donne. Ci provava con tutte. Aveva elaborato complessi calcoli statistici che dimostravano, scientificamente, che una su cento doveva cedere e dunque bisognava avere solo pazienza. Una sera Giulio lo aveva seguito, con altri amici, in uno dei suoi tentativi di abbordare una signora di Conegliano Veneto, in verità attempata, in vacanza con suocera e figli. Era riuscito, a colpi di battute, a trascinarla sulla spiaggia. Si erano seduti con le spalle appoggiate a una cabina. Ignari del fatto che dietro vi fossero Giulio e altri amici che ascoltavano tutto.

«Sei bella, sai? Hai gli occhi del colore del mare.»

«Eh, grazie. Vorrei poter dire la stessa cosa» rispose impietosa la donna, quasi in dialetto.

«Posso tenerti la mano?» proseguì Alfonso del tutto privo, nella situazione data, di orgoglio e dignità.

«No.»

«Posso abbracciarti? Solo un abbraccio, da amici.»

«No.»

«Guarda che sarebbe bello, ti assicuro.»

«Lo escludo.»

«Posso darti un bacio?» continuò imperterrito Alfonso.

«Per la carità.»

Per una singolare sindrome, più la donna respingeva schifata le sue avance più Alfonso si faceva audace; invece di scalare la marcia, metteva la quinta. Sparò tutte le cartucce, poi tentò l'ultima carta, quella che usava solo in casi disperati, quindi spesso.

Dopo averle detto: «Facciamo l'amore qui, sulla sabbia, in questa notte meravigliosa» ed essersi sentito rispondere: «È più probabile che lo faccia con l'ombrellone della signora Tafuri», Alfonso provò con la sua bomba atomica, una frase che, di solito, lasciava interdette le interlocutrici e, secondo le sue statistiche, nello 0,5 per cento dei casi portava a un pietoso cedimento da parte delle malcapitate.

«Dài, faccio presto, non se ne accorge nessuno.»

Ma la signora di Conegliano era sventuratamente rubricabile nel restante 99,5 per cento. Rise a crepapelle e si alzò, portandosi via il suo corpo robusto. Alfonso rimase lì, interdetto per tanta incomprensibile scortesia. Giulio e gli altri decisero di non infierire e si allontanarono discretamente. Sapevano che per il loro amico, al quale volevano davvero bene, il sesso era da sempre un problema.

L'adolescenza è il periodo della vita in cui gli uomini sono più brutti, con quelle pelli che sembrano dei soffioni boraciferi di acne e quella grottesca peluria sopra le labbra. Per Alfonso sembrava impossibile pensare a un periodo in cui era stato addirittura più brutto. Ma ci era passato, e per lui era stato un momento davvero difficile, anche psicologicamente.

Una volta il padre, un rappresentante di costumi da bagno per donna, lo aveva trovato – avrà avuto quindici anni – svenuto, riverso a terra nel bagno con una strana bava bianca che gli colava dalla bocca. Erano allora andati da un amico medico e il papà di Alfonso, dopo che il ragazzo era stato visitato, lo aveva fatto uscire e aveva chiesto, angosciato, al professore: «Dimmi la verità, non mi nascondere nulla, è epilessia?».

Il medico aveva fatto passare un istante, prima di rispondere. Un istante che a quell'uomo disperato era sembrata un'eternità.

«Stammi a sentire, fai sparire da casa i tuoi cataloghi e la collezione di *Satanik*. E ho detto tutto.»

Alfonso era celebre a Rimini anche per una disavventura di qualche anno prima. Quando, riscontrata l'incontenibilità del suo Maracanà ormonale e constatata l'impossibilità di trovare sul mercato dei sentimenti la soluzione naturale, aveva alla fine ceduto a un rimedio che lo umiliava, lo addolorava, lo rendeva infelice. Aveva accettato l'invito di tre suoi amici ad andare con una prostituta. Si era potuto consolare e giustificare solo pensando che sarebbe stata un'esperienza felliniana. La sera prima, in pieno agosto, il più grande ed esperto dei suoi amici gli aveva fatto l'ultima raccomandazione: «Portati l'impermeabile». Lui era arrivato all'appuntamento stretto in un trench, con tanto di cinta alla vita. E Rimini, tutta, poche ore dopo, era al corrente della notizia.

Giulio gli voleva bene. Ma il quinto set della finale è il quinto set della finale. Si era fatto intorno un gran silenzio, per consentire la concentrazione degli atleti. Alfonso aveva calcolato che se avesse vinto il suo prestigio sarebbe aumentato e dunque forse dall'un per cento di fatturato amoroso sarebbe passato addirittura al due. Giulio ponderò il peso della pallina e guardò la sua racchetta. Era coperta di gommapiuma grigia. Diede l'idea di star progettando una battuta a effetto. Si curvò, come per colpire. Poi si rialzò, volse lo sguardo distrattamente sulla destra ed esclamò rapito, in modo che la voce arrivasse al suo avversario: «Madonnina, guarda quella che tette!».

«Dove, dove?» disse Alfonso girandosi subitaneamente verso la parte indicata da Giulio.

Che, spietato, approfittò al volo della indotta distrazione dell'amico e servì sul suo diritto cogliendolo impreparato. Game, set, partita, torneo.

Fu quella sera, alla tradizionale cena di celebrazione della conclusione del torneo, che tutto cominciò. «Cena in piedi» aveva detto il proprietario del bagno, un po' per dare un tocco di modernità ma soprattutto per risparmiare. C'erano tutti i partecipanti che avevano pagato la quota di iscrizione, ben duemila lire, comprendente partite, ombrellone, cena sociale.

Mentre assaggiavano il roast beef con le patatine fritte, in verità provenienti dalle bustine della Pai, Giulio e altri amici si sedettero sulla sabbia, poco lontano dal bagnasciuga. Si parlava del più e del meno: i più politicizzati si concentravano sul golpe dei colonnelli in Grecia o sulla Guerra dei sei giorni, i ragazzi più giovani commentavano l'incredibile copertina del nuovo disco dei Beatles. Qualcuno l'aveva addirittura portata con sé e si formavano dei capannelli nei quali ci si sfidava a riconoscere i volti dei personaggi che contornavano i Fab Four, immortalati in divise dai colori allegri. Tony Curtis e Sonny Liston – chissà perché non Muhammad Ali –, Marilyn Monroe e Stanlio e Ollio venivano individuati a tempo di record, i colti della comitiva riuscivano a riconoscere anche Freud e Jung e il barbone di Marx. Una ragazza, per questo insultata, indicò persino il volto di Dylan Thomas e quello di Edgar Allan Poe.

Giulio, che non era propriamente un raffinato intellettuale mitteleuropeo, stava commentando con degli amici la rocambolesca giornata conclusiva del campionato di calcio in cui un'imprevista, e chiacchierata, sconfitta dell'Inter a Mantova e la vittoria in casa con la Lazio avevano assegnato alla Juve lo scudetto. Ma, quando sentì citare Edgar Allan Poe, il ragazzo sembrò alzare le antenne. Si staccò dalle discussioni su Zigoni e sul perché un grande portiere come Giuliano Sarti si fosse fatto uccellare dal tiepido tiro di Di Giacomo, e si approssimò al circolo beatlesiano.

«Chi ha parlato di Edgar Allan Poe?» disse con l'autorevolezza che gli era riconosciuta in spiaggia per il suo palmarès amoroso e ora anche per la vittoria nella Coppa Davis della Riviera.

«Io» rispose una fanciulla con i capelli raccolti in uno chignon elegante. Giulio la squadrò secondo un suo personalissimo, ma assai diffuso tra gli uomini, criterio di classificazione del genere umano femminile per decidere, istintivamente, che era un tipo troppo cerebrale per lui. Però decise di arricchire la sua immagine, che trasmetteva allegria e fisicità estreme, con un tocco di inaspettata profondità.

«Voi certamente sapete, immagino, che Poe diede origine a una comunità intellettuale che da allora si ritrova a Saratoga Springs, nello Stato di New York. È una villa che fu comprata, alla fine del Settecento, da un soldato che, trasportando un gruppo di feriti, scoprì questo luogo favoloso. Sembra ci fosse una vista spettacolare.

Il sergente, finita la guerra, costruì una segheria, che poi divenne una locanda. Era un brav'uomo, questo soldato, liberò gli schiavi e li fece lavorare con lui. In questo incanto arrivò Poe.»

Giulio si interruppe un istante per assicurarsi di aver catturato l'attenzione del gruppo. Poi, con tono competente, proseguì: «Era un tipo strano, vestito sempre di nero, malinconico e contemplativo. Passava molto tempo a passeggiare e a pescare. E a parlare con il nipote dodicenne del defunto sergente. Si sedevano su un tronco di legno, davanti al lago, e conversavano, come due amici. Lì Poe scrisse *Il corvo*. Strana storia, eh?».

Giulio si fermò qui, aveva sparato tutte le munizioni. Infatti queste nozioni erano il prodotto della lettura casuale di un articolo dell'unica rivista rimasta sul tavolo del suo barbiere, «Selezione dal Reader's Digest». «Epoca» e «La Domenica del Corriere», «Lo Sport Illustrato» e «Oggi» facevano capolino dalle mani degli altri fortunati clienti.

Giulio era rimasto affascinato da quell'articolo dedicato a una comunità letteraria americana chiamata Yaddo.

La ragazza con lo chignon aspettò che lui finisse e poi proseguì, come se avesse preso il testimone: «Sì, e poi la locanda fu venduta a due ricchi newyorkesi. Su di loro, come un'eredità della fosca presenza di Poe, si abbatterono tutte le disgrazie possibili. Uno dopo l'altro, i tre figli della coppia morirono, e prima ancora l'edificio era stato raso al suolo da un incendio. Ma Katrina e Spencer Trask avevano deciso di non arrendersi. Ricostruirono una villa ancora più grande e bella. E apposero un'iscrizione su una vetrata in stile art nouveau realizzata da Tiffany».

La ragazza sembrava inebriata e Giulio cominciò a pentirsi di essersi avventurato per sentieri a lui ignoti.

«*Flammis invicta per ignem / Yaddo resurgo ad pacem*. Avete capito, no?» disse con un sinistro sorriso la ragazza con lo chignon, che a Giulio cominciava a stare anche antipatica. Il silenzio fu raggelante e la giovane ebbe almeno il buon cuore di farlo durare poco: «"Non vinta dalle fiamme, io, Yaddo, rinasco per la pace." La proprietaria decise che quel luogo dovesse diventare una palestra di creatività, una fiera del talento e del bello. Era la fine del 1899. Nel primo anno del nuovo secolo Yaddo fu fondata come istituzione culturale. Gli artisti soggiornano nella villa, oggi senza telefoni e televisioni, e scrivono, dipingono, passeggiano, nuotano, parlano e si scambiano il dono della loro genialità. Sono passati da lì Leonard Bernstein, Sylvia Plath, Truman Capote, Saul Bellow. Una comunità di pace e di arte, di lettere, suoni, immagini. Non è meraviglioso?».

Giulio capì di aver oliato il suo nodo scorsoio. Che se la ragazza, ora davvero odiosa, gli avesse fatto anche una sola domanda, lo avesse invitato a completare il quadro con un parere su uno qualsiasi di quei personaggi a lui del tutto ignoti, sarebbe stata la fine. Lui sapeva chi era Edgar Allan Poe solo perché aveva visto al cinema *Il pozzo e il pendolo* con Vincent Price. Ma stop, la sua erudizione finiva drammaticamente lì. Prima che la ragazza iniziasse a chiedergli qualcosa, lui si volse verso il gruppetto di appassionati di calcio e con un saltino deciso si proiettò verso di loro dicendo: «Ah, certo, Facchetti, quando scende sulla sinistra…».

Al momento del gelato Giulio scorse suo cugino Giacomo, l'avvocato. Lo raggiunse e, da dietro, gli diede un colpetto con la mano sinistra sulla spalla mentre con l'altra gli sottraeva il lampone che coronava una placida distesa di crema. Era uno scherzo che gli faceva da quando erano bambini e che estenuava Giacomo. Lui questa volta decise di ignorarlo: stava parlando di cose serie con un amico che era anche un suo cliente. Giulio fu deluso dall'assenza di reazione e indossò un sorriso ebete di circostanza. Mentre li sentiva conversare animatamente di un tema che ignorava del tutto, fu attirato da un gesto che Giacomo fece con la mano. Indicò al suo interlocutore il mare, nel buio più totale, e gli disse una frase che lo colpì: «Te lo ripeto, se stai al largo non hai problemi, sei in acque internazionali. Puoi fare quello che ti pare».

Il cliente di Giacomo non riuscì a replicare, perché proprio in quel momento venne giù un terribile scroscio d'acqua. Ne venne giù a catinelle, all'improvviso. E qualcuno pensò che quell'anno lassù dovevano avercela con Rimini: a febbraio erano caduti, in due giorni, ottanta centimetri di neve.

Tutti si precipitarono verso la parte coperta dello stabilimento e lasciarono piatti e bicchieri, salami e patatine, cialde e fette di melone in balia di quella specie di pompa a getto che irrorava dal cielo valanghe di acqua.

Piovve tutta la notte. Una pioggia violenta, che faceva un rumore cattivo. Un diluvio a giugno è come una brutta notizia, improvvisa e inattesa. Giulio si era precipitato a casa: viveva per conto suo, ormai; a venticinque anni si sarebbe sentito un mammone se fosse rimasto ancora con i suoi genitori. Abitava in un piccolo appartamento, una mansarda calda d'estate e fredda d'inverno. Era arrivato fradicio e solo, due cose inusuali per le sue serate estive in Riviera.

Quella pioggia lo agitava. Teneva la finestra aperta e

la vedeva scendere, copiosa, mentre con un telo celeste cercava di asciugarsi la testa. A un certo punto si coprì interamente il viso, come se volesse smettere di guardare e cercasse di separarsi dal mondo sgarbato di quella notte. Fu in quel momento, con il frastuono dell'acqua che picchiava sul tetto della mansarda e con gli occhi immersi in quel tessuto colorato, che Giulio ebbe la folgorazione che avrebbe cambiato la sua vita. Collegando i frammenti di quella strana serata, mise a fuoco un'idea. Un'idea che si stupì di avere avuto.

Quando dovevano prendere decisioni importanti c'erano un luogo prescelto e un tempo prescelto. Si davano appuntamento sulla spiaggia al tramonto, in quell'ora intermedia in cui i bagnanti se ne sono andati e la vita notturna ancora non è cominciata. Quando i bambini smettevano di fare il giro d'Italia con le biglie e gli adolescenti di ballare lo shake davanti al bar. Silenzio, tramonto. È la loro ora, l'ora in cui «le idee vengono meglio».

Il rito era sempre lo stesso. Si aprivano tre sedie a sdraio, si appoggiava su un tavolino una discreta provvista di chinotto e di aranciata amara e ci si metteva a guardare il mare. Poi si parlava delle cose grandi della vita e del mondo. Si prendevano impegni, ci si rivelava segreti e dolori, conquiste e abbandoni. Erano in tre: Giulio, Giacomo e Lorenzo.

Erano stati a scuola insieme e dopo la maturità erano andati a Roma, per le Olimpiadi. Avevano visto Wilma Rudolph e Cassius Clay, Trapattoni e Abebe Bikila. Si erano perduti in quel clima da sogno, si erano appassionati persino alla lotta greco-romana alla Basilica di Massenzio. E avevano passato notti in bianco allo Zodiaco di

Monte Mario o al Gianicolo per guardare Roma dall'alto, quasi dominandola, per vederla addormentarsi e poi svegliarsi.

In una mattina di quelle, al Pincio, si erano giurati di restare amici per sempre. Erano davvero felici, la vita era un libro da scrivere, tutto intorno a loro sembrava sbocciare. Essere pessimisti era impossibile, ogni giorno che nasceva era migliore di quello che moriva. Erano ragazzi, si promisero di diventare grandi insieme.

Avevano studiato e si erano laureati, tutti e tre. Giacomo lavorava già, Giulio, che aveva strappato con i denti il diploma dell'Isef, aspettava un incarico a scuola e Lorenzo, che pure non ne avrebbe avuto bisogno, era stato il migliore del suo corso in Economia e commercio: centodieci e lode e bacio accademico.

Non avrebbe faticato, Lorenzo il sognatore, a trovare un impiego. Lorenzo, che aveva piegato la sua mente artistica ai trattati di scienza delle finanze e che ora aspettava il giorno in cui suo padre, il proprietario del mitico Grand Hotel, lo avrebbe chiamato a farsi le ossa, a cimentarsi con l'espansione della clientela internazionale del più lussuoso albergo di Rimini e della Romagna. Non gli piaceva molto la parte del «delfino», però voleva restare nella sua città e vedere ogni giorno i suoi amici del cuore e parlare con loro. E vivere insieme a loro quel tempo carico di adrenalina, colorato come quella copertina della Banda dei cuori solitari del Sergente Pepper.

E ogni tanto voleva trovarsi, al tramonto, lì dove «le idee vengono meglio». Come quella sera, con una lieve brezza che agitava i pantaloni leggeri e le camicie a fiori.

«Ragazzi, ho pensato una cosa folle. Non prendetemi per il solito *pataca*.» Aveva un tono solenne, per una volta, Giulio. «Ma prima ho bisogno di una conferma, Giacomo. Ieri sera ti ho sentito dire che c'è una parte di mare dove è possibile fare qualsiasi cosa: le hai chiamate acque internazionali. Stamane sono andato alla Biblioteca comunale e ho controllato su un manuale di diritto della navigazione. Non ci ho capito nulla, ovviamente. Dimmelo semplicemente: c'è un'area di mare in cui non valgono le leggi italiane né quelle di un altro Stato estero?»

Giacomo guardò sorpreso il cugino, poi si voltò verso Lorenzo, che era rimasto a bocca aperta. Lì, tra loro, si era parlato di tutto: donne, motori, sport, studi, genitori, lavoro. Mai di diritto della navigazione. «Sì, Giulio, è così. Distante sei miglia dalla costa, poco più di undici chilometri, lo spazio è internazionale. Naturalmente si possono fare solo opere che non costituiscano intralcio alla libera utilizzazione da parte di altri Stati di quell'area di mare. Ho studiato la materia perché il mio cliente deve posare dei cavi, per conto terzi, e vuole essere sicuro di poterlo fare. Può. Si discute se quella porzione di mare sia *res communis omnium* o *res nullius* ed esistono convenzioni internazionali che attribuiscono agli Stati rivieraschi la possibilità, anzi il dovere, di intervenire per reprimere attività che violino palesemente la sicurezza altrui. Insomma la mia risposta è sì, sono acque sottratte alla legislazione dello Stato più vicino.»

«Potresti riuscire a saperne di più? Perché mi è venuta un'idea. Mi è venuta pensando a un articolo che ho letto su una comunità di artisti che esiste da decenni in America. Poeti, musicisti e scrittori pagano un sacco di soldi per andare in questo posto, vicino a un bosco e un lago, e stare a contatto con la natura. Lì meditano, discutono, creano. Allora ho pensato che noi abbiamo il mare, che nulla è più lontano dalle tensioni del mondo che l'immensità del mare, il suo silenzio, il rapporto con la dimensione primordiale della vita: l'acqua, lo scorrere del tempo, il sole. E, in qualche misura, anche le tempeste e le mareggiate.»

«E allora?» lo interruppe Lorenzo.

«Allora perché non costruiamo un isolotto, una piattaforma, un luogo che possa accogliere le persone? Una specie di comunità dell'arte. Guardate che è una grande idea. E se la presentiamo come contributo alla cultura nessuno avrà obiezioni. E noi ci faremmo un sacco di soldi. Pensa che attrazione diventerebbe, se ne parlerebbe nel mondo. L'isola della bellezza, in mezzo al mare. Geniale.»

Più ne parlava, più si entusiasmava. Più ne parlava, più gli altri erano basiti. Non si sarebbero aspettati di scoprire un Giulio visionario e ancor meno avrebbero immaginato fosse interessato a concetti come comunità e cultura. Finora era sembrato vivere dentro le tre esse che aveva disegnato sul muro della sua casa: soldi, sesso, serenità.

Ci fu un lungo silenzio e la questione restò nell'aria. Giacomo e Lorenzo pensavano in bianco e nero: o era un'idea fantastica o un'enorme cavolata. Non si dava una terza possibilità.

«È matto o dice una cosa minimamente razionale?» chiese Lorenzo a Giacomo, indicando Giulio. «Altre volte ci hai proposto idee folli, come l'acquisizione di una fabbrica di pomodori pelati in Irlanda, e per fortuna non ti abbiamo seguito: Giacomo dimmi tu se è matto o no.» Anche questa domanda restò nell'aria, mentre dal jukebox si diffondevano le note di *Penny Lane.*

Giacomo era rimasto a bocca aperta da quando Giulio aveva cominciato il suo monologo. Quando la richiuse gorgogliò qualcosa tipo: «Temo non sia matto». Poi si riprese e disse: «Aspettate un attimo, perché non vorrei essere io il matto. Fatemi pensare». Ci fu un lungo silenzio, rotto soltanto dalla musica dei Beatles, e poi Giacomo sbottò, come dovesse espellere un pensiero che gli faceva paura: «Ma sì, non è una follia. Se costruiamo una piattaforma possiamo anche sostenere che sia una struttura provvisoria e rimovibile. Non dovremmo spaventare nessuno. Poi, se ricordo bene, c'è il precedente di una cosa analoga in Alaska ai primi del secolo, quando dei biscazzieri costruirono una casa da gioco clandestina sui ghiacciai e si discusse in giudizio se fosse stata edificata su ghiacci perenni o temporanei. Interessante, molto interessante. Sentite, il mondo è andato avanti perché qualcuno ha forzato le regole e ha costretto a cambiarle. Insomma, me la sentirei di difendere questa causa. Fatemi fare degli approfondimenti, ma direi che Giulio, che è matto per altre ragioni, stavolta potrebbe non aver sbagliato. Temo si possa fare».

Lorenzo aveva seguito sbigottito e mentre il vento diventava ancora più forte disse, con un filo di voce: «Ma i soldi chi li mette?». Le sue parole furono deviate da un refolo violento e arrivarono con un frammento di secondo di ritardo alle orecchie degli altri due. E successe quello che lui aveva temuto, pronunciando quella frase senza pensare: Giulio e Giacomo non risposero. Lo guardarono. Si limitarono a guardarlo. Lui capì. Capì in che guaio si stava mettendo.

Simone era sempre stato considerato il genio della classe. Anche fisicamente, ricordava Archimede Pitagorico o l'iconografia classica dello scienziato pazzo. Aveva una sorella minore magrolina ed esangue, che gli amici chiamavano Edi, in omaggio al personaggio creato da Carl Barks per la Disney, l'assistente bonsai dello scienziato amico di Paperino. Simone aveva una gran massa di capelli biondi e, sotto, un cervello che fumava. Aveva fatto il classico in omaggio al padre, professore di greco e latino nello stesso istituto. Ma la sua testa era piena di numeri, molto più che di ablativi e di ottativi.

Nel suo studio di ingegnere, un ricovero di barche davanti alla darsena restaurato e reso luminoso da gigantesche vetrate, aveva affisso un grande cartello scritto da lui con una grafia chiara, come fosse stampata. In omaggio alla sua forzata formazione classica Simone si era dedicato a cercare i punti di intersezione tra parole e numeri, tra letteratura e matematica. Così aveva amato il Borges di *Esame dell'opera di Herbert Quain*, il Dostoevskij di *Memorie dal sottosuolo*, ovviamente Lewis Carroll e la sua ossessione per i numeri. O quell'opera che gli appariva portentosa, a metà tra la biografia e il romanzo, che è *L'apologia di un matematico* di Godfrey H. Hardy. Amava Queneau e Cortázar, Buzzati e Calvino che considerava i più «matematici» tra gli scrittori italiani.

Ma sopra di tutto adorava una frase di Robert Musil, tanto da volerla scrivere su quel maestoso cartello che campeggiava su una parete del suo studio.

«La matematica è un'ostentazione di audacia della pura *ratio*; uno dei pochi lussi oggi ancora possibili. Anche i filologi si dedicano spesso ad attività nelle quali essi per primi non intravedono il minimo utile, e i collezionisti di francobolli o di cravatte ancora peggio. Ma questi sono passatempi inoffensivi, ben lontani dalle cose serie della vita. La matematica, invece, proprio in esse abbraccia alcune delle avventure più appassionanti e incisive dell'esistenza umana.»

Simone scrutò Giulio, che gli aveva appena raccontato la grande idea, in assoluto silenzio. Poi si girò verso Lorenzo e Giacomo, senza mostrare sorpresa. «Mi chiedete se questo progetto è realizzabile? Sono un ingegnere, mi intendo anche di opere marine perché l'anno scorso ho collaborato al progetto per una piattaforma Eni e so come si fa. Fatemi studiare un po' la situazione, però. Poi vi dirò se si può fare. Ma solo dal punto di vista tecnico; per quello legale immagino abbia già verificato Giacomo.»

«Sì, Simone, da quando ne abbiamo parlato, da quando a questo pazzo è venuta l'idea, dieci giorni fa, ho fatto un po' di verifiche. Ho incontrato alcuni docenti di diritto della navigazione, ho avvicinato qualcuno della Capitaneria di porto e qualche magistrato che conosco per il mio lavoro. Tutti mi hanno detto che una struttura che non sia inamovibile è immaginabile e che comunque si può cominciare chiedendo il permesso per attività scientifiche e poi si vede. Nessuno è certo delle normative, nessuno ti dice che non puoi farlo, tutti pensano che una volta che la cosa è stata realizzata non succederà nulla. È l'Italia insomma. Materia controversa, ma ce la si può battere.»

«Ok. Lasciatemi il tempo di riflettere, di fare qualche calcolo.»

«Grazie Simone, ci vediamo tra una decina di giorni?» chiese timoroso Giulio.

«Domattina, verso mezzogiorno» rispose Simone severo, senza alzare la testa, come se la massa di riccioli biondi avesse già salutato gli ospiti e si fosse concentrata sui numeri che la mano di Archimede aveva cominciato freneticamente a scrivere su alcuni fogli a quadretti appoggiati sul grande tavolo.

Lorenzo deglutì mentre bussava alla porta dell'ufficio del padre. Era agitato, emozionato, arrabbiato. Non sapeva perché si fosse fatto incastrare da Giulio in quella storia. In verità, però, dal momento in cui ne avevano parlato non aveva smesso di pensarci e il suo temperamento poetico aveva costruito manieri attorno a quel progetto. Aveva immaginato quel silenzio e quella pace, la possibilità di convivere con artisti e poeti, e tutto gli era sembrato improvvisamente più che utile, necessario. Però si vergognava di dover fare quella conversazione con suo padre. Non aveva mai chiesto nulla, si era finanziato da solo anche gli studi, lavorando come cameriere o come barman nella stagione estiva.

E non aveva nemmeno un gran rapporto con il padre. Anzi aveva scoperto con dolore di non stimarlo. Che avesse talento non c'era dubbio. Il ragionier Guerrieri era partito alla metà degli anni Cinquanta con un piccolo albergo a Cattolica e poi, anno dopo anno, si era allargato in tutta la Riviera. Fino al gran salto.

Approfittando di un momento difficile della famiglia che, dopo la guerra, aveva rilevato alla cifra di una lira la proprietà dell'immobile, si era aggiudicato l'albergo con una specie di asta tra gruppi imprenditoriali della zona. Il papà di Lorenzo era un tipo rotondetto, basso, calvo e con i baffetti all'insù. Sembrava un personaggio del Lie Detector, un intrigante gioco per bambini. Un peperino, sempre in moto. Con lo sguardo lungo sulle ragazze: nei bar ben informati si diceva che non ci fosse governante o cameriera dei vari alberghi che possedeva che non avesse dovuto fare i conti con il suo pressante corteggiamento.

Da quando era arrivato al Grand Hotel aveva cambiato stile, consapevole di dover fare un salto di qualità. Aveva ordinato al sarto vestiti a doppio petto convinto che gli conferissero autorevolezza, mentre in realtà lo rendevano ancora più goffo. Aveva anche cominciato a parlare in modo più affettato e cercava di nascondere la esse rotonda con effetti a volte comici. Lorenzo se ne vergognava ma un po' si vergognava di vergognarsi. Ogni tanto pensava che nei confronti di quell'uomo aveva un inconfessabile pregiudizio, come se l'aspetto fisico e la scarsa cultura di suo padre fossero per lui un problema di cui vergognarsi. Ma non era esattamente tutto ciò contro cui razionalmente combatteva? Come poteva avere il poster di Luigi Tenco nella sua stanza ed essersi entusiasmato per le parole di un libro appena uscito, quello con la copertina bianca scritto da un gruppo di ragazzi di una scuola popolare in Toscana?

Insomma, quella sensazione di imbarazzo, quel voler nascondere suo padre perché rozzo e incolto, altro non era che una forma di razzismo sociale. E questo gli ripugnava ancor di più se aveva la forza di pensare che lui si era laureato e aveva potuto trascorrere il tempo giovanile leggendo Jack Kerouac o Herbert Marcuse, Cesare Pavese o Pier Paolo Pasolini, Carlo Emilio Gadda o J.D. Salinger solo perché quell'uomo buffo a tredici anni era andato a fare il cameriere in un ristorante di Cattolica e piano piano, con il suo talento, era arrivato in cima al Grand Hotel di Rimini. Lavorando come un ciuco, perché quel figlio che si vergognava di lui potesse fantasticare, suonare la chitarra e sognare un mondo migliore.

Ogni volta che Lorenzo entrava al Grand Hotel aveva la sensazione di uscire dal tempo. Era come se quella porta girevole fosse un trucco da *Ai confini della realtà*. Lì dentro si precipitava nel passato. Se avesse ascoltato nei corridoi parlare tra loro donne con i vestiti da foxtrot e uomini con la brillantina sui capelli non si sarebbe meravigliato. Se il portiere fosse stato emozionato per l'arrivo del Duce, che pure odiava Rimini e amava Riccione, o se dal terrazzo di una suite fosse arrivata la voce di Caruso, Lorenzo non avrebbe strabuzzato gli occhi. Perché il Grand Hotel è tempo sospeso, è una nuvola di bellezza che ha resistito a tutto ed è arrivata fin qui.

Perché se guardi bene, oltre la siepe, ogni giorno a una certa ora, puoi scorgere Federico Fellini e Titta Benzi bambini che si sporgono per cercare di guardare di nascosto il mondo possibile, per vedere se i sogni sono veri, per qualcuno.

Perché se sali in cima ti può capitare di incontrare un ragazzo magro, con lo sguardo impaurito, sporco di fuliggine. Un ragazzo vestito da boy scout: è Anacleto Raggi, che aveva diciassette anni il 14 luglio del 1920, quando le meravigliose cupole di legno che sovrastavano i lati dell'albergo presero fuoco distruggendo tutta la parte superiore. La foto Argo, che ora campeggia in uno dei corridoi, e la fedele ricostruzione del «Carlino» di Rimini ricordano quelle ore drammatiche: «Oggi alle 14.30 circa alla sommità della parte a mare dell'ultimo piano del Grand Hotel si è sviluppato un incendio per cause tuttora imprecisate. I pompieri, avvertiti immediatamente, non tardarono molto a giungere, ma dati gli scarsi mezzi di cui dispongono, l'incendio non poté essere subito domato…». Nella cronaca si parla di un misterioso pompiere di Bologna «venuto a Rimini per i bagni che, appena avuta la notizia dell'incendio, accorse ed è stato addirittura meraviglioso nell'opera di estinzione e di salvataggio delle suppellettili». Poi si citano con enfasi i fratelli Giuffrida e Luigi Pagliantia «ardimentosi fino all'estremo». Non una parola sul povero boy scout che morì intossicato dopo aver fatto di tutto per salvare le vite degli ospiti e in particolare del personale di servizio dei ricchi villeggianti, che non per caso, nella legge del contrappasso che vuole i poveri in fondo alle grandi navi da crociera di inizio secolo, veniva accolto in cima negli alberghi di un tempo, perché lì faceva caldo d'estate e freddo d'inverno e i poveri, si sa, devono soffrire.

La prima volta che Lorenzo, accompagnato dall'orgoglioso padre, era entrato nella sala delle Quattro Colonne, quella delle feste più importanti, aveva avuto l'impressione di sentire nell'aria le note del Trio Lescano e di vedere muoversi a terra scarpe eleganti, con passi lievi, veloci e rotondi.

Su quel pavimento erano arrivati gli scarponi pesanti dei nazisti con la loro *Lili Marleen* e l'albergo era stato trasformato in accampamento di guerra per gli occupanti. E, dopo il conflitto, per i liberatori. Era tutto rimasto là dentro, nei corridoi e nel marmo lucido dei pavimenti, sui tavoli apparecchiati per i bambini figli del boom economico e addosso alle divise del personale. Tutto: il sangue e i fucili, il boogie-woogie e il trucco audace delle signore, le parole di Guglielmo Marconi e i vestiti bruciati del boy scout, gli occhi famelici di Fellini e la volgarità dei troppo ricchi.

Lorenzo entrò solo dopo che il ragionier Guerrieri gli disse di aprire. Era agitato e non immaginava di trovarlo in piedi, di spalle, di fronte alla grande vetrata che dava sul giardino. Gli rivolse un: «Ciao, Lorenzo» senza voltarsi. Questo accrebbe nel ragazzo il timore di aver scelto il momento sbagliato per un discorso quasi impossibile. Ma quando il padre si girò, Lorenzo vide che sogghignava sotto i baffi. «Ma lo sai che mi ha raccontato ieri Gino, il portiere? Che la sera prima del giorno di Pasqua si è presentato uno dei clienti più ricchi, uno che qui ci smena un sacco di soldi e lo ha avvicinato tutto misterioso. Gli ha detto, sottovoce: "Senta, mia figlia è su che non la pianta di frignare e di fare i capricci. È una bambina, ma ha certe pretese… Vuole che io le trovi subito una giraffa. Lei può aiutarmi?".

«"Dottore," gli dice Gino "domani è Pasqua, tutti i negozi sono chiusi, figurarsi quelli di giocattoli. Non so come aiutarla."

«"Forse non mi sono spiegato. Mia figlia non vuole un pelouche. Vuole una giraffa vera, altrimenti non smette di piangere e la mamma, come capisce, è disperata. Sono disposto a pagare qualsiasi prezzo. Anzi, questo è un assegno in bianco."

«Gino, che conosce il mondo, gli ha detto: "Capisco, certo. Mi lasci riflettere. La richiamo in stanza".»

Il ragionier Guerrieri sorrise: «Ho sempre detto ai miei collaboratori che per lavorare al ricevimento di un albergo servono due cose: tanta pazienza e tanta creatività.

«A Gino non difetta né l'una né l'altra. Si ricordò che, per quei giorni di festa, a Rimini aveva alzato le tende un circo. Allora lasciò il suo collega di notte, Alfio, in postazione e andò. Passarono due ore buone. E verso l'una Gino rientrò al Grand Hotel. Quando Alfio lo vide arrivare non sapeva se ridere, piangere o chiamare la Croce Verde. Il pover'uomo trascinava una giraffa e un asino. Guardò il suo collega sconsolato e gli disse: "La giraffa me l'hanno data ma al circo sostengono che non può stare senza il mulo, al quale è tanto affezionata. Speriamo alla bimba piaccia la coppia". Li posteggiò nel giardino e rimase a vegliarli seduto su una sedia di ferro per tutta la notte. La mattina dopo gli ospiti, affacciandosi alle finestre, rimasero senza parole ma Gino, col suo sorriso sincero, li rassicurò.

«Gino mi ha raccontato la fine della storia: la bimba non voleva l'asino, e allora finì che la giraffa se ne andò via piangente col suo nuovo padrone e il povero portiere si dovette accollare l'onere di ospitare l'asino, un tipo anche nervoso, nella sua casa di campagna. Ma il riccone fu felice, gli elargì una gran mancia e partì dicendo che come al Grand Hotel non si è curati da nessuna altra parte.

«Ecco, così è la vita d'albergo, figlio mio. Non ci si

annoia mai. Per questo voglio che tu cominci presto. Ma eri venuto per dirmi qualcosa?»

«Ehm, sì. Praticamente... ti volevo parlare di un'idea... un'idea che ci è venuta.»

Il ragioniere, che il mondo lo conosceva, si fece sospettoso: «Ci... chi sarebbero?».

«Sai Giulio e suo cugino Giacomo, l'avvocato.»

«Ah sì, quei due *pataca*. E che idea vi sarebbe venuta?»

Lorenzo prese fiato e tempo. Fosse stato per lui avrebbe preso anche la porta e sarebbe scappato a curare l'asino di Gino. Ma ormai era lì.

«Dunque, è una cosa un po' complicata.»

Il padre sorrise, ma Lorenzo non se ne accorse. Si sedette e disse al ragazzo di fare altrettanto.

«Ah, sì, grazie. Dunque Giacomo ci ha detto che esiste una parte di mare che è fuori dalla legislazione degli Stati. E che lì si può fare quel che si vuole, purché non si costruisca una struttura definitiva che sottragga il mare stesso alla libera circolazione di tutti. È chiaro fin qui?»

«No, ma vai avanti» rispose il padre lisciandosi la testa pelata.

«Allora noi avremmo pensato di fare lì una piattaforma, di costruire delle stanze tipo locanda e di farci dormire degli artisti. È un'idea di Giulio che ha letto di una struttura del genere in America che fa un sacco di soldi. Poi è una bella cosa per la cultura, no? Ah, siamo stati da un altro nostro compagno di classe che fa l'ingegnere, è molto stimato, ti ricordi quel genio di Simone? Ecco, lui sta studiando la fattibilità tecnica. Che te ne pare?»

«E con la preside e i bidelli non ne avete parlato?»

Era l'unica reazione che non aveva messo in conto, il sarcasmo. Scosse la testa, fece come per alzarsi e disse, con l'aria del genio incompreso: «No, non ne abbiamo parlato. Ho capito...».

«No, fermati.» Il ragioniere sparò un sorriso rassicurante: «Scherzavo. Invece è proprio questo che mi piace. Le imprese nuove o si fanno da soli o tra amici di gioventù».

Adorava pronunciare queste frasi di marmo che gli conferivano un'aura di sicurezza, competenza e autorevolezza.

«È chiaramente una follia. Però anche il telefono lo era, anche la radio, il motore a scoppio e la ruota.»

La storia non era il suo forte e per questo l'ordine cronologico era approssimativo.

«E dove andrebbe messa questa piattaforma? Quanto sarebbe grande?»

Lorenzo precipitò una risposta che, mentre la ascoltava dalla sua stessa voce, gli sembrò una maestosa, imperdonabile minchiata: «Questi particolari tecnici li sta vedendo Simone».

Ci fu un momento di silenzio. Il padre si voltò di nuovo verso la grande vetrata e sussurrò tra sé e sé: «Particolari tecnici... Ma che ci vorreste fare? Non ho capito bene».

Il ragazzo si riscattò con un colpo di genio: «Un nuovo tipo di albergo. Una piccola locanda sul mare. Molto esclusiva. Per scrittori e artisti. Pensa quanti giornalisti e fotografi da tutto il mondo arriverebbero. Un luogo di sogno, dove creare immersi solo nel rumore del mare. Credo pagherebbero cifre astronomiche per venirci, gli uomini di cultura».

«Solo uomini?»

«Ma no, papà, pensa a quante attrici e cantanti si precipiterebbero, anche solo per farsi pubblicità...»

«Dici? In effetti non ce ne sarebbero altri, di alberghi così, al mondo. Ma siete sicuri si possa fare? E l'elettricità, l'acqua, i trasporti?»

«Ti ho detto, Simone ci sta lavorando e già oggi dovremmo avere un responso.»

«Ho una domanda secondaria, un aspetto marginale, irrilevante: visto che siete quattro studenti appena laureati, i soldi chi li mette? L'avvocato e l'ingegnere hanno fatto carriera così rapidamente da potersi permettere un investimento tanto impegnativo? Giulio non ho mai capito cosa faccia. Temo abbia la tua stessa occupazione.»

L'aveva detto. Non aveva potuto fare a meno di ricordargli che ancora non lavorava in albergo, negandogli in quel modo la più grande soddisfazione a cui il padre potesse aspirare: una linea di discendenza maschile in ditta.

«Ecco, vedi, avevamo pensato che forse, essendo un affare nel settore turistico, poteva interessarti. Me lo hanno detto e io ho pensato di raccontartelo. Magari è una grande idea e se io non te ne avessi parlato tu un giorno avresti potuto rimproverarmelo.»

«Quindi lo hai fatto per il mio bene? Per il bene della nostra azienda? Sono commosso, davvero.»

Lorenzo non aveva capito se il padre lo stava prendendo in giro. Ora non si vedeva più nessuna ombra di sorriso, sotto i baffi all'insù. Seguì un silenzio imbarazzante. Poi il ragionier Guerrieri sfoderò il tono professionale, asciugò le esse rotonde e si rivolse al figlio come se fosse stato uno sconosciuto, il fornitore di asciugamani di spugna con l'iscrizione «Grand Hotel» o il grossista di aragoste.

«Se hai pensato che possa essere un affare per l'impresa della tua famiglia, comportati di conseguenza. Prepara un piano di fattibilità tecnica, finanziaria, di gestione, commerciale e torna da me. Lo valuterò. Ti assicuro che lo esaminerò con la massima attenzione. E meglio sarà fatto, più sarà facile che io dia una mano.»

Era una sfida e un'apertura insieme. Lorenzo pensò che non poteva dire di no. E non disse di no. Accettò il guanto lanciato e ringraziò il padre. Tra loro non c'era mai stata grande fisicità nei rapporti ma quel giorno rischiò e fece per abbracciarlo. Si scoprirono tutti e due impacciati. Quando si staccarono l'imbarazzo era evidente. Il padre era confuso anche perché pensava che quel gesto innocente potesse certificare la gratitudine di suo figlio per un impegno che non era sua intenzione prendere in modo stringente. Per questo, istintivamente, mentre il ragazzo usciva dalla porta, volle restaurare un'aria lieve, quasi di gioco.

«E tu pensi che Marilù Tolo ci verrebbe sull'isola?»

Il ragazzo si fermò, si girò e disse sicuro: «È la prima a cui abbiamo pensato. Per noi può essere la madrina dell'inaugurazione».

Quando Giulio suonò al campanello dello studio di Simone era in ritardo di un quarto d'ora. Si era fermato a casa più del previsto perché gli era arrivata un'offerta di lavoro. Un suo amico che faceva il rappresentante della Coccoina a Bologna gli aveva proposto di affiancarlo per la Romagna, perché il mercato si allargava, merito delle figurine Panini e del crescente uso di foto che necessitavano di colla per gli album, e lui non riusciva più a coprire tutta la regione.

Durante il percorso dal suo appartamento alla darsena, Giulio aveva pensato al da farsi. Si era chiesto se questa possibilità, niente di speciale ma sempre qualcosa, avrebbe interferito con il grande progetto, quello che ormai lo aveva invaso, occupato, posseduto. Non riusciva a pensare ad altro e ogni volta gli venivano idee nuove che arricchivano quella originale. Se solo avesse avuto dei soldi suoi li avrebbe messi tutti lì. Aveva fatto anche un rapido calcolo di quanti barattoli di Coccoina avrebbe dovuto vendere per poter finanziare il progetto. E aveva concluso amaramente che neanche se avesse coperto di fotografie e figurine tutta la spiaggia della Riviera ne sarebbe venuto a capo. Così aveva preso una decisione, secondo un metodo scaramantico che seguiva fin da bambino, quando sceglieva se sfidare alla corsa in bici i suoi amici solo in ragione di quante mamme col carrozzino aveva incontrato o di quante auto con la gomma cerchiata di bianco aveva contato per la strada. Così quella mattina decise che, se Simone avesse detto che la sua isola non era una irrealizzabile follia, vi si sarebbe dedicato interamente. E la Coccoina, col suo meraviglioso vasetto argento e il suo inebriante profumo, avrebbe trovato più motivati apostoli.

E così fu. Addio alla colla. Andiamo all'isola, alla nostra isola.

Il geometra Savonetti stava mostrando a Giulio, Lorenzo e Giacomo le fotografie che ornavano le pareti del suo ufficio, una gran vista sul porto di Pesaro. Vicino a quella della famiglia, una moglie rubizza e due figli bene in carne, ce n'era una che risaliva ai suoi inizi lavorativi. Un ragazzo del dopoguerra, brillantina e sguardo di chi ha scampato un pericolo, che brandiva un metro come fosse un fioretto, in una posa retorica e scherzosa. Attorno a lui, allegri, altri ragazzi, alcuni persino con i pantaloni a mezza gamba.

«Erano i miei amici. Con loro abbiamo messo su la ditta. Alcuni sono rimasti, altri poi si sono messi in proprio. Tutti abbiamo fatto fortuna. Basta avere voglia di lavorare, oggigiorno.»

I tre ragazzi si guardarono e pensarono che in fondo erano lì, presso la premiata ditta di costruzione e assemblaggio di tubi Savonetti, proprio perché erano sicuri che anche nel loro «oggigiorno» bastasse avere voglia di lavorare, per farcela. E poi avevano la più bella, grande, coraggiosa, fantasiosa idea che si fosse mai sentita.

Le fotografie erano finite e gli argomenti scarseggiavano, ormai. Attendevano da troppo tempo l'arrivo di Simone che, un po' titubante, aveva preso per loro quell'appuntamento. Al geometra i tre amici avevano intanto illustrato il progetto, facendo appello alla sua deontologia professionale perché mantenesse il segreto. In verità gli avevano solo detto una mezza verità: volevano cercare una falda di acqua dolce e gli serviva installare una piattaforma dotata di stanze per il personale.

La porta si aprì e invece della folta capigliatura bionda di Simone entrò trafelato uno chignon nero, con allegata una ragazza. Che Giulio, sorpreso, riconobbe subito.

«Scusate il ritardo, ma Simone non poteva venire e allora ha chiesto a me, che sarei la sua assistente, di fare le sue veci. Non sapeva come avvertire e allora io mi sono precipitata... Spero di poterle essere utile, geometra. D'altra parte lei ha una tale esperienza che le basterà guardare i disegni.»

Un esordio magnifico. Sincero e avvolgente, umile e sicuro. La ragazza aveva lanciato ai tre giovani uno sguardo rassicurante e poi aveva srotolato sul tavolo una gran messe di disegni e numeri. Interloquiva col pensoso geometra con una invidiabile tranquillità, per ogni domanda aveva una risposta. Sembrava fosse stata da sempre nel progetto e da sempre ne avesse condiviso la definizione, anche minuta. Giulio si era fissato sullo chignon, dal quale non riusciva a staccare lo sguardo. Si ricordava l'imbarazzo provato sulla spiaggia nella discussione su Edgar Allan Poe e la sensazione di inadeguatezza che lo aveva spinto a fuggire. Lei si confermava una tipica secchiona, una di quelle brave in tutto, forse insopportabile, certo deliziosa con i capelli tirati su in quel modo.

«Allora, ragazzi,» disse dopo una pausa di riflessione il geometra Savonetti «credo si possa fare.»

Ci fu un silenzio, come una pausa tra due tempi di un film, come una pagina bianca tra due capitoli di un libro. Tutti sapevano quello che si doveva dire, e nessuno lo voleva dire. Era come quando Maspes e Gaiardoni restavano per ore fermi sulla bicicletta da corsa, immobili in equilibrio sulla pista, impegnati in quello che i cronisti chiamavano «surplace», parola suadente che indicava una sfida magica in cui vinceva chi stava più fermo.

Lorenzo ruppe l'incanto, con un inaspettato moto di coraggio: «E... geometra, mi scusi, per i costi e per i tempi di costruzione?».

Il principale della premiata ditta Savonetti non si può dire fosse sorpreso dalla domanda, ma si schiarì la voce, fece una pausa, indossò un'espressione pensosa e formulò la sentenza: «Allora, servono nove tubi principali del diametro di 630 millimetri, chiusi sopra e sotto. In fondo, secondo il progetto, davvero intelligente, del vostro amico, devono avere una saracinesca che, una volta piazzata in mare la struttura in galleggiamento, possa aprirsi in modo che il tutto, imbarcando acqua, si vada ad appoggiare sul fondo autonomamente, senza bisogno di sommozzatori o altro. Poi servono tre rimorchiatori e gli operai per il montaggio. E poi la piattaforma. Insomma...».

I ragazzi erano a bocca aperta, aspettavano che il verdetto fosse emesso e il loro unico desiderio era evitare l'ergastolo di una cifra impossibile e di tempi biblici.

«Insomma, considerato che mi siete simpatici e mi ricordate come eravamo io e i miei amici nella foto e che la vostra ingegnera è così brava e carina io penso – ma sia chiaro che non è un preventivo preciso – che ci vorrà una decina di milioni. I tempi, se partiamo subito, possono essere rapidi. Diciamo che a marzo la vostra isola potrebbe essere...» Non gli veniva il verbo giusto. Poi lo trovò: «Potrebbe essere piantata».

Quando tornarono allo studio di Simone i ragazzi erano felici. Tutto diceva che quell'idea bislacca, quel sogno da Peter Pan, era fattibile. Mancavano i soldi, ma Lorenzo aveva fatto intendere che il padre non era del tutto chiuso all'idea di finanziare l'impresa. Quello che li aveva entusiasmati era la certezza che non ci fossero ostacoli progettuali, né insormontabili difficoltà realizzative, né pregiudiziali giuridiche, almeno a quanto diceva Giacomo. Comprarono una bottiglia di spumante ed entrarono nello studio sulla darsena del loro amico del liceo. La ragazza, che ora sapevano chiamarsi Elisa, aveva detto loro che Simone in verità non era stato bene e per questo aveva mandato lei. Lo trovarono piegato sul tavolo intento a lavorare e, quando aprirono la porta e la luce di quel pomeriggio di fine agosto illuminò la sua figura, lo videro alzarsi e voltarsi verso di loro con uno sguardo difficile da decifrare. Era ansioso di sapere come era andata, ma mostrava insieme un'evidente malinconia, come uno smarrimento. Almeno a Lorenzo, che dei tre era il più sensibile, sembrò così.

Elisa raccontò, con estrema precisione, il colloquio con il geometra e rassicurò Simone sulla ottima impressione che il suo progetto aveva fatto al titolare dell'impresa che avrebbe dovuto realizzarlo. Riferì sui tempi e i costi che apparvero a lui, come erano apparsi agli altri, i migliori immaginabili.

Giulio era il più entusiasta e agitava la bottiglia il cui liquido veniva trafitto dai raggi di sole e assumeva un color oro.

«Dài, brindiamo, prima che si scaldi.»

«Sì, ma ora vi devo dire una cosa. Vi devo confessare la vera ragione per la quale oggi non ero con voi.»

«Elisa ci ha detto che sei stato poco bene...» sussurrò Lorenzo.

«Sì, ma il problema è un po' più serio. E per questo voglio parlarvene, sinceramente. Ora.» Si lasciò cadere sulla sedia. «In questi anni ci siamo visti poco, le nostre strade si sono separate. Come è naturale che fosse. Io ho fatto il mio percorso di vita, voi il vostro. Quando siete entrati qui dentro, a giugno, sono stato felice. Ho lavorato per il vostro progetto, che ora sinceramente sento anche mio, impegnando molto più delle mie conoscenze e della mia amicizia per voi. Mi sembrava, ritrovando voi, di recuperare la semplicità e la freschezza di quei giorni passati insieme in classe. E la vostra idea mi ha entusiasmato, per quanto si possa entusiasmare un ingegnere, freddo e razionale. Ma lo sono meno di quanto sembra. Vi ho detto che ho fatto una esperienza di lavoro importante su una piattaforma Eni a Ravenna. Amavo vivere all'aria aperta, senza legami con la città, in una dimensione irreale e "finita", in cui tutto è conosciuto e controllabile, tutto è familiare, a cominciare dalle persone. Per chi vive e lavora lì il mondo è circoscritto: la superficie della piattaforma, che è la piccola terra degli uomini e il grande mare, senza confini e limiti.»

«Insomma, come la nostra isola?» chiese Giulio.

«Tutto lì, come sarà la vostra, nostra, isola. Quando sono tornato a casa, a Rimini, ho fatto una grande fatica a riabituarmi alla vita normale. Come se tutto fosse insopportabilmente disordinato, rumoroso, concitato.

In fondo violento. Una volta ho partecipato a una manifestazione contro la Nato, la guidavano Loris Soldati e Nando Piccari, ve li ricordate?»

«Sì,» intervenne Giacomo «c'è stata anche una carica della polizia.»

«Niente di grave, una carica di alleggerimento. Ma io ero in fondo, e sono stato preso dal panico. Mi sono seduto per terra, appoggiato a un muro, e ho cominciato a tremare e a piangere a dirotto. Non avevo paura, stavo proprio male. Il mio terrore non erano gli scudi della Celere, era la gente. Era vederla correre e urlare, ammassarsi e mischiarsi. Non lo sopportavo. Mi hanno portato a casa. Da quel giorno faccio fatica, anzi non riesco più, a salire su un autobus, tantomeno su un treno o su un aereo, non riesco a fare una fila, a entrare in un supermercato. Mi manca l'aria, faccio fatica a respirare. Non è un problema di spazi chiusi o aperti. Il mio problema sono gli altri. Mi fanno paura. Non riesco a prevedere razionalmente i loro comportamenti. Ho bisogno di certezze, di orizzonti che conosca. Ho paura dell'ignoto e per questo la mia vita è in due luoghi, solo due. La mia casa, che è qui vicino, e questo studio.»

«E come fai a lavorare?» lo interruppe Giacomo.

«Per la mia professione è certamente un limite terribile ma per ora sono riuscito a nasconderlo. Grazie anche a Elisa. Che è il mio sguardo sul mondo, la mia televisione, il mio periscopio. Lavoriamo insieme da quasi un anno. Da quando una psicologa mi ha ascoltato, si è occupata del mio caso e alla fine ha diagnosticato la mia malattia. Una malattia colta e raffinata, come si addice al mio abnorme cervello: l'agorafobia. Aver fatto gli studi classici mi ha consentito di dare un senso immediato a quella parola e sentirmi un malato elegante. Ma vi assicuro che è durissima da vivere, la paura della piazza.»

Lorenzo era sbigottito: «Fammi capire, hai timore delle persone o degli spazi?».

«Qualcuno ha detto che l'agorafobia non è paura degli spazi aperti, è paura della libertà, è paura di se stessi. È vero, io ho paura della libertà, e per questo mi sono autorecluso in queste due prigioni bellissime. Ed è vero che ho paura di me stesso, altrimenti non vivrei nel timore di chi non conosco, che considero un potenziale pericolo e non, come dovrei, una meravigliosa possibilità. Cerco di nascondere questo mio disagio, di cui mi vergogno. Per questo fino a che non è stato necessario non vi ho fatto incontrare Elisa.»

Gli sguardi di tutti si posarono su di lei, che sorrise.

«Ma oggi per me era impossibile venire fino a Pesaro, un luogo che al mio cuore è lontano come Tokyo o Città del Messico. Con Elisa abbiamo lavorato al progetto e io, che non lo vedrò mai realizzato, me lo farò raccontare da lei. È come se io fossi cieco e se lei fosse i miei occhi. Sono come Omero, solo che mi diletto con i numeri, non con le parole.»

Ora era arrivata la luce rossa, quella del tramonto. E filtrava, con la sua sensuale malinconia, attraverso la massa di capelli biondi arruffati sulla testa di Simone, come un manifesto del suo disordine interiore. Aveva tanti capelli, come le idee e i numeri e i nessi della sua intelligenza febbrile. Ed erano incolti e annodati, come la sua vita, le sue ansie e i suoi sentimenti. Giulio si era messo da parte, seduto in un angolo dello studio, mentre il suo amico confessava la propria debolezza. Gli veniva voglia di piangere e, osservando lo sguardo dolce con cui

Elisa seguiva le parole di Simone, si chiedeva che rapporto ci fosse tra loro. E sperava fosse di quel genere, l'amore, che il suo amico aveva sempre cercato, senza molto successo, dai tempi del liceo.

La luce rossa illuminava anche la fotografia che era appesa al muro, proprio dietro le spalle, ora curve nell'imbarazzo, del giovane ingegnere. Era l'immagine che i ragazzi avevano scattato quando erano andati al largo per scegliere il punto preciso in cui la loro isola sarebbe stata «piantata». Anche quel giorno Simone aveva accampato una scusa, e anche allora loro l'avevano presa per buona. Ed erano partiti, al mattino presto, col piccolo motoscafo che Alfonso aveva chiesto in prestito al padre, una struttura in acciaio munita del motore di una Fiat 500. Avevano preso come riferimento il grattacielo di Rimini, una stravagante struttura mastodontica che alla fine degli anni Cinquanta era stata edificata a tempo di record, in ventiquattro mesi. Si erano allontanati molto dalla costa, seguendo non una rotta ma le prescrizioni che Giacomo, trasformatosi improvvisamente da leguleio in capitano indomito, impartiva con la sicurezza del vecchio lupo di mare.

Dopo quasi un'ora di navigazione erano arrivati al punto prescelto, 11.500 metri dal confine italiano. Usarono il sestante e fecero, con un tecnico inviato da Simone, dei sondaggi in mare registrando che in quel punto il tirante d'acqua, con l'alta marea, era di 13,40 metri e lì misero la prima pietra immaginaria. Era il loro Punto Z. Avevano portato con loro un ragazzo biondo, segnalato dal mitico fotografo Minghini, un ventenne con la passione per le Canon che fotografava freneticamente qualsiasi cosa e che fu subito battezzato Scatta. Dimostrava meno dei suoi anni. Sembrava un ragazzino, entusiasta e curioso di tutto. E fu lì, quel giorno, che scattò la prima immagine, la costa vista dalla barca, Rimini e il suo stralunato grattacielo ripresi dal mare. Quell'immagine sulla quale ora si era depositato lo sguardo di Giulio. Era la fotografia di niente, in fondo. Era la fotografia di un sogno, in realtà.

All'appuntamento col padre, Lorenzo si era presentato insieme ai suoi amici. C'erano tutti, Alfonso, Elisa e Scatta compresi. Mancava solo Simone, per la cui assenza fu addotta una influenza con febbre alta. Davanti al ragionier Guerrieri, costretto in un vestito bianco abbellito da un fiore nero all'occhiello, furono distesi disegni e fotografie. Elisa espose i dettagli tecnici e Giulio riferì il preventivo della premiata ditta Savonetti. Il ragioniere era guardingo, quasi sospettoso. Si fece ripetere da Giacomo le motivazioni della praticabilità legale dell'operazione. E poi tacque. Misurò in lungo e in largo il perimetro della stanza, con passi piccoli, sembravano quasi saltelli. Si passava la mano sulla testa, come ad accarezzare pensieri e dubbi.

Lorenzo era rimasto in silenzio, gli sembrava giusto così. Quando il ragioniere fermò la sua circumnavigazione e squadrò quella scombinata compagnia pensò che, dopo tanti anni di affari riusciti, forse stava per fare una gigantesca follia. Però guardò Lorenzo, che teneva timidamente gli occhi a terra, sorrise dentro di sé nel fare una panoramica sui volti in attesa di quei ragazzi sognatori e decise che sì, valeva la pena rischiare tutti quei soldi. Magari sarebbe diventato l'affare del secolo e, comunque, la sicurezza finanziaria raggiunta e la sua assoluta fiducia nel futuro gli permettevano un margine di rischio. E poi c'era Marilù Tolo all'orizzonte e forse persino quella meravigliosa e conturbante Scilla Gabel, riminese, della quale si narrava, come in una leggenda, la magnetica presenza alla rotonda del Nettuno nelle serate in cui si era cominciata a ballare la più frenetica delle danze. Quel ritmo irresistibile che la voce tesa di Chubby Checker stava diffondendo come un invito universale: «Come on, let's twist again».

«Proviamoci. Ma vi seguirà un mio ragioniere per controllare i conti e tutte le spese. Il preventivo deve restare quello. E voi dovete lavorare gratuitamente, fino al varo delle attività. Salvo, naturalmente...» disse, cambiando tono e lanciando uno sguardo assassino verso la ragazza con lo chignon, «per il lavoro della signorina e del vostro amico, che mi sembrano gli unici concreti. Voi volete inseguire un sogno? Correte allora e se non arrivate, non prendetevela con nessuno, se non con le vostre gambe, la vostra intelligenza, il vostro coraggio.»

Gli amici si scambiarono uno sguardo di trionfo.

«Comunque i dieci milioni, previa verifica progettuale dei miei collaboratori, ci sono. E ne aggiungo uno per tirare su le stanze, ma per quello ci vuole poco. Quanto dovrebbe essere grande la piattaforma? Quattrocento metri? In due mesi al massimo si fa tutto. Quando inauguriamo? Alle cose bisogna mettere una data, se no si rinvia, ce la si prende comoda, si batte la fiacca. Faccio io una proposta: la ditta Savonetti, gente seria, dice che a marzo possono piantare l'isola. Allora io vi do poi due mesi per sistemarla e il Primo maggio la inauguriamo e ci facciamo la stagione estiva. Così cominciamo a recuperare un po' di soldi. Perché, sia chiaro, io vi sto facendo un prestito. L'isola è vostra, non mia. Io opero, con amicizia, da banca. Se le cose vanno male vorrà dire che lavorerete gratis tutta la vita nei miei alberghi.»

Sorrise, il ragionier Guerrieri, e volse lo sguardo in direzione di Lorenzo che, come gli altri, non nascondeva la sua felicità. Giulio e Giacomo addirittura si stavano abbracciando.

«Papà, grazie. Da tutti noi. Siccome ti conosco, so che nella tua decisione c'è affetto per noi ma anche fiducia. E questo per noi è importante e cercheremo di darti ragione.»

Il ragionier Guerrieri si toccò imbarazzato la testa, all'inutile ricerca di un capello, e poi si avvicinò al figlio al quale diede un abbraccio sbilenco, come il tiro di chi non ha mai giocato a pallone, come il tuffo di chi non si è mai buttato. Sarà stato forse il quinto abbraccio, in una vita. D'altra parte da suo padre, il nonno di Lorenzo, il ragioniere non ne aveva mai avuto neanche uno. In compenso aveva collezionato cinghiate a profusione. Evoluzione della specie. Lenta, ma evoluzione.

A Giulio Rimini d'inverno piaceva da morire. Gli piaceva passeggiare a vuoto, con le mani affondate nel cappotto beige. Gli piaceva fermarsi a guardare il mare nelle giornate uggiose: la spiaggia deserta e i capanni che tremavano per il vento, quell'odore di salsedine incongruo per la stagione e la gente che fuggiva via veloce. Gli piacevano le insegne luminose spente, come se riposassero in attesa della festa, e le vetrate degli alberghi alla moda che restavano mute e deserte. Gli piaceva quella sensazione di perduto e atteso che restava nell'aria, come se, spiriti invisibili, fossero ancora lì le svedesi col cuore in tumulto che ora stavano severamente mandando a letto i figli nel freddo di Göteborg o di Uppsala, e lo sguardo furbo dei bagnini che ora, infreddoliti, trasportavano merci col camion lungo l'autostrada, in attesa che il sole li riportasse al lavoro che preferivano.

Il tempo sospeso, il presente di mesi che si consumavano tra il ricordo e la speranza. Come se lì l'anno durasse meno che altrove. Rimini d'inverno è una città *slow*, carica di memoria e di struggimento. È una città che si alimenta dei suoi vuoti, degli amori strappati, di lettere non scritte, di figli non riconosciuti, di avventure che avrebbero potuto essere e che forse saranno, l'anno prossimo. Per questo Rimini sogna, e racconta. Storie e leggende favolose, un mondo di memorie in cui vero e immaginario si incrociano, per non lasciarsi mai: «Rimini: una parola fatta di aste, di soldatini in fila. Rimini è un pastrocchio, confuso, pauroso, tenero, con questo grande respiro, questo vuoto aperto del mare. Lì la nostalgia si fa più limpida, specie il mare d'inverno, le creste bianche, il gran vento come l'ho visto la prima volta», così aveva scritto Fellini in un testo che Titta aveva fatto leggere di nascosto al padre di Giulio, suo vecchio amico, e lui aveva copiato le frasi che più gli piacevano.

Rimini è piena di fantasmi e di illusioni. A Rimini può arrivare la nebbia, improvvisa, e incartare la città, come un pacco di Natale. A Rimini può scendere copiosa la neve, a fiocchi grandi, e trasformare la spiaggia in una moquette bianca. E tutti fanno silenzio, e camminano più lievi per la Piazza e sul Corso, che sembra volino. E se una sera, a fine estate, vai con gli amici sul Marecchia, puoi vederlo rischiarato come fosse mezzogiorno, per la quantità di lucciole che si muovono tra l'erba e l'acqua che scorre. È giorno di notte, a Rimini.

In città, se solo li vuoi incontrare, si aggirano fantasmi gentili. Sono figli della storia, ma spesso anche figli delle storie che i riminesi si sono raccontati per generazioni. Senza preoccuparsi di sapere se sono accadute davvero. Se qualcuno le raccontava erano successe realmente, almeno nella mente del fantasioso creatore. Perché, come diceva il maestro: «C'è solo una cosa più potente del pensiero: l'immaginazione».

Come il fantasma del tenente Mario Morelli, segretario del Fascio e presidente del Comitato dei festeggiamenti – perché a Rimini c'è sempre una buona ragione per festeggiare qualcosa – che nell'agosto del 1923, con precisione il 14, concluse con un colpo di pistola la fuga di un toro che, contravvenendo a precise disposizioni del governo di Mussolini, si era allontanato dallo stabilimento del Kursaal dove, eccitante novità, si teneva una vera corrida spagnola, ideata dal conte Gino Augusti.

Il toro però aveva respirato l'aria del Marecchia ed era diventato istantaneamente riminese. Perciò si stufò di dover sottostare alla noiosa rigidità di un protocollo che, peraltro, prevedeva che lui fosse infilzato bellamente da qualche bischero. E così partì alla carica, sfondò le fragili recinzioni e cominciò a correre libero e felice per i viali dello Stabilimento. In una foto mirabile, scattata da Umberto Gelosi, si vede lo spiritoso animale che scappa inseguito da bagnanti con baffi a manubrio e costume intero e improbabili toreri romagnoli vestiti per l'occasione, chissà che caldo. La fuga dell'animale travolse un ortolano con asinello e sulla spiaggia si temette, per il gran trambusto, che si trattasse di un terremoto. Corre il toro, forse verso il mare, forse verso la libertà. Ma ad attenderlo c'è il valoroso tenente, con riga a sinistra sui capelli, che impettito lo fredda nel prato Spina. Chissà quanto gli sarà valso, di clamore e onore mondano, quel colpo di pistola sparato su un povero toro in cerca di felicità.

O il fantasma meraviglioso della signorina Maria Renzi che al Gran ballo della Stampa, nell'agosto del 1925, viene indicata, tra mille, da Italo Balbo, che a quella festa era arrivato accompagnato da Arnaldo Mussolini: dove, come scrisse il «Popolo di Romagna», «sirene e tritoni danzano, scurissimi nell'epidermide, abbronzati dal mare, negli abiti irreprensibili da società che contrastano stranamente con la loro apparenza, danzano leggeri e corretti, questi abitatori del mare che tutto il giorno remano, nuotano e viaggiano in mille automobili. Si pigiano in sala, s'evitano abilmente (i tedeschi però urlano imperterriti a destra e a manca) poi si disperdono per le terrazze». Si danza in ogni luogo, trasportati dalla musica di varie orchestrine, fino all'arrivo di Italo Balbo. Allora tutto si unisce nel canto virile di *Giovinezza* mentre «le coppie plaudenti circondano gli ospiti graditi e improvvisano una calorosa dimostrazione di simpatia».

Balbo, quadrumviro e poi trasvolatore, è invitato ripetutamente a ballare ma declina con maschia e ostinata determinazione. Però non rinuncia a osservare attentamente le centinaia di donne eleganti ed emozionate che volteggiano davanti a lui, nel salone delle feste del Kursaal. E ne indica sicuro una, che veste un abito verde mare. È Maria Renzi, bellezza moderna, che viene per decisione quadrumvira nominata seduta stante Reginetta del mare. Balbo tornerà, chissà perché, nel marzo dell'anno successivo, atterrando, discretamente, con un biposto sull'arenile antistante la Colonia Comasca.

O il fantasma di quei tre ragazzi che sempre d'estate, sempre di Ferragosto, furono visti dai loro concittadini penzolare dalla forca che i nazisti avevano innalzato nella piazza Giulio Cesare, la principale della città. Nei giorni precedenti, uno di loro, Luigi Nicolò, un *burdèll* di poco più di vent'anni, aveva catturato, durante un'azione, un giovane fascista. Un suo coetaneo. Nicolò e il suo compagno, Giorgi, avrebbero dovuto ucciderlo, per vendicare l'assassinio di un partigiano. Ma quando il milite con la camicia nera cominciò a piangere, a dire di avere a casa la madre vedova con quattro fratellini, Nicolò gli aveva urlato: «Vattene via, va' dai tuoi». Il suo compagno era stizzito e gli chiese perché non gli avesse consentito di interrogarlo, essendo lui anche più anziano ed esperto. «Perché avevo paura che tu gli sparassi» fu la risposta di Luigi Nicolò, nato a Rimini l'8 giugno 1922.

Il giorno di Ferragosto del 1944 fu l'ultimo della sua vita. Magari quella mattina qualcuno stava prendendo il bagno, al mare. Ma nella piazza centrale della città il corpo di quel ragazzo di ventidue anni, quello di Adelio Pagliarani, nato il 29 maggio 1925 e quello di Mario Cappelli, 1° aprile 1925, dondolavano sotto lo sguardo inorridito dei riminesi. Li lasciarono così, in mostra per un giorno intero.

Quando faceva freddo e scendeva la nebbia, a Giulio sembrava di incontrare tutti per le strade invisibili, come se Rimini fosse un contenitore che nulla perde, neanche i suoi dolori più inaccettabili e le sue follie più inarrivabili. Come se i Tre Martiri potessero, in via IV Novembre, incontrare e salutare con un sorriso «l'irresistibile Giuseppe Ulivi» che nelle feste goliardiche del 1926 si travestiva da Charlot. Come se birri di vocazione degli anni Sessanta – come Mimì, detto Inps perché si occupava delle turiste più anziane; o Il Fagiano che usciva in canottiera da casa dicendo alla moglie che andava a giocare a carte al bar e invece si cambiava in auto mettendosi uno splendido smoking per le danze negli alberghi alla moda, o come Ainemoment, un tipo bellissimo ed elegante che conquistava frotte di straniere adoranti ma le lasciava a bocca asciutta perché a lui non interessava fare l'amore ma solo ballare – potessero dare una pacca sulla spalla a Beniamino Gigli che benedice il corso dei Fiori, magari in quella notte magica dell'agosto del 1923 in cui si svolse il concorso di illuminazione dei capanni e Rimini splendette come fosse rischiarata dalle luci del *Rex* che, prima o poi, doveva arrivare.

Giulio parcheggiò nel grande cortile la sua 850 Spider e bussò alla porta della casa di Coriano, dieci chilometri da Rimini, quella sera di fine dicembre. Voleva fare gli auguri di Natale a suo padre, che non vedeva da tempo. La mamma lo aveva chiamato la mattina, sollecitandolo a fare una cosa che lui aveva già deciso, come spesso succedeva. Aveva un tono strano, però, ansioso, affannato. Quando gli aprì la porta aveva gli occhi spenti e sembrava avere fretta. Fretta che lui entrasse e che vedesse suo padre. Che non era cambiato.

Era in piedi, davanti alla gran finestra che dava sui suoi campi. I campi dove da ragazzo aveva lavorato, spezzandosi la schiena, e dove ora vedeva i suoi contadini usare macchine e diavolerie che avevano aumentato la produzione e ridotto la fatica: il progresso. Era un vecchio bellissimo, Sergio, gli occhi azzurri che dardeggiavano allegria e felicità di vivere. Robusto, ma non grasso, autorevole e dolce. Viveva, da sempre, in una dimensione fatata, aveva categorie di interpretazione del reale che risalivano alla natura, agli animali, allo scorrere del giorno, alla fantasia.

Quando da ragazzo andava all'alba nei campi e cercava di far nascere frutti e piante, come una levatrice del mondo, il suo cervello vagava per spazi infiniti, in quella pianura senza limiti. I suoi pensieri, le storie che immaginava erano influenzati dal succedersi dei colori del giorno, dal giallo del grano col sole alto al rosso del ritorno a casa. Dalla furia del vento che sbatteva i girasoli l'uno contro l'altro, come una guerra tra eguali e innocenti, alla pioggia che cadeva battente e faceva tutto più verde. Era stato in campo di prigionia, soldato italiano preso dai nazisti, ed era mancato da casa per un anno. Aveva patito la fame ma, con i suoi compagni di baracca romagnoli, la sera, aveva cominciato a sognare e a descrivere pasti caldi e forti e una volta, mentre immaginavano il ragù, a tutti era sembrato davvero di sentirlo, il sapore delle tagliatelle. Avevano chiuso gli occhi, alzato la testa e in quel silenzio la fantasia aveva sfamato i loro stomaci rimpiccioliti.

E fino a lì, fino al campo di Troisdorf, era arrivata notizia della battaglia cruenta che si stava svolgendo nel versante romagnolo della Linea Gotica. Durante i venticinque giorni di combattimenti dell'Operazione Olive, decisa dagli Alleati, morirono quasi trentamila soldati, quattordicimila per parte. E nella battaglia di Coriano, nella sola notte tra l'11 e il 12 settembre del 1944, furono sganciate 500 tonnellate di bombe. Sergio non sapeva nulla dei suoi genitori, della sua casa. Non sapeva se esistevano ancora.

Quando era tornato, viaggiando su una camionetta che gli aveva dato un passaggio, aveva attraversato i campi con l'emozione di vedere la sua casa ingrandirsi a ogni passo. Era arrivato nel cortile ed era rimasto in silenzio, come per assaporare il fruscio delicato del vento e il calore del sole, come per trovare la forza di sapere dei suoi, dopo dodici mesi di silenzio.

Sulla porta gli apparve il padre, il vecchio Renato. Sergio lasciò cadere a terra la borsa dove aveva raccolto i suoi pochi stracci. Si guardarono, come per ritrovarsi. Nessuno parlò, nessuno si mosse. L'uomo anziano, forse invecchiato più dalla fatica che dagli anni, guardò il figlio e, indicandogli con la testa l'interno della casa, gli disse solo due parole: «Hai mangiato?».

«Capisci, papà? Un'isola in mezzo al mare. Abbiamo l'idea, il progetto, i soldi. Non è meraviglioso? Ho pensato che è la cosa che ho fatto nella vita che più ti assomiglia. C'è la natura, il silenzio, la poesia. Ci sei tu.»

«Sembra una bellissima idea, Giulio. Ora che le città si espandono, che trasformano i campi in stomaci per cemento, che giustiziano il grano e le viti per costruire case orrende che sembrano dormitori, tu te ne vai lontano, in mezzo all'Adriatico. E porti con te dei creatori di poesia e di arte a ritrovare la vita vera, lo scorrere lento del tempo e il silenzio dell'acqua. Perché ogni giornata è un'immensità, sono migliaia di minuti, in ognuno dei quali puoi incontrare la donna della tua vita, l'amico della tua vita, il pensiero della tua vita. Ogni minuto, ogni ora, ogni giorno, ogni mese, ogni anno. Come si fa a non amare lo svegliarsi al mattino, il vedere la luce nascere e andare via, a lavoro fatto? Come si può non perdere la testa per i colori delle farfalle, per il corpo perfetto di una donna, per gli occhi di un bambino, per una musica che esce da una tromba di ottone? Gli infelici sono stupidi. O gli stupidi sono infelici. O forse sono stupido io che non capisco il dolore della vita e che non riesco ad avere paura del tempo e del sole e delle persone.»

«Spero proprio di farcela, papà. Potrebbe cambiare la mia vita.»

«Se ci riuscirai mi farai felice. Però stai attento: che sia un'opera delicata. Che dopo la terra non si asfalti il mare. Che non sia una operazione per far soldi, ma un modo per vivere meglio. Perché da lì usciranno belle poesie e bella musica e qualcuno le leggerà o le ascolterà e sarà, così, una persona migliore. Quanto ci metterete?»

«Stanno già lavorando in un cantiere di Pesaro. A marzo porteremo la struttura in mare e poi due mesi per tirare su i muri delle stanze e dei servizi e il Primo maggio, se tutto va bene, la inauguriamo.»

«Il Primo maggio, spero di esserci» disse sorridendo Sergio. Ilaria, la moglie, si portò le mani sul viso e si allontanò.

«Certo che ci sarai, sei l'ospite d'onore.»

«Può darsi sia tornato alla terra, per allora. Tua madre ha insistito perché te lo dicessi. Ne abbiamo parlato molto, mentre io pelavo le patate e lei metteva su l'acqua per il brodo. Abbiamo passato intere serate a decifrare il nostro futuro, a cercare di capire cosa è giusto e cosa no, quando la vita si fa, da autostrada, viottolo. Sono parole per l'imbrunire, quando c'è il sole stonano, sembrano grida nell'aia. Sono pensieri grigi, buoni per il buio, perché gli assomigliano.»

Giulio cercava con gli occhi la madre, che si era buttata in ginocchio in cucina. Sembrava controllasse il forno, in realtà ci si era appoggiata e piangeva. In silenzio, come tutto quello che aveva fatto nella loro vita, da quando, bambini, lei e Sergio si erano incontrati durante un mercato agricolo a Coriano e lui, con i pantaloni corti logori e un cappellaccio in testa, le si era avvicinato. E lei, che aveva il vestito della festa, si era preoccupata che non la sporcasse, che poi chi lo dice al babbo e alla mamma. Era un ragazzino con i boccoli biondi e quegli incredibili occhi azzurri, che allora erano, ancora di più, acqua fresca, zampillante, cascata sconosciuta.

Lei lo aveva visto da lontano. Lui stava giocando con gli amici, un po' isolato. Poi si era fermato e si era girato verso di lei, che era dall'altra parte della piazza. L'aveva fissata, si erano fissati. Come possono farlo due bambini di dodici e sei anni, curiosi. Lui aveva lasciato la sua banda che continuava a berciare e si era avviato, come se qualcuno lo guidasse, verso di lei. A Ilaria sembrò che passassero ore. Quel bambino bello e con gli occhi strani veniva verso di lei, che aveva il cuore in tumulto. Il tempo aveva rallentato, gli orologi si erano messi a dormire e la terra si era fermata a respirare. E lui avanzava, come se camminasse sull'aria. Ilaria lo vide mettersi una mano in tasca e tirarne fuori una scatoletta di legno.

Quando arrivò di fronte alla bambina Sergio rimase un attimo in silenzio. Guardò quella creatura bruna che da vicino era ancora più bella e le disse: «Apri le mani e chiudi gli occhi». Lei perse la luce della ragione e lo fece. Chiuse gli occhi, anche se continuava a vederlo, e aprì le mani, chiedendosi se fossero pulite a sufficienza. Sentì come una carezza e poi una voce prima vicina che sussurrò: «Ora chiudile, piano» e poi, un po' più lontana, che le disse: «Ora guarda e apri anche le mani, ma piano». Lei fece insieme le due cose e vide una farfalla meravigliosa, indaco e arancio e blu notte, appoggiata sul palmo di quella mano da bambina. La sua.

Il bambino biondo era già lontano ma si voltò per godere dello stupore di Ilaria. Che intanto aveva chiuso dolcemente il palmo e stava scappando verso casa, con il suo tesoro tra le mani. Quella farfalla che ora, quasi cinquant'anni dopo, era sotto una cornice, dietro la sedia dove Sergio si era lasciato lentamente cadere. Vicini, sorridenti, i volti dei suoi cinque figli, fermati in un giorno di luglio, sotto il grande olmo. Cinque, ne avevano voluti, e che le iniziali dei loro nomi, Giulio, Rosa, Anita, Nino, Ottavia, formassero la parola grano.

«Che mi devi dire, papà?» Giulio sapeva che con lui doveva evitare melodrammi.

«Che ho pochi mesi di vita, secondo un medico. Me lo ha detto triste, come se gli avessero ucciso qualcuno in casa. Io invece sono sereno. Ora so quando finisce la corsa e posso mettere a posto, con ordine, tutte le cose. Ora so dove è il traguardo e mi viene da sorridergli. Pensa che orrore una vita infinita. Un film che non smette mai, una musica che diventa un'ossessione. E pensa che tristezza invecchiare malandati, con le forze che svaniscono, e pesare sugli altri e dimenticare le cose vissute e non riconoscere i passi del proprio cammino.»

Si interruppe un istante per guardare la moglie, che ora si era alzata in piedi, ma non si era allontanata dal forno.

«Gli amici se ne vanno a uno a uno, portandosi via brandelli di te. Quando si è giovani, si sopportano le morti degli altri e le malattie proprie perché si ha tempo, si ha futuro, si hanno migliaia di giorni davanti, che tutto ripareranno o cancelleranno. Invecchiare è ingiusto, morire no.

«Ho fatto tutto il ciclo dell'esistenza. Sono stato bambino, fidanzato, marito, padre e grazie a tua sorella anche nonno. Sono stato piccolo, adulto, vecchio. Ho visto la guerra e la pace, ho lavorato e dato da lavorare agli altri. Ho conosciuto la fame e il fastidio dell'abbondanza. Ho sentito l'odore del mare e l'aria frizzante dei monti. Ho visto cadere le bombe e nascere le rose. Chi può essere più felice di me? Chi può essere più grato alla vita? Se non si morisse non si nascerebbe, non c'è posto per tutti. Non mi fa paura essere terra, tornare nel mio elemento.»

Prese le mani di Giulio nelle sue e aggiunse: «Però il Primo maggio cercherò di esserci, mi piace il rumore del mare la sera».

La notte di San Silvestro del 1967 la passarono nello studio di Simone. Era l'unico modo in cui potessero stare tutti insieme. A lui dissero che non aveva senso cercare uno spazio a pagamento se si poteva disporre di un locale così grande e soprattutto gratuito. Simone capì che lo facevano per lui e si affannò a sistemare tutto nel modo migliore. Sarebbero stati una decina, non di più. Tutti i ragazzi coinvolti nel progetto e qualche ragazza, per non lasciare sola Elisa. Simone montò il giradischi, uno di quelli con il cambio automatico dei microsolchi, collocati in gruppi di cinque su una colonna che ne faceva scendere uno quando l'altro finiva.

Gli ospiti arrivarono alla spicciolata, con quel sorriso prestampato che si indossa in occasioni di festa obbligata. Così almeno pensava Lorenzo, che odiava il Capodanno. Gli dava fastidio quella allegria infondata, esagerata, falsa. Gli dava fastidio che tutti, regolarmente, si ubriacassero e vomitassero sul tappeto del malcapitato padrone di casa. Aborriva il lancio degli oggetti dalla finestra e il rumore pericoloso dei botti. Se ne stava seduto, con un bicchiere di Coca-Cola in mano, qualche volta ballava, solo lenti. Per il resto osservava e, se del caso, parlava con qualcuno che stimava.

Elisa, ad esempio. Quella sera aveva sciolto lo chignon, aveva messo un maglione nero a V, con una V tanto profonda che in quella scollatura, a fine serata, si sarebbero potuti trovare gli occhi dei presenti come fossero ciliegie appena raccolte in un cesto. La gonna appena sopra il ginocchio. Le peggiori, per quel detto e non detto che portavano con sé.

Sembrava un'altra, dalla secchiona innamorata solo di algoritmi si era trasformata in una sensuale giovane donna. Si muoveva leggera nella sala in cui mostrava di essere di casa. Lorenzo la seguiva con gli occhi, attratto dall'improvviso e inaspettato magnetismo che quella creatura emanava. A un tratto si accorse che il suo sguardo spesso incrociava quello di Simone. E capì. Capì che il suo amico, il suo timido amico scienziato, il suo timido amico scienziato divorato da tutte le paure e le insicurezze del mondo si era affidato a Elisa come fosse il suo Virgilio. Lei era «l'esterno» della sua vita, la sua protesi verso il mare, la piazza, i negozi, l'edicola, i clienti, la cartoleria dove si approvvigionavano delle matite e dei fogli su cui l'isola era stata disegnata. Lei era il suo periscopio, la voce narrante del mondo che intanto, velocemente, pulsava e cambiava, fuori da quelle mura che per lui erano diventate uno Spielberg volontario.

Il carcere che invece quella sera era una discoteca, un ristorante, un ritrovo di amici in cui la sua musa era la protagonista assoluta e le altre, bellezze da Riviera, erano come volti senza volto. Lorenzo credette di capire che lo sguardo del suo amico era diverso dal suo. In lui c'era la sorpresa per la mutazione di quel bruco in farfalla.

Lo sguardo di Simone era come se tremasse ogni volta che lei si fermava a parlare con qualcuno e spendeva un sorriso, anche di maniera, per colorire le parole scambiate. C'era ansia, in quegli occhi. Il timore che, una volta aperte le mura di quel carcere dolce, tutto potesse volare via, come le iscrizioni degli antichi al contatto con l'aria. Lorenzo si chiese se i due stessero insieme, magari segretamente.

«Posso chiederti una cosa?» le disse in un momento in cui si era seduta, bicchiere in mano, al suo fianco. Il *cloc* del giradischi aveva segnalato che un nuovo disco stava per cominciare: «Ma se il sole lassù è di tutti e tu lo sai che la strada appartiene anche a te».

«Dimmi, certo» gli sorrise lei, fermando i capelli dietro l'orecchio destro, un gesto che, sempre, lo mandava in cielo.

Lorenzo ingoiò e il suo pomo d'Adamo tradì un imbarazzo pubblicamente inspiegabile, il suo cervello fece due o tre dribbling, come quelli di Hamrin, e sistemò la palla dove neanche lui si aspettava.

«Pare che abbiano portato il corpo del Che ucciso, legato ai pattini di un elicottero. E pare che lo abbiano portato dal luogo dove lo hanno ucciso, a freddo, a quello dove lo hanno mostrato ai fotografi come il trofeo di un safari. Se la foto di quell'uomo barbuto, grande e bello, fa pensare per il taglio dell'inquadratura alla riproduzione del Cristo morto del Mantegna, l'immagine, che non ho mai visto, di quel corpo che pende, mosso dall'aria, mi ha fatto venire in mente il Cristo della *Dolce vita* che arriva a Roma, con le braccia aperte, proprio trasportato da un elicottero. Non ti sembra?»

Mentre finiva la frase, Lorenzo si chiedeva come mai

il suo cervello avesse espulso quella astrusa considerazione in luogo di quella per la quale aveva aperto la bocca, mentre lei appoggiava le labbra al bicchiere di spumante.

«Tu e Simone state insieme?» avrebbe voluto chiedere. Ma il suo cervello, che gli vuole bene, aveva scartato allibito la domanda selezionando la frase che, a suo insindacabile giudizio, appariva come quella che gli avrebbe fatto fare migliore figura; la questione più colta, la più complessa.

Lei lo guardò, sorpresa e anche ammirata. «Non ci avevo pensato, quindi il Che e la fantasia di Fellini sono legati da un filo invisibile?»

«O forse Guevara e Cristo» disse sorridendo lui, preso dal suo stesso gioco.

«Forse ti va di ballare?» Elisa aveva appoggiato il bicchiere sul tavolo e aveva formulato la sua domanda retorica proprio mentre nella sala si spegnevano le luci e partiva *Homburg* dei Procol Harum.

A Lorenzo non sembrò vero di alzarsi, spazzolare con un gesto nervoso i pantaloni dai residui di patatine fritte e allacciarsi al pullover a V di quella specie di brezza fatta donna. Sapeva di dover andare per gradi e dunque appoggiò le mani discretamente, ai fianchi. Ma fu lei che, col braccio destro appoggiato dietro il collo del ragazzo, cominciò a stringere o, come sarebbe più preciso e più bello dire, fece capire di non avere resistenze, si abbandonò, disse alle mani insipienti di Lorenzo di scalare, verso la schiena, di cingerla, di non tenerla a rispettosa distanza.

Tutto avveniva mentre giravano in tondo, con andamento lento, e la canzone diceva parole che lui, nella trance, traduceva automaticamente:

The town clock in the market square
L'orologio nella piazza del mercato
stands waiting for the hour
sta aspettando l'ora
when its hands they both turn backwards
quando le lancette saranno rivolte all'indietro
and on meeting will devour
e all'incontro divoreranno
both themselves and also any fool
se stesse e ogni follia.

A ogni passaggio di quel movimento circolare, quasi impercettibile, davanti al tavolo dove era il cibo, lui lanciava uno sguardo verso Simone che, diversamente dagli altri, tutti avvinghiati alle bellezze da Riviera, stava in disparte, ora seduto vicino alla porta, come fosse pronto a fuggire. Fuggire da cosa, si chiese Lorenzo, da quella stanza che, buia, gli sembrava troppo stretta e pericolosa? O fuggire dall'immagine della donna che forse amava, ormai abbandonata sulla spalla del suo migliore amico?

Dannò il suo cervello per essere stato troppo coscienzioso e per aver censurato la domanda vera che voleva fare. Perché se la sua mente fosse stata meno severa ora lui avrebbe saputo se Simone ed Elisa stavano insieme, erano stati insieme, se lui la amava, se lei lo amava. E se, dunque, lui gli stava facendo male abbracciando, oramai abbracciando, la creatura che forse riempiva i vuoti di luce, di aria, di umanità del suo amico.

Quando la musica finì e la luce fu accesa, a Lorenzo sembrò che per svincolarsi da quella stretta tutti e due ci stessero mettendo un'eternità, i movimenti pigri e morbidi, come se le loro braccia non volessero lasciare i territori conquistati in quella avanzata al buio. Fecero in tempo, nello staccarsi e nel voltarsi con finta disinvoltura, a scorgere l'uno il turbamento e il rossore dell'altro.

Lorenzo guardò Simone, che gli fece un sorriso di maniera, come per giustificare il fatto che i suoi occhi fossero lì, nello spazio prima riempito da quei due corpi con la febbre.

Passò del tempo, tra shake frenetici e lenti da antologia. Simone non ballò mai e Lorenzo, dopo aver fatto trascorrere un po' di tempo da *Homburg* e dalle braccia troppo strette, si mise a sedere vicino a lui.

«Ti annoi?»

«No, però sono a disagio. Ma non voglio si capisca, non voglio si sappia. Per questo sto vicino alla porta, da cui tuttavia in una notte di confusione, razzi e frigoriferi che volano, non potrei mai uscire. Mi sento un po' come nell'*Angelo sterminatore* di Buñuel, ti ricordi, lo vedemmo alla Cineteca comunale? Non posso uscire. Ma non vorrei neanche stare. E allora sono qui, nel limbo. E accendo e spengo la luce alle coppie, come un elettricista compiacente. Prima sono stato costretto ad accendere, alla fine di *Homburg*. Ma avevo capito che ti avrei fatto un favore a mantenere il buio. Mi dispiace.»

«No, perché?» furono le uniche stupide parole che quell'intelligentone del suo cervello riuscì a partorire. Avevano scritto sopra, nell'aria: «Mi hai beccato, confesso tutto, stringevo e ho fatto pensieri impuri».

«Perché è normale che tu ed Elisa vi siate piaciuti. Tu sei il poeta, il sensibile, il malinconico colto, una specie di Leopardi bello, insomma. E lei, che vive abitualmente chiusa qui dentro, tra i miei numeri e il suo chignon, è chiaro che ha bisogno di altro, ha bisogno di luce, di aria aperta, di calore. Tutto quello che io non posso darle. Con te non fingo: mi piace, molto. Ma non gliel'ho mai detto e non credo che lei immagini che dietro ai calcoli algebrici e alle valutazioni dei pesi di carico esista anche lo spazio per un cuore e per dei desideri. Mi vede come Einstein, non come Gassman. Forse come Trintignant.»

Non fece in tempo a sorridere che qualcuno gli urlò, imperioso: «Simone, accendi». Era partito il frenetico inizio di *Let's spend the night together* e la stanza aveva cominciato a tremare. Simone e Lorenzo guardarono verso il centro e videro Elisa scatenata, la videro che si tirava un po' su la gonna per potersi muovere meglio e che sorrideva, accaldata, al suo partner, un impeccabile Giulio, che era sempre stato il «miglior tacco» della compagnia.

Cominciò un delirio di rock e sudore, di ormoni e di sensi al quale lo stesso Lorenzo dovette partecipare, anche se di malavoglia, trascinato in mezzo all'improvvisata pista: *Paint it black*, *Mother's little helper*, *Get off my cloud* e, infine, *I can't get no satisfaction*. Simone decise che era abbastanza, almeno per lui. Spense la luce e fece scendere un nuovo disco, una musica struggente, *Ruby Tuesday.* Nella penombra, alla quale gli occhi facevano fatica ad abituarsi, vide Elisa, ormai madida, abbandonarsi sfinita e accaldata sulla giacca da smoking bianco di Giulio, che aveva tolto la camicia e l'aveva gettata, neanche fosse Rocky Roberts, addosso a una parete. I due ragazzi sembravano scivolare l'uno sull'altra e fu allora che Simone preferì lasciare fisso il buio, mettendo *Lady Jane*, *San Francisco* di Scott McKenzie e *A whiter shade of pale*.

Lorenzo e Simone erano seduti uno accanto all'altro, a parlare. In questa posizione sentirono un refolo di aria fredda venire dalla porta e si voltarono in tempo per vedere un lembo di giacca bianca e una gonna tirata su uscire dallo spiraglio ancora aperto. Fu in quel momento, in quel preciso momento, che Lorenzo ebbe la conferma della sua tesi: il Capodanno era proprio una festa del cazzo.

Quando erano a scuola, e poi all'università, i ragazzi erano soliti aspettare insieme la prima alba del nuovo anno. Andavano al bagno «Augusto» perché quella notte, d'inverno, solo quella notte, veniva attivato il Siluro, un piccolo dirigibile in acciaio che, d'estate, trasportava dal forno alla sala bar i krapfen caldi e poi, una volta aperte le stive, li lasciava precipitare in un contenitore di zucchero, per la delizia dei bambini. Come in fondo erano anche quei giovanotti un po' ubriachi che tiravano l'alba per vedere che faccia aveva il nuovo anno.

Erano le sette e mezzo quando il cielo cominciò a rischiararsi. Lorenzo, Giacomo, Scatta e Alfonso erano già satolli di brioche e cappuccini caldi. Si avviarono verso il mare, faceva freddo ma non c'erano, stranamente, né nuvole né nebbia.

Giulio sbucò da lontano, veniva dal bagnasciuga alla loro sinistra, si avvicinava camminando, agitando la mano e gridando qualcosa. Esibiva una smodata e presuntuosa allegria. Lorenzo sapeva che non avrebbe sopportato racconti dettagliati sulle prodezze di quella notte, anche per rispetto verso Simone che era rimasto a casa, con i suoi problemi. Ma quando Giulio arrivò, barba lunga e nuova camicia addosso, disse solo: «Ehi, ero sicuro di trovarvi qui. Mi avete tenuto un krapfen?». Era come elettrizzato, in un modo che a Lorenzo dava fastidio, molto fastidio. Su quella notte, sulla sua fuga con Elisa, nessuno disse nulla, come se fosse normale. Giulio diede una pacca sulla spalla a tutti e proferì solenne: «Andiamo a vedere il punto del mare in cui nascerà la nostra isola. Questo sarà il suo anno, il nostro anno».

Partì Scatta, il più esuberante, contento di stare con quelli più grandi di lui in un giorno speciale. Poi gli altri, come in una corsa ad handicap. E così i riminesi che erano lì in quel momento videro l'inizio del nuovo anno con cinque ragazzi che dallo stabilimento, come dei pazzi, la bocca sporca di zucchero, correvano in cappotto sul bagnasciuga, diretti verso il nulla, o forse verso quello che solo loro potevano vedere.

Si fermarono quando arrivarono al tratto di spiaggia all'altezza della rotonda, alla fine di viale Principe Amedeo, dove un tempo splendeva la Fontana dei Quattro Cavalli, prima che fosse abbattuta. Si sedettero e, in quella posizione, si voltarono per cercare il grattacielo. Alla loro destra si stava svegliando il Grand Hotel e alla loro sinistra Lorenzo ebbe l'impressione di sentire un rumore.

Si girò, ma fu il solo a farlo. Come se quelle voci le sentisse solo lui. Quando la testa concluse il suo movimento i suoi occhi si sbarrarono. Dove abitualmente c'era un grande spiazzo vuoto ora lui, inspiegabilmente, vedeva il Kursaal, il leggendario stabilimento, abbattuto in modo scellerato nel dopoguerra, che dalla fine dell'Ottocento era stato il simbolo della grandeur di Rimini. Un luogo epico e misterioso, che aveva un fronte verso il mare con meravigliose terrazze sulla spiaggia e la piattaforma. Era il luogo delle feste alla moda, dello sfavillio delle *mises* più eleganti ed eccentriche. Con le misteriose sale riservate e un bal tabarin dove si riuniva «la folla brillante dei nottambuli e di quanti amano le ebbrezze e le brezze marine, al dolce sorgere dell'alba. In quest'ampia sala, luogo di seduzione e di lussuria, si balla dalla mezzanotte in poi al suono di un quartetto più unico che raro e alle dolci note dei più scapigliati e moderni ballabili».

Era scesa una nebbia improvvisa e Lorenzo non vedeva più i suoi amici, ma distingueva perfettamente le sagome delle belle signore che, mano appoggiata al braccio dei loro accompagnatori, prendevano posto su lussuose Isotta Fraschini che attendevano in disciplinato ordine davanti alla terrazza del Kursaal. Arrivavano dall'interno dell'edificio le note di *A media luz* e Lorenzo, come stregato da quella magica apparizione, si stava avvicinando per vedere finalmente da vicino quel luogo di sogno, quel mito che generazioni di riminesi si tramandavano in racconti fantastici. Ma era come se le sue gambe fossero di piombo, facessero fatica, come se ogni passo fosse lento e doloroso, carico di una pesantezza insopportabile e inspiegabile.

«Ehi, ma che ti sei addormentato?» fu la frase, quasi un urlo, che Giulio gli cacciò nelle orecchie. Lorenzo si scosse e disse, confuso: «Sì, scusate, è stato un attimo. Pensate che mi sembrava di aver visto il Kursaal».

«E l'Idroterapico no?» scherzò Alfonso, il cui nonno aveva lavorato lì come infermiere nelle sale di polverizzazione e inalazione.

Giulio si alzò in piedi. Voleva dare a quel momento,

col primo sole che rischiarava il mare, uno statuto di solennità. Si misero tutti e cinque con le spalle rivolte al grattacielo, che spegneva le luci della notte, e in faccia al mare. «La vedete? Eccola lì» disse indicando un punto al largo.

Ci fu un momento di silenzio.

«Io sì, io la vedo» disse Scatta per primo.

«E che vedi?» gli chiese dolcemente Lorenzo.

«Vedo... vedo la piattaforma e vedo un piano costruito e delle luci accese e delle persone che ci salutano. Siamo noi.»

Giacomo si schiarì la voce. «Hai ragione. Ora anch'io la vedo e vedo te che ci stai fotografando dal bordo della piattaforma. Sorridete, ragazzi. Poi devi darmele, queste foto. Le voglio tenere per ricordo.»

«Oh, a proposito.» Da sotto il cappotto il ragazzo estrasse la sua macchina portatile e fece due istantanee, soggetto: quattro ragazzi con la barba lunga, i vestiti sgualciti, all'alba, davanti all'Adriatico, con una visione negli occhi.

Tornarono a sedersi, sulla spiaggia umida. «E come la chiamiamo?» chiese Giulio. «Non basta Isola. Ci vuole qualcosa d'altro, qualcosa che dia il senso di quello che vogliamo fare lì» disse dirigendo gli occhi verso un punto che fingeva di riconoscere.

Lorenzo si alzò improvvisamente in piedi, come spinto da una molla. Si tolse il cappotto e rimase solo con il maglione, nonostante il freddo. Alfonso disse: «Ma che fai, sei impazzito?». Lorenzo si avviò verso l'acqua, sembrava che un demone si fosse impossessato di lui. Si fermò e, guardando quello stesso punto del mare che Giulio aveva indicato, declamò a voce alta:

Mentre marciamo, marciamo
Nella bellezza del giorno,
Milioni di cucine buie e cupe,
Miriadi di grigie soffitte
Son tutte toccate dalla radiosità,
Che un sole improvviso dischiude,
Poiché la gente ci sente cantare:
«Pane e Rose! Pane e Rose!»
Mentre marciamo, marciamo
Noi combattiamo anche per gli uomini
Perché anche loro son figli di donne,
E noi per loro madri ancora,
Le nostre vite non dovranno esser sudate
Dalla nascita fino alla fine;
I cuori han fame così come i corpi:
Dateci pane, ma dateci anche rose!
Mentre marciamo, marciamo,
Innumerevoli donne morte
Piangono attraverso il nostro canto,
Il loro antico grido per il pane.
Arte e amore e bellezza
I loro spiriti affaticati conobbero.
Sì, è per il pane che lottiamo,
Ma anche per le rose!
Mentre marciamo, marciamo
Portiamo giorni migliori.
Poiché la rinascita delle donne
Significa la rinascita dell'umanità.
Non più la fatica e la noia
Che tessono la trama del riposo,
Ma la condivisione delle gioie della vita:
Pane e Rose! Pane e Rose!

Le nostre vite non dovranno esser sudate
Dalla nascita fino alla fine;
I cuori han fame così come i corpi:
Pane e Rose! Pane e Rose!

«Si chiamerà Isola delle Rose. Ci darà anche il pane, ma è per le rose che la facciamo, perché "i cuori han fame così come i corpi"».

Si interruppe, rosso in volto. Nessuno disse una parola. Ma Giulio batté le mani, prima piano, poi forte. E gli altri lo seguirono.

A febbraio Giacomo informò la Capitaneria di porto che di lì a poco sarebbero state trasportate a 11.500 metri dalla costa delle strutture finalizzate a «ricerche e attività di supporto», formula tanto generica da sembrargli giuridicamente onnicomprensiva. Il funzionario osservò la pratica, scrutò il giovane avvocato che peraltro, del tutto casualmente, era figlio del suo padrino di battesimo e mise il timbro, con un gesto discreto, senza guardare. E senza rendersi conto dell'emozione del richiedente che, solo in virtù di un codice professionale, simulava distacco e freddezza.

Il ragionier Guerrieri aveva messo mano al portafoglio per l'acconto alla premiata ditta Savonetti che garantiva, con marchigiana serietà, il rispetto dei tempi e delle specifiche tecniche che Simone monitorava grazie al telefono e a Elisa, che sempre più spesso si recava al cantiere di Pesaro, in compagnia di Giulio. In fondo i ruoli si erano assestati, come per miracolo: Giacomo era la mente giuridica, Simone ed Elisa quella tecnica, Giulio assicurava la cura degli aspetti manageriali, Lorenzo si sarebbe occupato del reclutamento degli artisti ospiti e della pubblicità dell'idea, Scatta fotografava anche i granelli di sabbia, Alfonso guidava il vecchio motoscafo, quasi più brutto di lui. Nessuno pestava i piedi all'altro e tutto filava alla perfezione.

Simone aveva affrontato il tema delle fonti, acqua ed elettricità, che avrebbero fatto vivere l'isola. Con il ragioniere indicato dal padre di Lorenzo avevano concordato di usare un gruppo elettrogeno per la fornitura di elettricità. Ce n'era uno che gli americani avevano lasciato al Grand Hotel, dopo la fine della guerra, e che con un po' di buona volontà sarebbe stato rimesso in sesto e certo avrebbe soddisfatto almeno le esigenze iniziali dell'isola. Più difficile era stato individuare la soluzione per il problema dell'acqua dolce, che avrebbe dovuto consentire agli ospiti di bere e lavarsi. Fu deciso, in assenza di altre soluzioni, di predisporre una struttura leggera per trivellare il fondo del mare che in quel punto, secondo i colleghi geologi di Simone, avrebbe potuto incrociare una vena del Marecchia. Non si poteva certo portare ogni giorno bidoni d'acqua da terra e allora bisognava provare. Anche perché il ragionier Guerrieri, nel corso di una riunione con i ragazzi, aveva capito che i costi sarebbero cresciuti e per questo aveva concordato che bisognava attivare subito dei meccanismi per il rientro. Perciò fu deciso che, insieme alle stanze per gli ospiti, sarebbe stato aperto un piccolo e romantico bar che avrebbe costituito una meta turistica eccezionale.

Il papà di Lorenzo si convinceva sempre di più che quei ragazzi scapestrati avevano avuto un'idea geniale e che per Rimini quell'isola sarebbe stata una manna dal cielo, che da tutto il mondo sarebbero venuti a vederla e avrebbero fatto a pugni per mangiare un gelato o prendere un aperitivo sospesi in mezzo al mare. Per questo, seguendo il suo fiuto per gli affari innovativi, si era messo alla silenziosa e riservata ricerca di due barconi che potessero portare su e giù i turisti dalla spiaggia all'isola. Questo ai ragazzi non lo aveva detto, perché sapeva che «le masse» potevano turbare la loro idea di «esclusività» del luogo che, in verità, a lui sembrava talvolta un po' aristocratica.

Ma lui doveva far tornare i conti, non poteva lasciar fallire la loro iniziativa e nello stesso tempo mettere in discussione, per l'isola, tanti anni di lavoro e risultati di successo. Per questo si sentiva la coscienza a posto, nel calcolare la redditività del progetto. Alternativa, non farlo. Perché, checché ne dicesse Lorenzo, col quale aveva discusso del nome, ci vogliono certo le rose, ma è il pane che fa mangiare e sopravvivere.

Una mattina, all'inizio di marzo, Giulio stava aspettando Lorenzo al bar per fare colazione e per condividere l'ansia di quei giorni di attesa. Mentre carezzava, anche per riscaldarsi, il bicchiere bollente del caffelatte con la schiuma e una spruzzata di cacao che gli era stato appena portato, sfogliava «il Resto del Carlino», prudentemente incernierato tra due lunghe bacchette di legno. Era andato alle pagine di cronaca che erano le uniche, con lo sport, che realmente gli interessassero. E lì si era soffermato sull'annuncio di un dibattito che si sarebbe svolto in serata presso il Lions Club «con il dottor Luca Di Schiena, vicedirettore dei servizi giornalistici della Rai-Tv e noto commentatore di eccezionali avvenimenti radiotelevisivi»; al centro della discussione un tema di attualità: «Capelloni e matusa». Poi aveva gettato, con più interesse, lo sguardo su una salace metafora calcistica delle attività estive dei giovani riminesi: «Formato, alla stazione FF. SS., il Casanova Football Club che funziona con tecnica encomiabile. Portiere e terzini attendono gli "esteri" (convogli turistici dall'estero); le mediane, appostate presso i taxi in sosta, captano le destinazioni delle giovani straniere prescelte; gli attaccanti, avvertiti telefonicamente, si dirigono verso gli alberghi di destinazione e, servizievoli come non mai a trasportare le valigie, contattano le ragazze e fissano gli incontri per la sera dopo. Il giuoco è fatto! I premi di partita vengono suddivisi in parti eguali».

Con un mezzo sorriso aveva chiuso il giornale che riportava in prima pagina con grande evidenza la notizia degli scontri tra polizia e studenti a Roma, vicino alla facoltà di Architettura, in un'area chiamata Valle Giulia. Chissà che ne avrebbe detto in serata il «noto commentatore» Luca Di Schiena.

Lorenzo arrivò, in ritardo come al solito e in preda a una visibile agitazione.

«Ma hai visto?» disse spostando bruscamente la sedia di ferro.

«Cosa?»

«Valle Giulia, ieri la Celere a Roma ha caricato gli studenti. Ci sono dei feriti.» E gli gettò sul tavolo la prima pagina dell'«Unità» che recitava a nove colonne «La polizia è stata scatenata contro gli studenti romani».

«Sì, avevo visto» disse Giulio fingendo un'espressione di sdegno.

«Cose da matti. Ma stavolta non hanno solo subìto, guarda qui...» e gli indicò la terza pagina del giornale con il titolo «Per ore hanno resistito e contrattaccato».

«Finirà male, lo sento. A me la violenza fa paura, però ogni tanto mi affascina. Mi sembra che tutto mi stia stretto e che le parole da sole non riescano più a spezzare modi di pensare che mi imprigionano come catene. Non mi piace nulla, di questo tempo. Non mi piace la guerra in Vietnam e non mi piace la polizia che picchia. Non mi piace che Tenco si sia suicidato e che il Che sia stato ucciso. Non mi piacciono i soldi di mio padre… anche se a lui poi li abbiamo chiesti per realizzare il nostro progetto rivoluzionario…» e si rese conto che quella contraddizione poteva essere risolta, almeno lì, con un sorriso, solo con un sorriso autoironico.

A Giulio non sembrò vero di potersi divincolare da un discorso che per lui era incomprensibile come una partita di baseball.

«Allora, mi pare che tutto proceda. Ho trovato la ditta per la trivellazione. Ci fa un prezzo ragionevole e soprattutto è disposta a installarsi appena abbiamo montato la piattaforma. Poi alcuni amici di mio padre ci aiuteranno per tirare su i muri delle stanze e del bar.»

«Ah sì? E chi sono?»

«Sono ex contadini di Coriano che hanno rilevato una pensione a Rimini e ora l'hanno ristrutturata, da soli, mettendo il bagno in ogni stanza, il telefono e allestendo la lavanderia interna. Gente che si dà da fare, per bene. Io gli ho detto che per ora ci servono, in tutto, cinque stanze e il bar. Così eravamo d'accordo con tuo padre. Non hanno battuto ciglio. Mi hanno garantito che se tutto va bene il Primo maggio possiamo inaugurare» concluse con un sorriso inusualmente soave.

«E tuo padre come sta? Che dicono i medici?» chiese Lorenzo mentre soffiava sulla cioccolata fumante.

«Come sta? Secondo lui benissimo. Ma dimagrisce e io, che ora vado a Coriano almeno una volta a settimana, lo vedo. Mia madre sembra non accorgersene, o almeno così finge con se stessa. Ma è sorridente come è sempre stato, la mattina fa delle passeggiate, sempre più brevi, nei campi. Dice che sta tornando bambino, che sta per ricongiungersi con la sua infanzia. Che ha un sacco di gente da incontrare di là: i suoi genitori, compagni di giochi morti giovani, contadini con i quali ha lavorato e che poi sono stati alle sue dipendenze. Per far dispetto alla mamma le dice che rivedrà anche una bambina che ha conosciuto prima di lei.» Giulio accenna un sorriso, e prosegue: «Dice che ogni giorno gli dura il doppio, che il tempo lo sta cullando e che lui se lo mangia come da bambino assaporava il *furmai casez*, il formaggio tenero e fresco che, quando aveva dieci anni ed era nei campi, si lasciava lentamente squagliare in bocca guardando il tramonto e ignorando i richiami dei genitori. Accarezza la terra, come se le desse appuntamento, e dopo pranzo, quando arriva un po' di sole, prende la sedia e si sistema sull'aia, cappotto e bavero alzato, sciarpa e cappello calato sulla fronte. Gli si vedono solo quegli occhi azzurri che ridono. È bellissimo.

«Mi chiede sempre del nostro progetto. Ha sempre sofferto che io fossi un po' materialista: le donne, i motori, il calcio, i soldi. Certe volte penso che se tu e io ci scambiassimo i padri tutto sarebbe più ordinato».

«Forse. Ma forse noi siamo somiglianti a loro più di quanto pensiamo e accettiamo di essere» disse piano Lorenzo.

«Ma forse è giusto così, è giusto che i padri e i figli soffrano perché chi più amano non è come loro e siccome nessuno è perfettamente duplicabile, allora si cercano nella vita altre strade, spesso le più lontane, le opposte.

«Se gli faccio vedere le mie automobili lui mi guarda divertito. L'ultima volta ha squadrato la 850 Spider, che poi non è nulla di che, e quando gli ho detto che ci ho messo il motore Abarth e che *l'ha una prestazioun ecezìunèla*, mi ha guardato con tenerezza e mi ha risposto "Tu parli come gli articoli di 'Stadio'. Noi dicevamo '*è va cume una pala da s-ciop*' oppure '*è va cume un lévre*', perché conoscevamo solo la guerra, i campi, gli animali. Il nostro mondo era tutto lì. Tu vedi più lontano, ma vicino agli occhi ci sono un sacco di cose belle da ingrandire".

«L'altra sera ho dormito da loro e nel pomeriggio avevamo parlato dell'isola, del nostro progetto e gli ho anche raccontato del nome che, come immagini, gli è piaciuto tanto. La mattina, quando mi sono alzato, era già nei campi, accompagnato dalla mamma. Mi avevano lasciato il latte e il pane imburrato. Appoggiato alla tazza c'era questo biglietto, te l'ho portato.» E tolse dalla tasca della giacca un foglietto ben piegato che porse a Lorenzo.

Qualcuno aveva alzato il volume di una radio che diffondeva nel bar la musica di *500 miles* di Sonny & Cher e Lorenzo, mentre spiegava il foglio, pensò che quella canzone gli piaceva di più nella versione di Richard Anthony, *J'entends siffler le train*.

«*J'ai pensé qu'il valait mieux nous quitter sans un adieu*» ripeté mentalmente mentre cominciava a leggere le parole del padre di Giulio, scritte con una calligrafia semplice e tremante: «... è ora che tu cominci ad ascoltare le voci che sembrano inutili, bisogna che nel tuo cervello occupato dalle lunghe tubature delle fogne e dai muri delle scuole e dagli ospizi e dall'asfalto e dai ferri e dalle pillole per gli ospedali, bisogna che nel tuo cervello pratico e attento soprattutto ai bisogni materiali, bisogna che entri il ronzio degli insetti. Devi pregare che su questa piazza arrivino delle cicogne o mille ali di farfalle, devi riempire gli occhi di tutti noi di cose che siano l'inizio di un grande sogno, devi gridare che costruiremo le piramidi. Non importa se poi non le costruiremo. Quello che conta è alimentare il desiderio, tirare la nostra anima da tutti i lati come se fosse un lenzuolo dilatabile all'infinito…».

In calce aveva aggiunto: «Non sono parole mie, ma sono giuste per te, per il vostro progetto. È la prima cosa grande della tua vita. Curala. Come fosse una piramide da costruire. E tira la tua anima da tutte le parti. Non lasciarla ferma, non farla annoiare. Papà».

Quando il cameriere arrivò chiedendo se serviva altro, Lorenzo girò il volto dall'altra parte e restituì il foglio a Giulio che sorrise e disse solo: «No, grazie. Ora andiamo via. Abbiamo molto da fare». E appena quello se ne andò aggiunse a bassa voce, sorridendo: «Dobbiamo costruire una piramide, entro maggio».

Simone si svegliò urlando, quell'ultima mattina di marzo. Aveva fatto uno strano sogno, un sogno cattivo, di quelli che quando ci sei dentro non vedi l'ora che finiscano, e per quanto cerchi di svegliarti non ci riesci, come se qualcosa o qualcuno ti tenesse imprigionato in quella dimensione che, anche sognando, sai che è irreale. Ma è potente, inquietante, straziante. Realistica.

Il sogno era stato bastardo, perché aveva costruito lo scenario più credibile, per la brutta storia che voleva raccontare. Cominciava con il risveglio di Simone. La casa era la sua casa, il pigiama era il suo pigiama, quello con cui in quel momento stava dormendo, il caffè era il suo caffè. La differenza, la prima, stava nel fatto che il ragazzo aveva una gran voglia di aprire la porta e uscire a fare una passeggiata. E questo lo sorprendeva, lo rendeva assolutamente felice, un uomo nuovo. Come se quel giorno che cominciava fosse magicamente la sua rinascita, come se un secondo parto l'avesse liberato di tutte le sue paure e gli avesse restituito la fiducia e la sicurezza perdute.

Nel sogno la porta della sua casa non era più su un pianerottolo, ma dava direttamente su una piazza. E quando il suo subconscio gli fece abbassare la maniglia e aprire, i suoi occhi furono inondati da una luce gialla, come se il sole si fosse avvicinato per salutarlo, per dirgli: bentornato alla vita di tutti. Era felice, il nuovo Simone, e un sorriso stupito e incantato rispose al benvenuto della luce.

Ma quando gli occhi, assorbito il colpo, si abituarono e cominciarono a mettere a fuoco, il ragazzo vide che la piazza era un formicaio di persone che si muovevano freneticamente, come prese da una compulsione isterica. Dopo gli occhi cominciarono a funzionare anche le orecchie e Simone sentì un brusio insopportabile, un rumore assordante, che penetrava nella carne come un milione, un miliardo di punture di spillo. Simone si mosse verso quella canea e capì. Capì che nessuno ascoltava più gli altri, che tutti erano diventati sordi ma nessuno muto. E che ciascuno alzava la voce nella speranza di essere ascoltato. Un frastuono disperato e isterico. Lui sentiva, era l'unico a farlo, ma gli altri non sentivano lui. E tale era il rumore prodotto da quelle voci che si accavallavano, si intrecciavano, si calpestavano che lui non riusciva a distinguere una sola parola. Sentiva il baccano, vedeva occhi disperati e persone che evidentemente cercavano, chiamando, altre persone. Nessuno si trovava più e le migliaia di esseri umani che erano apparse agli occhi di Simone sembravano zanzare impazzite, che sbattevano contro una finestra invisibile.

Poi, d'improvviso, era sceso il silenzio. Un silenzio impossibile, totale. Come se tutti avessero capito che quella era la nuova condizione della loro vita. E avessero smesso di cercare di comunicare. Erano sempre migliaia e sempre si muovevano. Ma ora più lentamente, come al rallentatore. E nessuno parlava, nessuno guardava gli altri, non avendo nulla da aspettarsi, nulla da scambiare. Simone parlò, nel grande silenzio dell'enorme piazza. Ma nessuno si voltò, tutti continuavano ad andare in nessun posto, si muovevano da destra a sinistra, dal vertice alto a quello basso del grande spiazzo e così passavano le giornate. Nessuno poteva sentirla e forse, ormai, nessuno voleva sentirla, quella voce. Perché era l'unica.

A Simone sembrava di impazzire: quella sensazione di felicità, quella luce abbagliante, quel rumore disperato, quel silenzio rassegnato. E lui, unico davvero vivo, completamente vivo. Allora chiuse la porta, con un rumore improvviso e forte. Si tolse i vestiti che aveva indossato, dai colori vivaci e solari, un segno di ottimismo, tornò al suo pigiama grigio, si rimise a letto. E ricominciò il suo sonno agitato. Insomma la creatura dell'inconscio si riunì al vero Simone, portandogli dentro l'insopportabile esperienza della piazza e la delusione per l'occasione mancata, l'occasione di tornare a vivere, anche se in sogno.

C'è una cosa che nessuno dei due Simone sapeva. Che quando il ragazzo del sogno aveva chiuso la porta, sbattendola, nella piazza muta quelle migliaia di persone si erano improvvisamente fermate, tutte insieme, come paralizzate, inchiodate nel punto in cui si trovavano. E tutti, nessuno escluso, avevano girato simultaneamente la testa e avevano fissato lo stesso punto: la porta chiusa. Muti.

Giacomo scherzò sul fatto che quel piccolo rinvio fosse coerente con la natura del loro progetto. Se il mare quel 31 marzo aveva deciso di essere cattivo e le previsioni per il giorno dopo erano invece di calma piatta voleva dire che il destino aveva scelto il 1° di aprile per il battesimo dell'Isola delle Rose. Come fosse uno scherzo, una burla di ragazzi. Invece la telefonata da Pesaro di Elisa e Giulio era arrivata come un'iniezione di fiducia e di entusiasmo. Tutto era pronto per il grande trasporto. Tutto nei tempi, per la soddisfazione del geometra Savonetti e del finanziatore, il ragionier Guerrieri, che seguiva il progetto con crescente interesse.

La mattina dopo, all'alba, l'Adriatico si affollò. Da Pesaro partirono tre rimorchiatori, da Rimini il motoscafo di Alfonso con a bordo i ragazzi. Simone no, non ce l'aveva fatta. Elisa e i tecnici della ditta se la sarebbero cavata benissimo senza di lui, che aspettava con ansia notizie nello studio sulla darsena.

I nove grandi tubi venivano trascinati sul mare come un asciugamano sulla sabbia, il movimento dell'acqua li dondolava, facendoli sembrare leggeri. Elisa e Giulio, che erano sui rimorchiatori, non li perdevano mai di vista, come fossero figli che facevano il primo bagno della vita. Arrivarono in tarda mattinata e sul posto trovarono la barca con i ragazzi che sembravano impazziti per l'ansia e l'attesa.

Le ore successive furono dedicate all'immersione dei piloni, che dovevano essere appoggiati sul fondo. La manovra non fu facile ma riuscì e i tubi svanirono, inghiottiti dal mare. Il papà di Lorenzo aveva voluto che tutto fosse fatto nel modo migliore.

«Meglio spendere un po' di più ma fare presto. Perché la stagione si avvicina. E ho delle idee di cui poi vi voglio parlare» aveva detto la sera prima ai ragazzi, contando sulla loro impazienza e agitazione perché non si preoccupassero dei suoi progetti. Invece si erano preoccupati, eccome, ma ora volevano solo veder sbocciare la loro rosa dal mare.

Si lavorò per giorni, per montare le putrelle di testa alla struttura e poi per fissarla al fondo del mare. Bisognava sbrigarsi perché una mareggiata improvvisa avrebbe potuto «disarcionare» i pali e svellerli dalla sabbia che li aveva accolti e imprigionati. Ogni tanto si avvicinava una vedetta della Capitaneria per accertarsi che tutto fosse fatto in regola. I ragazzi, che si davano il cambio due volte al giorno, li rassicuravano con aria ferma e il tono professionale dei tecnici dava a tutto una parvenza di serietà e rigore.

Intanto a Rimini si cominciava a parlare di quella piattaforma che stava sorgendo in mezzo al mare. Non era passata inosservata ai pescatori, che alimentavano interrogativi sulla natura di quella struttura di cui, peraltro, magnificavano la nitidezza delle segnalazioni, boa luminosa, campana da nebbia, miraglio radabile, che erano state approntate per garantire la sicurezza delle imbarcazioni di passaggio.

Lorenzo si era trovato, per la combinazione dei turni, a parlare a lungo con Elisa. Era il giorno successivo all'uccisione di Martin Luther King a Memphis, che li aveva molto turbati, quando sulla barchetta di Alfonso, ormai stremata nella sua esile fibra dalla spola Rimini-Punto Z, avevano sfogliato i giornali, commentato le fotografie, la dinamica dell'attentato. E Lorenzo aveva avuto la sensazione che lei appartenesse più al suo mondo, fatto di interrogativi, rabbie e sogni, che a quello di Giulio; lui forse la faceva divertire ma era privo di quelle sensibilità che Elisa sembrava coltivare in sé e cercare negli altri.

«Se il Che lo hanno portato appeso a un elicottero, Luther King in volo lo devono tenere per le spalle gli angeli. Era davvero un santo. Con quello che ha subìto, carcere e discriminazioni, ha sempre rifiutato la violenza. E dalla violenza è stato ucciso. Il mondo sembra sospeso tra una rivoluzione e il suo contrario. Solo soluzioni radicali. O bianco o nero. O rosso o nero. Non mi piace.» Fece una pausa, lunga, come se stesse scegliendo con cura le parole per spiegarsi meglio. «Io cerco solo più libertà, per questo mi piace l'idea dell'isola. Lo so che sembra una fuga, ma invece può essere un modello. L'idea di una comunità senza gerarchie, legata da un vincolo di solidarietà tra le persone, ispirata alla ricerca del bello, fondata sul rapporto con la natura e le sue leggi. Voglio vedere se qui, così, si trova un po' di felicità.»

«Ma tu stai con Giulio?» Come un sospiro espulso dopo essere stato trattenuto, la domanda che aveva stazionato per mesi tra il suo cervello e la sua gola gli era uscita e galleggiava beffarda a metà strada tra loro e ora lui temeva che uno sguardo furente o un sorriso di commiserazione di Elisa gliela rimandasse indietro violentemente, scagliata come la pallina di una partita di calciobalilla quando si fa il colpo proibito, «la girella».

«Ti sembra un tempo in cui ci si fidanza? Ci si scambia l'anello? Si prepara il corredo e la dote?»

Lui rimase a bocca aperta, sperando che non avesse finito la frase. Invece aveva finito. E non era la riposta che si aspettava. Aveva messo in conto un sì, un no, un Ci sto pensando, un Lui me l'ha chiesto ma io non voglio, un Ho un altro fidanzato a Riccione. Ma quella cosa lì, che sembrava un ermafrodito, non la capiva. Voleva dire sì, voleva dire no? Forse voleva dire sì, ma non conta. Forse voleva dire no, è solo una storiella. Ma, nella sua ambiguità, la risposta era stata conclusiva.

Il 16 aprile, due giorni dopo Pasqua, successero due cose importanti: una al mattino e una al pomeriggio. Erano partiti tutti insieme da Rimini, e il motoscafo di Alfonso quel giorno sembrava persino veloce e sicuro, c'era un clima di eccitazione, di allegria. Il geometra Savonetti, che ormai li aveva presi in simpatia, aveva detto loro di presentarsi al Punto Z dopo le dieci, che gli operai prima dovevano completare un lavoro.

Fu Scatta il primo ad accorgersene, quando l'isola era ancora un punto in lontananza.

«Guardate, hanno montato la scala. Possiamo salire» urlò, cominciando a cercare freneticamente la macchina fotografica.

«Cosa?» Tutti si affollarono a prua e il vecchio ronzinante di Alfonso sbuffò per protesta. Se avessero potuto sarebbero scesi a spingere e, vista l'impossibilità, insolentivano allegramente Alfonso, che andava troppo piano.

Il restante tragitto fu impegnato dalla discussione su chi dovesse salire per primo, chi fosse il Cristoforo Colombo dell'Isola delle Rose.

Fu deciso, dopo aspro dibattito, che toccasse a Elisa, in quanto unica donna. Giulio ottenne il secondo posto, rivendicando la primogenitura dell'idea, e Giacomo spuntò il terzo su Lorenzo, nonostante quest'ultimo affermasse, prosaicamente, che senza di lui e la sua famiglia l'isola sarebbe rimasta un disegno su un tovagliolo di carta o una follia da notte ubriaca. Ma l'avvocato ricordò che tutto era nato grazie al suo colloquio con il cliente. E vinse.

Il motoscafo si accostò. Sull'isola non c'era nessuno. Il geometra Savonetti era rimasto da parte, su un barchino, stretto tra i suoi dipendenti. L'uomo aveva anche una certa delicatezza d'animo e voleva lasciare a quei ragazzi sognatori l'idea che nessuno, neanche i suoi operai che in verità avevano fissato il piano calpestabile, fosse mai stato lassù. Insomma che non fosse la presa di possesso di un manufatto, ma una scoperta da esploratori del mare.

Era una mattina nitida, c'era il sole già alto e una luce rassicurante. Prima di salire i ragazzi si guardarono tra loro, come se stessero per entrare in sala matrimoni o in sala parto. Era la prima sfida realizzata della loro vita. La dimostrazione che un sogno può prendere forma, che un'utopia può diventare concreta. Che le parole possono farsi legno e ferro.

A salire la scaletta immersa nell'acqua Elisa fu aiutata, secondo Lorenzo in modo poco commendevole, da Giulio che scalpitava dietro di lei. Quei trentasei gradini, disposti su due rampe separate da un piccolo piano di stazionamento, sembravano non finire mai. Solo arrivata in cima Elisa alzò lo sguardo, che aveva tenuto ben basso sui suoi piedi, e si guardò intorno. Vide il mare dai quattro lati, sentì l'odore della salsedine, capì che in fondo stava camminando sull'acqua. Si sentì onnipotente e libera, felice e serena, invasa da una sensazione di pace e di appagamento che non aveva mai provato prima.

Scoppiò a piangere, a dirotto, proprio mentre il geometra e i suoi operai squarciavano il silenzio con urla di gioia. I ragazzi, ormai saliti tutti sulla piattaforma, si abbracciavano felici e ringraziavano a loro volta gli operai, sporgendosi in direzione della barca dalla balaustra che delimitava l'isola.

Dopo che il geometra e i suoi collaboratori si furono allontanati per la pausa pranzo, i ragazzi restarono soli. E scese il silenzio tra loro. Misuravano a larghi passi tutto il perimetro dell'isola e ciascuno immaginava, ora con più concretezza, come sarebbe stata al termine dei lavori. Erano incantati dai rumori lievi del mare, dallo sciabordio, dal rifrangersi del movimento dell'acqua sulle tre file di solidi piloni che sostenevano la struttura. E dai colori. Persino il grigio dell'Adriatico sembrava, al largo, più azzurro e ad Alfonso ricordava la sua divisa da aviere. Era tutto bello, quella mattina di aprile del 1968, al Punto Z.

Si sedettero ai bordi, con le gambe sospese nel vuoto. Scatta fotografava e Alfonso scartava i panini al prosciutto che la sua mamma aveva amorevolmente preparato.

«Come vorrei che ci fosse Simone, con noi» disse Elisa.

«Sì, molto è merito suo. È un talento vero. Lo è sempre stato. Ma quando finiamo voglio portarlo da uno psicanalista, o uno psicologo o uno psichiatra, perché ce lo guarisca. Stare qui senza di lui è ingiusto» aggiunse Lorenzo mentre tirava un pezzo di legno in acqua.

Un suono di chitarra ruppe quell'incanto, era una musica intensa, struggente. Si voltarono e videro che Giulio aveva appoggiato sul pavimento di legno un mangiadischi rosso inserito all'insaputa degli altri nella borsa del cibo di Alfonso. Aveva la faccia furba di chi sa tutto, compreso che ci sarebbe stato qualcosa da festeggiare, quella mattina al Punto Z. Donovan cominciò a cantare, con la sua dolcezza, adatta a quel giorno particolare, a quel vento leggero, a quel silenzio da profanare in punta di piedi: «To feel you all around me, and to take your hand along the sand. Ah, but I may as well try and catch the wind».

Giulio si avvicinò a Elisa, le prese una mano e la invitò al centro della piattaforma a ballare, mentre gli altri guardavano e sorridevano. Scatta fotografò la gonna a fiori della ragazza che si alzava per la brezza e, sullo sfondo, Lorenzo, che non si era girato, non seguiva la danza, non sorrideva. Continuava a tirare qualcosa nel mare, qualcosa che la fotografia non riuscì a fissare.

Nel primo pomeriggio, verso le tre, mentre Scatta continuava a spostare freneticamente l'obiettivo verso ogni lato di mare, nel suo mirino apparve, come un annuncio, la barca della Savonetti: ma stavolta, come in una storia di corsari pronti all'abbordaggio, non era sola. Al suo fianco avanzava un rimorchiatore che trainava una barca con il carico coperto.

Quando arrivarono all'isola, gli addetti del rimorchiatore cominciarono velocemente a liberare il contenuto del trasporto. Emerse una struttura di tubolari grigi, sembravano leggeri. «È la trivella per l'acqua. Ci proviamo. E subito. Sono d'accordo col ragioniere. Non sarà facile ma dobbiamo tentare. L'ingegner Favelli, che è qui con noi, coordinerà la perforazione. Non so quanto ci vorrà...» disse il geometra.

«Può volerci un giorno o un anno» puntualizzò l'azzimato Favelli, un tipo che non spiccava certo per entusiasmo e ottimismo. Né ispirava simpatia, a prima vista.

Però sembrava efficiente e pareva godere della fiducia dei suoi operai, che si misero immediatamente a seguire le sue indicazioni. I ragazzi rientrarono a Rimini.

Due giorni dopo, quando tornarono, rimasero stupefatti. Dalla loro isola spuntava una struttura in ferro a punta, due o tre metri al di sopra del piano dove avevano ballato, mangiato, fotografato.

Quando salirono poterono ammirarla da vicino. Era una trivella, come quelle che si vedevano nelle foto delle piattaforme petrolifere. Alta, ma non enorme. E, meraviglia, già in funzione. Un braccio che scendeva violento e poi saliva, come a prendere aria per una nuova immersione. Cercava l'acqua, come un enorme rabdomante. Era un rumore spropositato, per quel luogo. Come un concerto pop in un convento di clausura. Eppure aveva qualcosa di maestoso, di affascinante. Una torre che svetta nel cielo ma affonda le sue radici nella profondità del mare. Questa struttura imponente e leggera, che serve a trovare ciò che lì è dovunque: l'acqua. Ma un'acqua speciale, un'acqua d'oro.

I ragazzi seguivano con la testa il movimento della trivella e sapevano che dall'esito di quella perforazione della sabbia, laggiù, sarebbe dipesa una parte della fortuna dell'iniziativa. Intanto era stato portato a bordo il gruppo elettrogeno ed erano state montate le prime lampadine.

Quel giorno si avvicinò la vedetta della Capitaneria di porto, scese un graduato, si presentò come il capo di prima classe Balestrini. Pronunciò un gelido «Buongiorno». Poi si rivolse a Favelli, che sembrava il più autorevole, o comunque il meno imberbe, e sibilò: «Vorrei sapere cosa state facendo, se tutto è in osservanza dell'autorizzazione».

Favelli con un cenno della testa indicò Giulio, che fece un passo avanti, come quando a scuola si deve confessare una marachella. Giacomo lo seguì da presso e rispose per primo: «Sì, comandante».

«Non sono comandante. Lei chi è? Si qualifichi.»

«Sono l'avvocato Giacomo Sughi» disse con l'orgoglio di chi sapeva che quel cognome a Rimini voleva dire qualcosa, essendo stato suo padre il più celebre civilista della città. Ma Balestrini sembrò non cogliere l'importanza di quel biglietto da visita vocale, forse perché lui veniva da Mola di Bari.

«Tutto in regola, secondo l'autorizzazione da voi rilasciata. Sono lavori di esplorazione e la trivella per l'acqua è essenziale per l'approvvigionamento del personale che si dovrà trattenere sulla piattaforma per il tempo necessario» sorrise Giacomo, ma Balestrini, che aveva dei baffetti alla Clark Gable, sapeva riconoscere quando uno, anche sbarbato, rideva sotto i baffi.

«E quanto dureranno queste attività di ricerca?» chiese sfilandosi, con studiata flemma, il guanto dalla mano destra, dito per dito, con una lentezza esasperante.

«Sa, essendo ricerca, finché non si trova...» rispose Giacomo sforzandosi di non apparire irriverente.

Balestrini lo squadrò dal basso verso l'alto, con un'aria che ai ragazzi non piacque. «E che cosa stareste cercando?» In quel condizionale c'era un avvertimento, un segnale, come a dire: non vi credo, non mi fregate.

«Eh, cosa stiamo cercando...» prese tempo, un po' interdetto, Giacomo.

«Un mitile particolare» si intromise Lorenzo avanzando sicuro verso Balestrini che, intanto, aveva attaccato il guanto sinistro. «Lo Scrigno di Venere, che è tipico di questo mare. Siamo interessati alla sua individuazione, studio, selezione, pesca e commercializzazione. Vede, la particolarità dello Scrigno di Venere è che, certo, il suo habitat più comune è in una fascia compresa tra gli 8 e i 15 metri di profondità. Ma noi ne stiamo cercando una specie particolare, lo Scrigno di Venere cosiddetto Tolo, che potrebbe trovarsi a profondità ben maggiori.»

I ragazzi guardavano allibiti il loro amico. Ma lui era sicuro, quasi sfrontato. «Vede, questo tipo di mollusco ha la capacità di emettere il bisso con il quale si attacca ai granelli di sabbia grossolana. Altra caratteristica peculiare è quella di possedere un "sangue" rosso simile a quello dei vertebrati, capace di legare con facilità l'ossigeno disciolto in acqua. Ora capisce perché lo cerchiamo con tanta insistenza, direi quasi con disperazione?»

I ragazzi temettero il peggio. Balestrini era indeciso. Non capiva se si trovava di fronte a un genio della biologia marina o a un capellone che sfotteva le istituzioni. «E lei chi è, di grazia?» disse per prendere tempo.

«Il mio nome è Guerrieri. Lorenzo Guerrieri» rispose il ragazzo, scegliendo la formula che James Bond usava per presentarsi.

Balestrini sussultò, smise di guardarsi le unghie con aria distaccata, alzò la testa e farfugliò: «Guerrieri... del Grand Hotel?».

«Sì, possiamo dire che è mio padre» replicò con saccenza insopportabile Lorenzo.

«Ah, complimenti» non si trattenne Balestrini. «È una gran brava persona. Me lo saluti caramente. E buon lavoro per la vostra ricerca» concluse, mentre imboccava le scalette e la sua vedetta accendeva il motore.

Quando si fu allontanato, con tanto di cordiale scambio di ciao ciao dalla piattaforma, i ragazzi si voltarono verso Lorenzo e gli chiesero, sganasciandosi: «Ma che cazzo ti sei inventato, lo Scrigno di Venere della specie Tolo? Ma che è? Esiste davvero?».

«Direi un geniale mix di conoscenza, invenzione, fantasia, audacia e sfrontatezza. Il risultato è stato mirabile. Lo Scrigno di Venere esiste davvero. Il mio professore delle medie, un maniaco dei molluschi, ci aveva fatto imparare a memoria le proprietà di tutte le specie. Il nome Tolo è invece il frutto dell'ossessione di mio padre, che tutti i giorni mi chiede se l'ho invitata per l'inaugurazione.»

«A proposito, l'hai invitata?» chiese Alfonso, interessato al tema.

«Ma no che non l'ho invitata, ancora non sappiamo se c'è l'acqua… Se si vuole lavare le mani in bagno che facciamo? Se non la troviamo dovremo ripiegare su una cosa più tra noi. Comunque, ho trovato il suo numero di telefono e anche quello di Scilla Gabel.»

«E ce li puoi dare?» chiese sempre Alfonso, al quale sarebbe piaciuta l'idea di sentire al telefono la voce delle sue preferite pronunciare anche solo un «Pronto, chi parla?».

«No. A te, poi…»

La mattina dopo Giulio e Lorenzo tornarono all'isola. L'ora di viaggio era passata in silenzio, come se i due ragazzi stessero pensando ai casi loro, come se quello sguardo, che oscillava tra l'acqua così vicina da poterla toccare e la linea dell'orizzonte, raccontasse la doppia dimensione del momento che vivevano, sospeso tra la soluzione di complicatissimi problemi tecnici e la possibile realizzazione del loro grande sogno. Ma mentre si stavano avvicinando e si cominciava a vedere la torre, Giulio disse a Lorenzo, come se però stesse parlando a se stesso: «Eccola, la piramide».

Lorenzo si voltò, distogliendo lo sguardo dal pelo dell'acqua, e lo alzò verso quel tronco che emergeva dal mare.

«È vero, aveva ragione tuo padre. Dalla sua campagna, dalla sua malattia, ha visto prima di noi. Meglio di noi.»

Quando salirono sull'isola distribuirono agli operai che stavano lavorando alla trivellazione il caffè che avevano portato in un thermos e i cornetti presi a Rimini. I convenevoli furono rotti da un rumore inquietante, come un rombo. Con un gigantesco gorgoglio qualcosa stava salendo dalle viscere del fondo, e il tecnico che era alla pompa non fece in tempo a dire «L'acqua!» che il terminale superiore della trivella esplose in una pioggia potente, un tripudio azzurro, un'alluvione di schizzi, pulviscoli, zampilli, fiotti di quel liquido benedetto. Tutti si precipitarono a vedere e senza remore si bagnarono di quella pioggia miracolosa.

«Avevamo l'isola, ora abbiamo l'acqua» scherzò Lorenzo mentre danzava sotto la nuvola di umidità.

A Rimini ormai, nei bar, non si parlava d'altro. Erano partite delle barche, dal porto, per andare a vedere cosa stesse accadendo, a undici chilometri dalla riva. E al ritorno si accavallavano racconti fantasiosi: chi parlava di una piattaforma petrolifera, chi di una postazione per ricerche marine.

Il caporedattore del «Resto del Carlino», edizione di Rimini, era un brav'uomo. Era finito lì, mandato da Bologna, per ridare forza alle pagine di cronaca, prima di lui infarcite di notizie ufficiali e troppo paludate. Bisognava essere in sintonia con quello che stava accadendo in Riviera e lasciare spazio alle novità, al turismo, ai giovani, alla vita mondana. Lui, il Celletti, forse non era l'uomo adatto.

Aveva assistito alla liberazione di Bologna, il 21 aprile del 1945, e raccontato il passaggio di consegne tra il podestà fascista Mario Agnoli, che in verità si era adoperato per non far bombardare la città, e il sindaco designato, il leggendario Giuseppe Dozza. Il passaggio avvenne senza ulteriore spargimento di sangue, con il potente fascista scortato fuori Palazzo d'Accursio da padre Casati. Il Celletti, allora giovane, era rimasto colpito dall'onestà del gesto dello sconfitto, che rendeva l'onore al vincitore, ma ancor più dalla grandezza dei liberatori, che seppero evitare, in quell'occasione, la logica della vendetta e della resa dei conti.

Quel giorno era diventato di sinistra, sinistra moderata, e quando il suo vecchio amico Enzo Biagi, col quale aveva lavorato nella redazione del «Picchio», giornale dell'Istituto tecnico Pier Crescenzi, lo aveva segnalato alla nascente redazione del «Giornale dell'Emilia», il nuovo nome del «Resto del Carlino», aveva toccato il cielo con un dito.

La sua ambizione era diventare un cronista politico di rilievo. Ma non ci era riuscito. Troppi compromessi, chiesti in modo esplicito ma anche implicito, che era persino peggio. E allora aveva lasciato nel cassetto la penna e il taccuino e si era messo a fare il lavoro di redazione, a organizzare le pagine, ad affidare i servizi. In quello era un numero uno. E quando il direttore lo aveva chiamato per proporgli Rimini lui non aveva capito bene se era una promozione, come il suo capo garantiva con accenti calorosi, o una giubilazione, un esilio in un bel posto di mare, come Caprera o Sant'Elena. A ogni modo, aveva capito che poteva solo dire sì. E lo aveva detto.

Arrivato nella piccola redazione in Riviera, aveva cominciato a svecchiare le pagine della cronaca. Titoli sullo sviluppo di Rimini, sui 3478 aerei turistici che nel 1967 erano atterrati all'aeroporto, inchieste sulla popolazione cresciuta in cento anni del 330 per cento e poi pezzi popolari come l'improvvisa fioritura del susino a novembre, l'ombrellone volato per il vento che aveva ucciso un turista tedesco o la foto di Margot Linden nominata Miss Turismo nel 1967. Insomma aria nuova, al «Carlino».

Come d'altra parte c'era aria nuova in città. La febbre dello sviluppo economico, la ricchezza che si diffondeva, i nuovi costumi e le ansie di progresso sociale che, tutte insieme, dilagavano nelle strade, nelle scuole, nei circoli di ritrovo, nelle piazze dovevano arrivare sul giornale. In fondo, pensava Celletti, questa città è tutto: è la magia del cinema di Fellini, è il dolore della città più bombardata d'Italia, è l'allegria della città più sfrenata d'estate e, quando si chiudono gli ombrelloni e la nebbia scende, la malinconia più struggente.

Celletti si andava convincendo che, quale che fosse l'intenzione del suo direttore, era capitato nel posto giusto. Se c'era un luogo in cui il nuovo si andava annunciando, era Rimini: città mondiale, crocevia di culture e popoli, simbolo di un pianeta che diventava sempre più piccolo. A Rimini le ragazze e i ragazzi studiavano le lingue straniere per ragioni professionali, e tante persone continuavano ad arrivare e a insediarsi attirati dalla ricchezza che nasceva dalla cultura del lavoro, dall'inventiva dei contadini diventati albergatori, dal sorriso, dalla capacità di accoglienza, dalla fantasia un po' magica e un po' poetica di una comunità che era riuscita persino a convincere il mondo intero che l'Adriatico fosse un mare d'eccellenza.

Una volta Celletti era andato in Sardegna per un convegno del Sindacato dei giornalisti e lì lo aveva trovato, il mare dei suoi sogni. Se ne era innamorato vedendo un film di Luciano Salce, *La voglia matta*. Dal critico cinematografico del giornale si era fatto dire dove lo avevano girato e ci era andato, da solo. La spiaggia bianca, come se l'era immaginata. Il capanno dove Catherine Spaak e i ragazzi prendevano in giro Tognazzi, in cima a una duna. Intorno nulla, solo il mare celeste e trasparente. E un silenzio da fermarsi lì a guardare il tempo che scorre.

L'Adriatico si andava invece popolando sempre di più e non solo di bagnanti, mosconi, pattini, jukebox o pubblicità che venivano installate persino dentro l'acqua, ma ora anche di una strana costruzione che era venuta su al largo. Una mattina di metà aprile Celletti chiamò una delle ragazze che avevano cominciato a collaborare con la «nuova primavera» del giornale e le disse che gli era arrivata notizia di una specie di isola installata a un'ora di navigazione dalla costa. Gli risultava che spesso dal porto si muovevano delle barche in ispezione: ci andasse anche lei per dare un'occhiata.

Senza farsi vedere, Laura sbuffò: avrebbe voluto seguire lo sciopero degli studenti in solidarietà con i loro colleghi francesi, ma sapeva di non essere nella posizione di poter di scegliere i servizi, dopo neanche due mesi di prova. Si avviò al porto, in cerca di un passaggio verso il largo.

A Bologna si diceva che a Rimini un gruppo di ragazzi stava costruendo un'isola in mezzo al mare sulla quale avrebbe ospitato, a pagamento, persone che volevano fare musica, poesia, teatro, danza. Era stato Lorenzo a chiedere a un suo amico, Gianni, di far circolare la voce all'università e da allora il suo telefono era stato inondato di richieste. Tanto che i ragazzi avevano deciso che avrebbero fatto delle selezioni, delle vere e proprie audizioni. Era stato anche il padre di Lorenzo a suggerirlo, sostenendo che soggiornare all'isola avrebbe dovuto diventare una meta difficile da raggiungere. Questo avrebbe fatto crescere la domanda e, con essa, i prezzi. Ma, come ogni volta che aveva la sensazione di esagerare, aveva poi trovato la «corretta» motivazione, sostenendo che solo una rigorosa selezione artistica avrebbe potuto assicurare all'isola il suo ambizioso obiettivo di qualità. D'altra parte non gli avevano raccontato che in quel posto in America – come si chiamava? Yaddo – avevano fatto lo stesso?

E così avevano chiesto a Simone di poter usare per un giorno il suo studio, che era l'ambiente più ampio e informale che conoscessero, per incontrare gli ospiti in pectore. A Simone, che non vedeva mai nessuno, l'idea piacque ma chiese, come contropartita, che il suo voto valesse doppio, come se fosse il presidente della giuria. Ci fu il problema di come comporre la commissione d'esame. Furono scartati Scatta perché doveva fare le foto che il ragionier Guerrieri aveva chiesto di esaminare, specie per la componente femminile, e Alfonso che a malapena distingueva Giotto dai Rokes. Giulio si tirò fuori dicendo che era impegnato per l'inaugurazione, che doveva controllare l'installazione intorno alla struttura dei tubi pieni di acqua dolce necessari per calmare le onde e consentire lo sbarco degli invitati. In verità non si sentiva in grado di giudicare degli artisti: sapeva di non sapere.

Il primo che Alfonso fece entrare era un giovane con i capelli lunghi. Di aspetto piuttosto trasandato, disse di essere un seguace del filosofo Teilhard de Chardin e affermò con notevole prosopopea che lo interessava il rapporto tra religione e scienza, tra evoluzione e teologia. E che a questi pensieri avrebbe ispirato le sue meditazioni sull'isola.

«Cominciamo male» pensò Giacomo.

Simone lo guardò e gli chiese a bruciapelo: «Quando è morto Gesù Cristo?».

L'altro sobbalzò per la sorpresa e farfugliò imbarazzato: «A Pasqua».

«No, a Pasqua è risorto» corresse gelido l'interrogante.

«Sì, certo, che scemo. Il Venerdì santo.»

«E quando è rimorto?» chiese ancora Simone che stavolta tradì una certa impreparazione teologica, comprensibile in un fondamentalista dei numeri e della razionalità.

Il giovane seguace di Teilhard era attonito. Tutto si

aspettava meno che un'interrogazione di catechismo. Ebbe un sussulto di orgoglio. Sbatté la sedia per terra e, mentre usciva, sibilò: «Questo è nozionismo, fottiti».

Simone aspettò che fosse ben lontano e disse con aria rassicurante ai suoi colleghi: «Era uno stronzo, un presuntuoso».

Alfonso, che aveva assistito alla scena, chiese quello che gli altri non avevano il coraggio di chiedere: «Ma quando è rimorto Cristo?».

«Non l'ho mai capito. In realtà speravo che me lo spiegasse lui. C'è quella storia dell'Ascensione ma non mi ha mai convinto, anche perché nessuno se ne ricorda mai. Dice che è quaranta giorni dopo Pasqua. Ma è tutto vago, c'è qualcosa di strano in quella storia. Se Giulio Cesare fosse asceso in cielo sapremmo la data, sappiamo persino che lo hanno accoltellato il 15 marzo, verso le undici del mattino. Ed era pure prima di Cristo. È possibile che del giorno in cui Gesù ascende al cielo, mica caramelle, non si sappia uno straccio di data, ora, luogo? L'evento deve aver fatto parlare, non succede tutti i giorni che uno ascende. E non è che mancassero quelli che raccontavano, erano in quattro! Tutto troppo indefinito, non mi convince.»

«Credo che tu abbia ragione» sentenziò in modo solenne e conclusivo Lorenzo.

Alfonso lasciò entrare un ragazzo scarmigliato che aveva in mano una chitarra. Suscitò subito simpatia nella giuria perché raccontò di essere scappato dal collegio per quella audizione e perché era insofferente al comportamento autoritario dei professori. Cominciò a suonare e interpretare una canzone bellissima, intitolata *Silvia*. Aveva una voce strana ma sicura, più grande della sua età.

Silvia
si veste davanti allo specchio
e sulle labbra un po' di rossetto
andiamoci piano però con il trucco
se no la mamma brontolerà

I ragazzi furono molto colpiti. Elisa era persino commossa e gli chiese: «Quanti anni hai?».

Lui rispose imbarazzato: «Sedici, anzi sedici e mezzo».

Lorenzo scosse la testa, guardando gli amici, e disse: «Mi dispiace, ma a questa età non possiamo prenderti sull'isola. Pensavamo fossi maggiorenne».

«Ah, ok. Capisco» rispose il ragazzo che era deluso ma sembrava aspettarselo.

«Da dove vieni?»

«Sono di Zocca, vicino a Modena.»

Una ragazza riminese danzò lieve, davanti ai ragazzi estasiati, sulle note della passerella finale di *Otto e mezzo* e un giovane con i capelli lunghi e una maglietta dai colori psichedelici recitò a memoria Kerouac, Ferlinghetti e Allen Ginsberg per poi finire, inaspettatamente, con il *Congedo del viaggiatore cerimonioso* di Giorgio Caproni:

Era così bello parlare
insieme, seduti di fronte:
così bello confondere
i volti (fumare,
scambiandoci le sigarette),
e tutto quel raccontare
di noi (quell'inventare

facile, nel dire agli altri),
fino a poter confessare
quanto, anche messi alle strette,
mai avremmo osato un istante
(per sbaglio) confidare.

E poi un mimo fantastico, una specie di clown triste che sapeva descrivere senza parole tutta la sua vita: le giornate, i viaggi, gli amori; un pianista stravagante che amava parlare del pianoforte più che suonarlo e che raccontò ai ragazzi di Francesco Landini, da lui definito il più grande musicista italiano del XIV secolo. Landini era cieco, per il vaiolo, ma toccava gli strumenti musicali con tale dolcezza e sensualità che, come scrisse un suo contemporaneo, era in grado di far innamorare della sua musica persino gli usignoli: «Cominciato il suono, si vidono molti uccelli tacere». Lui voleva andare sull'isola per meditare sulle infinite sequenze possibili dei tasti bianchi e neri, sulle combinazioni matematiche, sul rapporto tra il pieno (il suono), e il vuoto (le pause). Arrivarono anche gruppi beat che volevano fare le prove in mezzo al mare e un cantante melodico respinto a Castrocaro, convinto che la salsedine fosse di grande aiuto per i suoi acuti, particolarmente richiesti in *Granada* e *Non pensare a me* di Claudio Villa, il suo cantante preferito.

Era stata una giornata incredibile. Avevano capito che la loro isola era un oggetto del desiderio ancora prima di essere ultimata e che intorno a loro, tra ragazzi come loro, c'erano talento e creatività. Le due cose insieme avrebbero fatto il successo del loro progetto, che ora appariva assai meno folle.

«Il Resto del Carlino», attorno al 20 aprile, uscì con una notizia a due colonne: «Strana piattaforma al largo di Rimini». L'articolo, a firma Laura Spelta, era fondato su indiscrezioni raccolte tra i pescatori e la gente del porto. Quando lei era andata a vedere l'isola non c'era infatti nessuno e, d'altra parte, la struttura era costituita in quel momento solo da un piano calpestabile e da una trivella possente. Nel pezzo, scritto in modo agile, si facevano varie ipotesi: una piattaforma petrolifera, un centro di ricerche sulla biologia marina, la sede distaccata di una facoltà scientifica dell'università di Bologna. La notizia aumentò la curiosità dei riminesi e in quel fine mese si intensificarono i viaggi per conoscere e fotografare la strana apparizione.

Simone aveva convocato i ragazzi allo studio e chiesto al ragionier Guerrieri se gentilmente poteva raggiungerli. Il papà di Lorenzo era stato informato dal figlio della sindrome del loro amico e perciò aveva accettato di buon grado.

«La situazione è questa: è andato bene il montaggio della struttura, abbiamo trovato l'acqua e il gruppo elettrogeno è stato messo in funzione. Ora però insorgono alcune difficoltà per la costruzione delle stanze e del bar. Ci sono problemi di trasporto del materiale e di installazione e messa in sicurezza dell'impianto elettrico. Siccome sono una persona seria ci tengo a dire che difficilmente il Primo maggio potremo fare l'inaugurazione. Inoltre, se il ragioniere è d'accordo, sceglierei come priorità la costruzione del bar, che ci permetterebbe di recuperare subito una parte degli investimenti. Ho parlato con la ditta edile, prevedono che sia pronto in quindici giorni.

Per cui potremmo aprirlo giovedì 16, il giorno dopo non mi pare il caso. Poi altri quindici giorni per tirare su le stanze e a fine mese siamo pronti per la stagione estiva. Che ne dite?»

«Dico che salta l'inaugurazione e un po' di introiti. Ma non mi pare ci siano alternative. E poi mi dispiace per la cerimonia che volevamo fare e soprattutto per gli ospiti che non verranno...» disse il ragionier Guerrieri, fissando il figlio che faceva il vago. «Però vorrei che cominciassimo a predisporre l'avvio della navigazione verso l'isola, dando solo alle nostre barche il permesso di attracco e discesa; agli altri non si può certo impedire di avvicinarsi ma, come si dice, potranno solo vedere e non toccare. La macchina del caffè e il congelatore per i gelati sono in arrivo e poi Alfonso si sta occupando degli approvvigionamenti per panini, alcolici, bevande e tutto il resto. Sull'isola si deve poter mangiare: uno di quei pasti moderni, senza pasta e carne. All'americana. Al bar ci vorrebbe anche una ragazza particolarmente carina, aiuta. E se permettete di questo mi occupo io perché, a parte Giulio, sul tema mi sembrate tutti inaffidabili, con rispetto parlando.»

Giacomo riferì delle visite ripetute della Capitaneria e raccomandò a tutti che da quel momento si sarebbe dovuto insistere sul fatto che la costruzione e apertura del bar era essenziale al lavoro delle persone impegnate nella ricerca, così come lo sarebbero state le stanze, e che, per quanto riguardava gli aspetti commerciali, la natura extraterritoriale del sito non richiedeva nessun tipo di autorizzazione o di fatturazione. A quale Stato ci si sarebbe dovuti rivolgere, infatti? Aveva parlato anche con dei magistrati che lo avevano rassicurato su questo punto.

Dunque si sentiva ragionevolmente certo della possibilità di continuare nella situazione di benevola tolleranza che la Capitaneria aveva mostrato fino a quel momento.

Così restarono intesi. La selezione aveva portato a scegliere i primi tre ospiti. Si era optato, dopo un'aspra battaglia nella commissione, per il mimo Marcello, per Sandra, la ragazza che danzava Fellini e per Nino, un ragazzo napoletano che studiava a Bologna ed era appassionato di sassofono. Durante l'audizione aveva fatto sentire una versione entusiasmante di *Take five*, riproducendo l'assolo straziante del contralto di Paul Desmond.

Ai tre ragazzi avevano comunicato prezzi e modalità del «pernottamento e prima colazione» e a loro, scelti per merito e primi clienti della storia dell'isola, avevano riservato condizioni speciali. Erano prenotazioni per stanze di albergo che ancora non esistevano. Ma era il 1968 e le cose nuove sembrava stessero per arrivare. Anzi, certamente stavano per arrivare.

Ma il mare delle utopie, in quella tiepida primavera, stava per incresparsi, violentemente. Un giornalista di «Tv Sorrisi e Canzoni» aveva letto il servizio di Laura Spelta e si era incuriosito. Così, coscienziosamente, aveva affrontato anche lui la traversata di un'ora, visto gli operai che montavano la struttura in mattoni del bar e cercato inutilmente di ottenere qualche informazione da loro. Era tornato in redazione con l'idea che in mezzo all'Adriatico ci fosse un enigma da decifrare.

«Ho visto l'isola misteriosa, la fantomatica piattaforma metallica che sorge quindici chilometri al largo di Rimini e della quale tutti parlano senza averla mai veduta. Ora che l'ho vista debbo dire onestamente che ne so meno di prima. Tutto quello che posso dire è che l'isola c'è, ed è tutta di ferro; in alto svetta una antenna poderosa o meglio il tronco di cono che servirà di base all'antenna vera e propria; poggia su palafitte di ferro e di cemento che vanno a piantarsi sul fondo dell'Adriatico a una imprecisata profondità… Sulla strada del ritorno accostammo una motobarca, la *Bruno*, con due uomini a bordo, che veniva dall'isola artificiale. I due avevano l'aria di pescatori. Che cos'è quell'isola? ho chiesto. La risposta è stata evasiva: forse un albergo, forse un night club, comunque arrivederci. Tornato a Rimini ho chiesto informazioni. Alla Capitaneria di porto si stringono nelle spalle. "Che volete! Stanno fuori dal limite delle acque territoriali, e quindi possono fare quello che vogliono." Anche una radio pirata, sul tipo di quelle che sorgono al largo delle coste inglesi? Teoricamente sì… Che si tratti di una radio privata, allora? Un albergo non è di certo: è troppo piccolo, anche se dovesse servire a un casinò. E poi, l'antenna è rivelatrice. Una radio di media potenza potrebbe coprire tranquillamente tutta la costa adriatica, così come Radio Monte Carlo copre oggi parte della costa tirrenica e della valle padana. Gli interessi in ballo sono enormi: evasioni fiscali, introiti pubblicitari… In Italia da anni c'è chi si lamenta del monopolio esercitato dalla Rai Tv: basterebbe una iniziativa audace di qualche imprenditore dalle idee larghe e si scatenerebbe un inferno di cavilli giuridici. A una certa distanza il mare è di tutti e chiunque può fare quello che vuole, anche una stazione radio. Certo, volendo una radio potrebbe essere ridotta al silenzio, ma ci vorrebbero le torpediniere della Marina militare, ci vorrebbe addirittura un arrembaggio alla Salgari. E poi: sarebbe legittimo l'uso della forza? Insomma una pacchia per i legulei d'Italia e d'Europa. Che cosa avverrà ora? Bisognerà aspettare che l'isola sia completata. Poi, se comincerà a trasmettere programmi radiofonici, ogni decisione spetterà al governo. Che la storia finisca con una battaglia navale nelle acque placide dell'Adriatico?»

Sbatté l'articolo sul tavolo, il ministro delle Poste e Telecomunicazioni. Cos'era questa storia? Si parlasse col ministro della Marina mercantile, con quello della Difesa, con gli Interni per venirne a capo. Ci mancava soltanto l'isola, come se non bastasse tutto quello che stava succedendo in Italia, in quella primavera di fuoco del 1968.

Quella mattina a Giulio e Lorenzo il caffellatte andò di traverso. Di cosa diavolo stavano parlando in quell'articolo che il proprietario del bar, che era a conoscenza del loro progetto ma contro ogni previsione era stato riservato con tutti, gli aveva mostrato con aria circospetta? Il giornalista aveva scambiato la trivella per un'antenna. Ora si sarebbe scatenato un putiferio. Di tutte le pubblicità quella era la meno attesa e la meno gradita.

Il sindaco aveva appena finito di maledire, come faceva ogni mattina passando davanti a quel buco urbanistico, i suoi predecessori che avevano abbattuto il Kursaal togliendo a Rimini parte dell'antico fascino e della sua natura di Ostenda d'Italia, quando uno degli assessori gli mostrò il giornale con aria concitata. Il sindaco, uomo del popolo, non capiva come «Tv Sorrisi e Canzoni» potesse sconvolgere la sua amministrazione. «Interessante, interessante» si limitò a commentare, una volta letto l'articolo, lasciando di sale l'assessore che, come al solito, pensò di capire meno del suo numero uno, nel partito e nella giunta.

Il capo di prima classe Balestrini rimirava le tre strisce del suo grado che campeggiavano sul cappello appoggiato sulla scrivania. Si era tolto i guanti, con la consueta lentezza e, inumidendo un po' l'indice, era arrivato alla pagina di «Tv Sorrisi e Canzoni» che la moglie, con una telefonata ansiosa resa ancor più caotica dal potente rumore del phon in sottofondo, gli aveva segnalato dopo aver letto l'articolo mentre il coiffeur Lido le stava facendo la tintura.

Letto il testo, lo segnalò all'ufficio del comandante della Capitaneria, il suo massimo superiore. E poi cominciò a rimirarsi le dita delle mani alle quali dedicava una gran cura, assistito dalla manicure Yvonne, attrazione del barbiere Silvio dal quale si recava tutte le mattine per la barba e una rifilatina dei mustacchi. Ma poi iniziò ad alzarle una a una, le dita. Contava, nel silenzio e nella solitudine del suo ufficio. Al dieci squillò il telefono e Balestrini sorrise, contento di aver azzeccato ancora una volta una reazione umana, ma sapeva che quella soddisfazione sarebbe stata l'ultima della giornata: lo aspettava il peggio.

Celletti non leggeva «Tv Sorrisi e Canzoni», preferiva «L'astrolabio» o «Vie Nuove». Ma il suo direttore era più prosaico e lo tirò giù dal letto al mattino presto. Lo investì dicendogli che da oggi quella storia doveva diventare il centro del giornale e che l'avrebbe portata anche sulle pagine nazionali del «Carlino». Celletti reagì con dignitosa compostezza e ricordò che il popolare settimanale doveva aver attinto al servizio della giovane e valente Laura Spelta.

«L'ho letto» rispose il direttore, le cui urla al telefono svegliarono anche la gatta Clio. «L'ho letto ma in trenta righe non si parla mai della radio pirata, del casinò o del dancing. Si parla di biologia marina! Roba da chiodi.»

Il ragionier Guerrieri stava, come suo solito, in piedi davanti alla grande finestra che dal suo ufficio dava sul giardino del Grand Hotel. «Un dancing? Potremmo chiamarlo Una Rotonda sul Mare. Mica male.» E nella sua testa, da quando aveva letto l'articolo, non c'erano né numeri né parole, solo meravigliose minigonne, vertiginose scollature e banconote fruscianti. «Mica male» ripeté tra sé e sé.

Non era bastata un'intervista di Giulio sul «Carlino», uno scoop di Laura Spelta che aveva fatto felice Celletti, nella quale il giovane imprenditore smentiva risolutamente ogni attività tipo casinò o dancing per la loro isola. Il servizio era ben confezionato e dava conto di questi giovani che si erano messi insieme per fare ricerche sui mitili ma che pensavano anche a un uso culturale dell'isola, dalla quale la città di Rimini avrebbe avuto un ritorno turistico e di prestigio. Della radio Giulio non parlava, se non per specificare, anche ironicamente, che il tronco di cono era la trivella che aveva trovato l'acqua dolce a 260 metri, e non un'antenna.

La Spelta era rimasta colpita dall'entusiasmo dei ragazzi, che l'avevano ricevuta nello studio sulla darsena di Simone, e questo aveva conferito al progetto un'immagine di rigore tecnico e di scientificità. Il pezzo che uscì sul «Carlino» era perciò «dalla loro parte». Scatta aveva fornito le fotografie dei ragazzi e dell'isola e per questo aveva ricevuto i complimenti del mitico Minghini. Dopo il botto dell'articolo di «Tv Sorrisi e Canzoni» con il ragionier Guerrieri avevano deciso di uscire allo scoperto per allentare la tensione sul mistero dell'isola e trasmettere l'idea di un progetto di giovani, a metà tra scienza e cultura. D'altra parte non erano quelli i tempi in cui i progetti, anche i più utopici, potevano e forse dovevano essere realizzati? Non era il tempo dell'immaginazione al potere?

Giulio, su suggerimento di Giacomo, aveva insistito su due dati giuridici: la provvisorietà della struttura, in qualsiasi momento, e la natura extraterritoriale del sito. Giulio aveva raccontato delle audizioni e dunque tranquillizzato sulla natura squisitamente culturale dell'iniziativa. Nulla che potesse spaventare albergatori e ristoratori che, anzi, avrebbero potuto ricevere dall'iniziativa benefici enormi. Un'isola del bello, della scienza e dell'arte in mezzo all'Adriatico avrebbe conferito status a Rimini e forse costituito un'attrattiva mondiale, i cui vantaggi si sarebbero riversati sull'economia di terra: pensioni e hotel, bar, ristoranti, locali, negozi, trasporti per mare.

Il sindaco fu intervistato il giorno dopo da una scatenata Spelta e disse di seguire con attenzione il progetto, che certo avrebbe dovuto rispettare tutte le normative di legge, ma che l'isola poteva arricchire l'offerta dell'intera Riviera e fornire ulteriore visibilità mondiale alla città. Aggiunse, dando una notizia e facendo al tempo stesso capire di essere ben informato sulla sua comunità, che era felice si trattasse di una prova di talento e coraggio di un gruppo di *burdèll* riminesi, ma che era anche più sicuro della natura non improvvisata del progetto per il coinvolgimento del ragionier Guerrieri: un nome, una garanzia.

Quella mattina, allo studio di Simone, si fece festa. Il

giudizio del sindaco costituiva una specie di via libera, un lasciapassare, un accreditamento decisivo. Simone disse che molto del merito era anche delle domande con le quali la Spelta aveva condotto il sindaco – un uomo coraggioso e visionario, onesto e legato al sentimento popolare – a formulare quei giudizi e quegli auspici.

Intanto sulla piattaforma procedeva il lavoro di copertura realizzato dall'impresa edile individuata da Lorenzo, che stava rapidamente completando quello che sarebbe stato il bar. Un mattino il padre disse al figlio che avrebbe voluto che loro due, solo loro due, andassero a visitare il cantiere, anche per sperimentare l'efficienza dell'imbarcazione che, a regime, avrebbe dovuto portare i turisti all'isola almeno tre volte al giorno.

Il ragioniere fu soddisfatto dello stato dell'arte: era la fine di aprile, si poteva confermare l'inaugurazione per il 16 maggio. Poi prese sotto braccio il titolare della ditta di costruzioni, un suo vecchio amico, e gli chiese se ce la faceva, per quella data, a tirare su anche una stanza, almeno una. Che lo facesse per la loro vecchia conoscenza e perché anche al Grand Hotel avrebbero in futuro fatto dei lavori e dunque...

«Farò quello che posso» assicurò l'uomo, leggermente preoccupato.

Poi il ragionier Guerrieri chiese a Lorenzo di raggiungerlo alla balaustra e si misero così, faccia al mare, a parlare.

«In un anno avete fatto un lavoro straordinario. L'idea, il progetto, l'installazione. Ora però dobbiamo guardare avanti. Come sai, ho speso molto di più di quanto era stato previsto. L'ho fatto perché sono convinto che quest'isola farà fortuna e che ne verrà ricchezza e prestigio per tutta Rimini.» L'uomo si fermò per qualche istante, guardando la distesa d'acqua di fronte a loro. Lorenzo gli toccò il braccio e il padre proseguì con tono tranquillo.

«Devo dirti due cose e le voglio dire a te prima che agli altri. Allora: si sono fatti avanti due gruppi che vogliono partecipare a una società di gestione dell'isola. Gli ho risposto che dovranno prendere anche quote della società di costruzione che per ora è composta da me e da voi in partecipazione nominale. Così io riduco un po' il carico finanziario, che si sta facendo eccessivo. Ma la maggioranza resta in mano nostra e anzi darei a voi, nelle due società, la quota di azioni necessaria a fare maggioranza, in modo che nessuna decisione possa essere presa contro voi e me.»

Lorenzo distolse lo sguardo e il padre notò che aveva la fronte aggrottata.

«La seconda cosa che devo dirti è che in ogni caso la lievitazione dei costi impone di allargare il progetto. Se siete d'accordo, lo faremo per gradi. Simone mi ha detto che la struttura può reggere cinque piani. Non ora, ma dobbiamo pensare di sfruttare tutta la potenzialità dell'isola.»

Lorenzo rifletté qualche secondo. Non era abituato a sentirsi trattare alla pari dal padre, capì che doveva rispondergli a tono.

«Papà, io capisco lo sforzo che stai facendo. Tutti noi ce ne siamo accorti. E ti ringrazio anche per come lo fai, senza che pesi a nessuno di noi. Sono d'accordo sull'aprire a nuovi soci e penso sia giusto che chi ha avuto un'idea non possa vederla stravolta ed essere emarginato. Anche per questo, grazie. Ho più dubbi sull'arrampicarsi in cielo con la costruzione. Rischierebbe di essere in contraddizione con la natura provvisoria della struttura, che è il nostro punto di forza giuridico, e poi rischieremmo di tirarci addosso l'ira di tutta Rimini, se facessimo un albergo di cinque piani in mezzo al mare.»

«E perché un albergo? Si potrebbero fare un dancing, un piccolo casinò, un ristorante romantico, con una decina di stanze.»

«Cioè tutto quello che ci hanno accusato di voler fare e che noi abbiamo vibratamente smentito.»

«Senti, la coerenza assoluta è un lusso per i ricchi e i fanatici. I giornali capiranno che le cose cambiano. Pensa ai politici, allora, che dovrebbero fare? Girare con la maschera di Belfagor? A proposito, hai letto oggi l'interrogazione del senatore Zannini ai ministri della Marina mercantile e degli Esteri?»

«No, che dice?» domandò Lorenzo preoccupato.

Il padre tirò fuori dalla tasca una pagina di giornale piegata. «Dice che l'interrogazione è presentata "per conoscere a quale scopo vengano effettuati nel mare Adriatico, a dodici chilometri e mezzo al largo di Rimini, e cioè al di fuori delle acque territoriali italiane, ad una latitudine di 44 gradi, 10' e 48" e ad una longitudine est di 12 gradi, 36' e 00", lavori di infissione sul fondo marino di pali di ferro e cemento, e se risulta che in detta posizione dovrà sorgere una piccola isola artificiale e per conoscere quale fondamento abbiano le voci, ormai molto diffuse, che vorrebbero che in quell'isola sia installata una stazione radio privata".»

«Caspita, e di che partito è questo Zannini?»

«Credo della Democrazia cristiana. Quindi ci siamo messi contro Maciste, Ercole e Sansone.»

Il giorno dopo, di buon mattino, all'isola arrivò anche Ursus. Aveva i baffetti ben curati e i guanti ben stirati. E una divisa inamidata da capo di prima classe.

«Vorrei verificare il carattere provvisorio della struttura e per questo ho portato con me dei tecnici.»

Giulio, che era di turno quella mattina, disse che ben volentieri avrebbe fatto verificare ogni cosa. Poi Balestrini chiese di nuovo la ragione delle costruzioni in atto e Giulio disse che erano strumentali alle attività delle persone che lì avrebbero dovuto operare, giorno e notte, ai fini delle ricerche. E che dunque non potevano dormire all'addiaccio o non avere un posto per le loro esigenze fondamentali. Balestrini non sembrava contento, come se avesse il dovere, o il mandato, di trovare qualcosa che non andava. Si informò dell'uso delle banchine, chiese se erano stati chiesti i permessi alla Dogana visto che si portava materiale fuori dal territorio nazionale. Fece controllare i segnali per i naviganti e scrisse nel verbale: «È stata verificata l'esistenza di un fanale a luce intermittente rossa di periodo 2" di portata luminosa mg.3 e di un nautofono riproducente la lettera "T" dell'alfabeto Morse periodo 30" (suono 5" silenzio 25") portata mg.1».

Andò via di cattivo umore, l'azzimato Balestrini. E il suo saluto, sibilato nel vento che quel giorno spazzava la piattaforma, assomigliava più a una minaccia che a un arrivederci.

Come un presentimento o un avvertimento, quel giorno sull'isola arrivò una mareggiata da far paura, improvvisa e gigantesca. Gli operai e Lorenzo e Giacomo, che erano arrivati nel pomeriggio, restarono bloccati. Non si poteva andare via e le strutture appena costruite furono scosse. Però resistettero, e la scelta di non dare intonaco, di tenere tutto grezzo, si rivelò giusta. I due muratori che insieme ai ragazzi si riparavano sotto il tetto che loro stessi avevano costruito erano impauriti, ma orgogliosi del proprio lavoro. L'Isola delle Rose era più robusta di un mare arrabbiato, ora ne erano certi.

L'ispettore capo Tortolì immaginava quel Primo maggio da molti giorni. Risveglio lento, colazione con i bambini, passeggiata a San Petronio, cinema pomeridiano, televisione la sera. Poi sarebbe venuto il momento più difficile. Quello in cui avrebbe dovuto spiegare ai gemelli perché la mamma non era lì con loro, a metterli a letto e accompagnarli al sonno. Da quando lei era andata via, venti giorni prima, lui aveva dato fondo a tutta la sua fantasia per inventare ragioni credibili e riempire quel vuoto che, nel momento in cui andavano a dormire, era ancora più tremendamente visibile negli occhi di quelle creature di sei anni.

La fuga della moglie era l'unica investigazione che non aveva fatto, si sarebbe vergognato a mettersi sulle tracce di una donna che aveva deliberatamente scelto di cambiare vita, che forse aveva un nuovo amore e aveva trovato quella felicità che lui non era riuscito a darle. O forse soffriva per i suoi bambini. Comunque non voleva che si sentisse braccata, non doveva temere che suo marito, in quanto capozona emiliano del Sid, scatenasse tutti i suoi terminali per scovarla e magari fare un'irruzione e riportarla con la forza a casa. Non era da lui. Lei doveva sapere che lui l'aspettava. Che se un giorno fosse tornata, non le avrebbe chiesto nulla. Se l'era immaginata mille volte al giorno per venti giorni, la scena: lei che suona il campanello di casa, lui che guarda nello spioncino, lui che chiama i bambini senza dir nulla, lui che apre la porta, lei che vede i gemelli in corridoio, lei che fa cadere le valigie, lei che corre verso di loro, loro che la abbracciano, lui che chiude la porta. E tutto torna normale.

Quel Primo maggio il telefono invece squillò presto.

«Tortolì, che fa, dorme?»

«Certo che dormo, sono le sette e mezzo della Festa dei lavoratori» avrebbe voluto rispondere al suo capo, uno con la voce resa grassa dal fumo che solo a sentirlo a inizio giornata ti metteva di pessimo umore.

«No, capo, sto leggendo i giornali.»

«Ah, bene, e Bulgarelli come va?»

«Domenica ha fatto un'ottima partita, abbiamo pareggiato col Milan, gol di Guarneri.»

«A me di Bulgarelli, Haller e Perani non importa un fico secco. Volevo dire che se lei legge i giornali evidentemente si concentra sullo sport o sulle farmacie aperte perché le sfuggono le notizie vere. Quelle di cui dovrebbe occuparsi.»

«Le ho mandato il rapporto sullo sciopero degli studenti e sul fermento nelle aziende metalmeccaniche.»

«No, l'isola.»

«L'isola?»

«Lo vede che lei, Tortolì, vive su Marte? Lei è il capozona dei servizi segreti? Mi sembra quell'indovino di professione che quando qualcuno gli bussa alla porta risponde “Chi è?”.» E tirò giù una risata raggelante che si portò appresso una scarica di catarro che sembrava di stare al fronte. Ma era una risata pelosa, un modo per deriderlo.

«Mi scusi, capo, ma non so di che parla.»

«Tortolì, non dico che i suoi terminali avrebbero dovuto informarla già da mesi, ma che lei avrebbe dovuto almeno leggere il “Carlino”. O le si chiede troppo?»

E continuò, con una voce sempre più cavernosa. «Lei pensa che a me piaccia essere svegliato all’alba il Primo maggio? Che almeno una cosa buona i comunisti nella loro vita l’hanno fatta, farci fare un bel giorno di riposo.»

Tortolì sperò che non ridesse di nuovo. Speranza mal riposta. Il capozona allontanò la cornetta dall’orecchio e poi si riavvicinò in tempo per sentire Polifemo sibilare: «Alle sette mi ha chiamato il ministro dell’Industria e alle sette e mezzo quello delle Poste. Tutti vogliono sapere di questa maledetta isola al largo di Rimini. Uno dice che il presidente dell’Eni è preoccupato che qualcuno possa cercare il petrolio e che loro, che sono in piattaforma a Ravenna, hanno la prelazione. L’altro sostiene che sull’isola vogliano installare una radio e che la Rai è su tutte le furie. Volevano sapere da me. Io che gli potevo rispondere? Che domenica ha segnato Guarneri? Bel gol?»

«Su mischia. Mi dispiace, capo, mi attivo subito. Domani le faccio avere il rapporto.»

«Domani? Forse non mi sono spiegato.»

«Va bene, in giornata.» Polifemo fece tremare la membrana del ricevitore scaracchiando qualcosa che somigliava a un «Si sbrighi».

Tortolì maledisse il giorno in cui, per guadagnare di più, aveva chiesto di passare dalla polizia ai servizi. Erano nati i gemelli e qualche lira in più avrebbe aiutato. Prese il telefono, gli venne come l'impulso di pulirlo, e chiamò la sorella.

«Vieni a tenere i bambini. Io devo andare di corsa a Rimini. A cercare un'isola.»

Non sarebbe stata l'inaugurazione, ma quel Primo maggio lo avrebbero passato tutti sull'isola. Tutti, meno uno. Simone aveva detto che avrebbe mangiato dai suoi, perché suo padre quel giorno lo voleva passare in famiglia, ma nessuno gli aveva creduto. E a tutti era dispiaciuto vederlo lì sulla darsena, mentre salutava con la mano la barca di Alfonso diretta al Punto Z.

Fu un giorno bellissimo. La struttura del bar, che aveva resistito al maltempo e alla mareggiata, fu un riparo fresco quando il sole si faceva più caldo e la piattaforma diventava un magnifico solarium. Avevano portato in una borsa frigorifera rossa bottiglie di Coca-Cola, Mirinda, aranciata amara, chinotto e un'infinità di panini al prosciutto preparati come sempre dalle mani sante della mamma di Alfonso.

Sulla barca avevano trovato posto anche delle sedie a sdraio, un tavolino da picnic, il mangiadischi, e Giulio aveva insistito per portare anche due sacchi a pelo, che non si sa mai. Con i cinque ragazzi ed Elisa c'era anche Laura Spelta, ormai associata al gruppo, che avrebbe raccontato ai suoi lettori quel giorno di festa sull'isola.

Fu Lorenzo a far entrare nel mangiadischi *Lady Madonna* dei Beatles. Si girarono tutti: chi stava sistemando il cibo sul tavolo e chi leggeva i quotidiani seduto sulla sdraio. Fu allora che il ragazzo si sistemò il ciuffo biondo e, come fosse in un locale di striptease, fece cadere a terra, con un gesto sensuale, pantaloni e Lacoste verde. Aveva dei pantaloncini da bagno gialli e, ora Laura lo notava per la prima volta, un fisico ben modellato, magro e con una muscolatura non evidente, ma rassicurante.

Lorenzo si alzò in piedi sulla balaustra, stese le braccia orizzontalmente ai suoi lati, come se volasse, si voltò verso il gruppo e disse: «Elisa, sembro il Cristo della *Dolce vita*?» e prima che lei replicasse: «Ma che fai?», si tuffò come un angelo in mare, con una gran quantità di spruzzi allegri. Scoppiarono tutti a ridere, e quando Lorenzo riemerse e disse che era fredda ma bellissima, i ragazzi si guardarono e in un attimo si tolsero i vestiti: tutti avevano il costume da bagno, sotto. Tutti tranne Laura, che restò ferma. Lei non ci aveva pensato, nessuno glielo aveva detto. Quando furono in acqua cominciarono a chiamarla. Elisa la incoraggiava: «Non puoi restare lì, buttati con reggiseno e mutandine, poi si asciugano in un attimo».

Laura sembrava intimidita.

«No, non posso.»

«Dài, non lo diciamo al tuo capo. Promesso. Qui nessuno ci vede. Siamo liberi.»

La ragazza, con il muso triste, scosse la testa e sembrava non volersi muovere da quella piattaforma di quattrocento metri che ora però le stava improvvisamente stretta.

Mentre Scatta teneva la testa di Alfonso sott'acqua e Giulio nuotava con uno stile libero professionale, per farsi vedere da Elisa in tutta la sua forza, Lorenzo guardò verso l'alto e disse, asciugandosi il volto dagli schizzi con cui Scatta lo inondava: «Se non vieni anche tu, risaliamo tutti. Non mi piace che tu stia lì a guardare e noi a divertirci. Ma cos'è, non sai nuotare?»

«Nuoto meglio di quella specie di Don Schollander che fa il *pataca* per cercare di stupire le ragazze.»

«E allora?» disse Elisa.

«E allora... il problema è che non porto il reggiseno.»

Improvvisamente gli schizzi, gli scherzi, le urla, le nuotate olimpiche si arrestarono e tutti si fermarono, come folgorati. E tutti sperarono che Elisa dicesse quello che loro non potevano dire. Avrebbero fatto il solletico alle sue corde vocali perché scandisse, a nome loro, quelle parole che, tutti, simultaneamente, avevano pensato. Per questo ci fu un tempo sospeso, un silenzio irreale.

Elisa sentì addosso occhi e speranze dei suoi amici e ruppe gli indugi: «E che ti importa, siamo nel 1968, mica nell'Ottocento!».

Alfonso avrebbe voluto eleggerla alla presidenza della Repubblica seduta stante, Scatta sentiva una scossa ormonale di incalcolabile intensità tellurica, Giacomo consultò mentalmente tutto il codice sul buoncostume e fece di sì con la testa. Gli altri pendevano dalle labbra di Laura.

Lei, sulla piattaforma, sorrise, conscia dell'attesa che si era creata e anche un po' intrigata dal fatto che tutti fossero così tesi per una sua decisione. Calcolò mentalmente le possibili reazioni di Celletti, e più ancora della sua famiglia, si guardò intorno per vedere se arrivavano barche, che quel giorno in verità erano tutte in riposo, riportò lo sguardo su quei ragazzi che un po' sembravano i coccodrilli di Peter Pan quando Capitan Uncino sta per essere gettato in acqua e infine concluse il suo giro di orizzonte sulla presenza rassicurante di Elisa che con il movimento della testa, senza parlare, le diceva «dài, vieni».

Fu un attimo. Si tolse il vestito a fiori bordeaux e prima che qualcuno potesse classificare la forma del suo seno o la dimensione delle sue areole si tuffò in acqua, dove sarebbe rimasta sotto il pelo, soprattutto per non turbare i più giovani e inesperti.

«Anche questo è l'Isola delle Rose. È libertà, è rinuncia a regole e convenzioni. Qui c'è la natura, il sole, la luna, il rumore del mare. E gli esseri umani, riportati alla loro dimensione reale. Qui tutto è possibile, perché nulla è vietato. Tranne far del male agli altri» disse Lorenzo, guardando Laura negli occhi.

«Viva l'Isola delle Rose» gridò Scatta. Tornati sulla piattaforma brindarono, felici. Tutto cominciava, in quella «radiosa giornata di maggio».

«La mia opinione, in conclusione, è che quei ragazzi e il padre di uno di loro che li finanzia allo stato non abbiano altre intenzioni se non quelle di fare un po' di soldi e di divertirsi. La radio di cui si parla è in realtà la trivella che ha cercato l'acqua dolce, non ci sono segni di ricerche petrolifere né di attività licenziose. L'unica preoccupazione che avrei riguarda i possibili sviluppi dell'iniziativa. Se avesse successo ci potremmo trovare di fronte alla proliferazione di analoghe strutture e a una specie di "lottizzazione" del mare. Per questo è giusto tenerla d'occhio. Ma a oggi non vedo pericoli espliciti per gli interessi nazionali.»

Con queste parole Tortolì concluse il suo rapporto,

al quale erano allegati i nomi, gli indirizzi, le fotografie dei ragazzi, del finanziatore, dell'isola. E gli articoli dei giornali, tutti.

«Tu guarda questo per che cosa mi ha fatto svegliare e lasciare i bambini per una giornata intera! A me stanno pure simpatiche le idee di questi giovani. Qualcosa di nuovo. Sono gente per bene. Chi mette i soldi li vuole rifare, i ragazzi mi sembrano una combriccola mista, qualcuno poeta e qualcuno con il bernoccolo per gli affari. Almeno questo è quanto sono riuscito a ricostruire parlando con i nostri informatori. Ma ti pare che, con il mondo che sta scoppiando e le piazze in fermento, io debba andare per isole? E per di più il Primo maggio?»

La sorella era abituata a sentire e a dimenticare, nello stesso momento. Gli diede una carezza sui capelli, come aveva fatto con i gemelli, ai quali prima che dormissero aveva detto, d'accordo col fratello, che la mamma era in un viaggio di lavoro e si era inventata tanti modelli di camicie per cominciare un'attività da rappresentante, che l'avrebbe portata molto lontano da casa.

In quello stesso momento Giulio ed Elisa si stavano stringendo la mano. Si erano messi dei maglioni e dondolavano le gambe nel vuoto, oltre il confine della piattaforma. Il cielo era pieno di stelle e di strane scie luminose, come se le stelle si fossero scontrate e poi sciolte producendo uno sciame di luce sopra le loro teste. Gli altri erano tornati a Rimini. E quando Giulio aveva bisbigliato: «Io penso di restare qui» ed Elisa, senza far passare un solo istante, aveva detto la stessa cosa, tutti avevano capito e si erano acconciati a tornare senza di loro. Lorenzo si era piegato a qualcosa per lui più doloroso, l'idea che potessero stare insieme, lì, nell'isola che era anche sua, e vivere quell'incanto, la notte e l'alba sul mare, che era stato il suo sogno da quando Giulio aveva avuto l'idea.

E si era immaginato lì con Elisa, mille volte. Aveva pensato di svegliarla teneramente, dopo una notte d'amore, di vedere sorgere il sole con lei, di fare il bagno nel mattino che comincia, di aspettare insieme gli operai per condividere il thermos del caffè caldo e il vassoio con le brioche.

Tutto quello che aveva sognato, che voleva, sarebbe successo. Ma con Giulio. Perché lei lo aveva scelto. Lo aveva preferito a lui. Questa era la verità. L'Isola delle Rose gli stava mettendo tra le mani la prima spina, dopo tanti petali, e gli si era conficcata in profondità. Si sentiva come crocefisso vedendo, dalla barca di Alfonso, l'isola sparire in lontananza, divorata dal buio della notte.

«La signora Tolo sarà ben lieta di essere la madrina dell'Isola delle Rose. Lo dica al ragionier Guerrieri e gli dica che la signora ricorda sempre con grande piacere il suo breve soggiorno al Grand Hotel vari anni fa, con l'altra proprietà.» Quando l'agente disse a Lorenzo per telefono che la risposta era positiva, il ragazzo non vedeva l'ora di comunicarlo al padre. Fece le scale dell'albergo a due a due e bussò alla porta del suo ufficio.

«Ho due notizie per te. Una bella e una brutta. Quale vuoi prima?»

Era il giochetto che il ragionier Guerrieri odiava più di ogni cosa al mondo. E Lorenzo lo sapeva.

«Quella brutta» sbuffò.

«Devi firmare una lettera in cui mi nomini tuo successore in tutte le cariche ed erede di tutto il tuo avere» disse Lorenzo con aria quasi minacciosa.

Il padre si irrigidì sulla sedia.

«E perché mai?»

«Per la buona notizia. Marilù Tolo il 16 sarà sull'isola per l'inaugurazione.»

S'illuminò tutto, di quell'uomo rotondo. Lo sguardo, il sorriso, la pelata, i bottoni dorati della giacca bianca. Un sogno che si realizzava. Solarium e palestra: si sarebbe fatto bello, pensò, mentre abbracciava il figlio.

Sull'isola ormai era quasi tutto pronto per il gran giorno. Era stata montata la macchina per il caffè, installato il congelatore per i gelati, passata una mano di bianco sui muri di mattoni e, soprattutto, l'impresa aveva fatto felice il ragioniere ottemperando all'impegno di consegnare un altro locale finito. Così ora l'Isola delle Rose disponeva di un bar e di una stanza.

Nei giorni che avevano preceduto quel giovedì 16 c'era stato un via vai di barche e centinaia di turisti erano arrivati, con le navette predisposte da Rimini, a vedere la nuova creatura. Il «Carlino» dava conto dei preparativi e tutta la città non parlava d'altro. Nei bar e in piazza ci si divideva tra chi sosteneva che la Rimini moderna, per fare un ulteriore salto, aveva bisogno di strutture nuove e al passo con i tempi, e chi invece alimentava sospetti ed elucubrava sul rapporto costi/investimento e concludeva che ci doveva essere dell'altro, che nessuno li prendesse in giro con lo Scrigno di Venere o con gli artisti hippie. Rimini era un brulichio di parole, litigi, sospetti, attese, complotti, rancori, invidie, speranze e sogni. Era viva, insomma.

«Lascialo andare, che te ne importa.»

«No, non cominciamo così» sorrise Lorenzo.

«È un bicchiere di carta. È biodegradabile. E poi siamo troppo stanchi» sospirò Giulio mettendosi a sedere a terra, con le spalle appoggiate al muro esterno del bar.

Il bicchiere, rosso, volteggiava nell'aria sospinto dal vento. Lorenzo lo inseguiva, come fosse una «manina». Lo prese, alla fine. E lo ripose nel gran sacco grigio di plastica che conteneva i resti di quella giornata di festa, gli avanzi di cibo e bevande trangugiati dalle centinaia di ospiti che avevano affollato la piattaforma mettendo a dura prova la balaustra e riempiendo all'inverosimile il locale del bar e la piccola stanza.

Quando Lorenzo si sedette vicino contemplò quello scenario irreale: il mare, dei tavoli, l'infinito, delle tovaglie di carta che svolazzavano.

«Non ce la faccio più, sono distrutto» bisbigliò Giulio, grattandosi la schiena sul muro ruvido. E proseguì: «È venuta mezza Rimini. Amici e invidiosi, sostenitori sinceri e potenziali dinamitardi, albergatori in perlustrazione e giornalisti affamati, birri e attricette, professori e bagnini. Rimini, insomma. E le decine di barche che abbiamo dovuto mandar via? Non ci si entrava più. Però, hai visto? Mancavano il Comune, la Capitaneria, i carabinieri. Eppure avevamo invitato tutti. Non è un buon segno».

«E mancava tuo padre, come sta?»

«Gli vuoi proprio bene, eh? Come sta... Sta male. Non ce l'ha fatta. A fine aprile ha provato ad alzarsi per dimostrare a mamma che sarebbe riuscito a essere con noi il Primo maggio ma dopo due passi si è afflosciato, come un sacco di patate. E gli è venuto da ridere e da piangere insieme. Da allora sta sempre peggio. È lucido, ma il suo corpo rimpicciolisce. È più magro, più corto. Quando lo misuro con gli occhi, nel letto, sembra un bambino. Era un omone, ora è terribilmente piccolo, solo gli occhi sono rimasti uguali. Ma sorride sempre, non si lamenta mai. Non capisco se vuol dare forza a noi o se ha davvero risolto il suo rapporto con l'idea della fine della vita.»

«Com'è difficile chiamarla col suo nome, eh?» disse Lorenzo.

«Morte è una parola definitiva, nera. Faccio fatica a pronunciarla. Non mi piace. La fine della vita è più bello. Dà il senso di un processo, ha dentro la memoria e la coscienza del tempo. La morte sembra un evento in sé, come se non esistesse un prima. Come se non esistessero migliaia di giornate, centinaia di migliaia di ore, milioni di minuti. Se dico che mio padre sta per morire mi sembra di cancellare con una parola tutti i suoi risvegli all'alba, le semine e i raccolti, le potature e le vendemmie, le grida nei campi e i conti del dare e avere sui fogli del pane. Mi sembra di sopprimere la farfalla che diede a mia madre, di chiudere i suoi occhi mentre ci vede nascere in casa, di rendere muta la sua voce quando ci racconta le storie fantastiche che la sua intelligenza contadina inventava per farci dormire. Un film finisce, non muore. Un libro finisce, non muore. Una favola finisce, non muore. Una musica finisce, non muore. Perché una vita, che è tutte queste cose e molto di più, dovrebbe dissolversi fino al punto di non essere stata?»

«Posso dirti una cosa? Ho sempre pensato che tu fossi migliore di quello che fai credere. Il tuo personaggio sembra un tipo alla Gassman. Sai quando fa lo spaccone un po' cinico? Tu vuoi far credere che nella vita ti interessino solo le donne, le automobili, i soldi. Invece in te c'è molto di più.»

Giulio sorrise. «E allora, verità per verità, devo dirti che io penso invece che nel personaggio di quelli come te, e non parlo di te, ci sia molto meno di quello che sembra. Sembrano invasati, sembra che solamente loro conoscano la verità e il senso delle cose, disprezzano chi non è come loro, sembrano disposti a tutto per affermare le loro idee. Non mi piace. È come se corressero per non pensare. È come se avessero consegnato la loro individualità a Mao o a Lenin. Questo non riguarda te. Ma quelli come te.»

«Insomma la creatura perfetta è un minotauro. Metà te e metà me. Metà ambizione individuale e metà sogno collettivo» sospirò Lorenzo.

«È l'Isola delle Rose la creatura perfetta, il minotauro marino. È figlia del mio desiderio, pratico, di trovare ricchezza e possibilità in qualcosa di nuovo, di grande, e della tua utopia, del tuo sogno di un mondo più aperto e più giusto, del tuo amore per l'arte e la bellezza. E se mi ricordo bene le lezioni del professor Salvo, il minotauro presidia, un po' carnefice e un po' vittima, il labirinto di Cnosso. Poi arriva Teseo che usa il filo d'Arianna per non smarrirsi e attende che l'uomo-bestia dorma per ucciderlo. È così?»

«Diciamo che è così, un po' più complicato, forse, ma la sostanza è quella» lo sfotté Lorenzo.

«Insomma, devo confessarti che io ho sempre avuto simpatia per lo strazio dell'ambiguità del minotauro più che per quel perfettino ovvio di Teseo. È grave?» chiese Giulio all'amico colto, rammentando con impensabile nostalgia gli studi liceali.

«No, hai ragione. Il minotauro è, in fondo, vittima. È figlio di bramosia e di voluttà degli umani e verrà portato a morire dall'inganno di altri umani. Ma è anche vero che lui si ciba di vite innocenti, e questo non è bello. Insomma il giusto è in un indecifrabile punto del labirinto. Ma il labirinto è contenuto in altri più grandi labirinti.»

«E noi invece siamo qui. Nella creatura perfetta. Un minotauro buono, che non mangia nessuno. La nostra isola. Il contrario di un labirinto, lo spazio infinito e piano.»

«Hai visto che oggi c'erano anche i prossimi finanziatori? Mio padre mi ha detto che gli hanno confermato che a settembre entrano nelle due società. Era più sollevato. Anche se ha avuto la delusione per la Tolo» disse Lorenzo, più dispiaciuto che divertito.

«In effetti si è fermata poco. È arrivata, ha salutato tutti gentilmente, si è lasciata fotografare da Scatta e poi è andata via. Tuo padre si era fatto tutto bello, con il vestito bianco e la pelata smagliante. Quando gliela hai presentata si è esibito in un baciamano clamoroso, ma ho visto che poco dopo lei è risalita sulla barca ed è ripartita.»

«Sì, ma non è che le due cose siano collegate. Comunque, è riuscito a dirle quello a cui più teneva» e Lorenzo imitò il modo affettato di parlare che il padre aveva scelto per quell'incontro eccezionale: «Signora Tolo, sono un suo grande ammiratore. Il Grand Hotel, l'albergo di mia proprietà, sarà onorato di ospitarla quando lei vorrà. Davvero sarà un piacere. Ci conto».

Giulio rideva di cuore perché Lorenzo sembrava davvero il ragionier Guerrieri.

«Sì, e ho visto che le ha dato il biglietto da visita.»

«Lui sperava di avere più tempo per parlarle. Si era

preparato un sacco di frasi sui suoi film. Alcuni non li ha visti, come *I dannati della terra*, *Giulietta degli spiriti* o *Le streghe*, e allora si è fatto dire qualcosa da me e ha preso appunti. Ma di altri, come *Baleari operazione oro* o *Da 077: intrigo a Lisbona*, conosce ogni inquadratura. Comunque è davvero bellissima. Molto sensuale, elegante, cortese e con un sorriso che incanta. Capisco lo sguardo triste di mio padre quando si è voltato verso di me dopo che la barca aveva lasciato l'isola verso Rimini. Il sogno della sua vita si allontanava. E mi ha fatto tenerezza. Sembrava un bambino a cui avessero portato via il gioco preferito.»

«Ma chissà che quel biglietto... Comunque, ora comincia il difficile. Io credo che da sabato potremo aprire il bar e cominciare a organizzare il trasporto degli ospiti con le barche che ha preso tuo padre. Così lui comincia a rientrare di un po' dei soldi spesi.»

«Eh, ce ne vorrà. Ma una parte dei soldi che gli arriveranno dai nuovi soci li vuole reinvestire nell'isola. Ci crede molto. Speriamo solo di non avere problemi legali. Giacomo è sereno. Ma l'assenza delle autorità oggi mi preoccupa» disse Lorenzo.

«Ora non ci pensiamo, godiamoci il successo di questa inaugurazione. E mettiamoci a dormire prima che arrivi il venerdì 17, non si sa mai» sussurrò Giulio mentre prendeva il sacco a pelo.

Il mare era tranquillo, l'aria fresca. Neppure una nuvola in cielo. Tutto andava bene. Se avessero dovuto navigare, sarebbe stata una serata ideale. Invece dovevano solo dormire in mezzo a quella meraviglia, in quel silenzio che avvolgeva e spingeva a parlar piano, per non disturbare gli ospiti invisibili di quel deserto d'acqua.

Lorenzo non imitò l'amico: si mise a raccogliere le cose che erano rimaste in giro, voleva che la piattaforma fosse pulita al sorgere del sole. Tolse carte, piatti e bicchieri che gli ospiti avevano seminato su tutta l'area e poi si sedette sulla sdraio. Aveva messo un maglione pesante e si era steso addosso una copertina.

«Ed Elisa?» disse dopo un po'. Ma era come se parlasse con se stesso o con le piccole onde che sbattevano contro i nove piloni, con un andamento lento e regolare.

«Che hai detto?» chiese Giulio, che si era sistemato nello spazio chiuso, anche col proposito di essere il primo umano a dormire nella prima stanza del primo albergo su un'isola galleggiante, la prima isola artificiale dell'Adriatico.

«No, niente. Non ti preoccupare. Buonanotte.»

Ci si può anche non credere, ma quel venerdì 17 cominciò proprio male. Quando Giacomo arrivò all'isola i suoi due amici si erano già tuffati in acqua, avevano sperimentato la doccia nel bagno della stanza e si erano bevuti il caffè mentre il vento li asciugava. Loro sorridevano, lui no.

«Guardate» disse con aria cupa, mostrando loro la pagina di una rivista.

Prima di leggere Giulio controllò la copertina, era il settimanale «Epoca».

«Al largo di Rimini, fuori dalle acque territoriali italiane, sconosciuti imprenditori hanno costruito un edificio che poggia sul fondo marino. Polizia, dogane, controspionaggio sono in allarme: è una rampa missilistica? Una radio pirata? Una casa da gioco? O un eccentrico night?» era scritto nel sommario del lungo articolo.

«Ma sono matti? Ora persino una rampa missilistica? Tra un po' diranno che è la sede della Spectre.»

«Sì, ma vedrai che si scatenerà un casino. Già siamo al limite. Ma ascolta cosa si sono inventati» e cominciò a leggere una parte che aveva sottolineato in rosso. «E se dello stesso manufatto si fosse impossessata, con un colpo di forza, una potenza straniera? Si pensava non tanto alla Jugoslavia, quanto all'Albania, che attualmente rappresenta la Cina nel Mediterraneo. Ipotesi un po' ardita, è vero, ma tutte le ipotesi sono ardite finché non si verificano. L'Isola delle Rose, in fondo, è una robusta struttura di cemento e acciaio, in grado di sostenere il peso di missili e bombe di notevoli dimensioni.»

«Non ci posso credere» urlò Lorenzo.

«Non è finito, leggi qui: "La prospettiva di una piccola Cuba nel mare di Rimini ha fatto scattare l'apparato del Sid, mentre gli apparecchi della Quinta Aerobrigata fotografavano l'isola artificiale dall'alto e i motoscafi della Marina sono andati a ispezionarla da vicino".»

«Quindi l'aereo che l'altra settimana abbiamo salutato agitando gli asciugamani era dei servizi segreti? Ma sono tutti pazzi? Noi qui vogliamo fare un po' d'arte e un po' di soldi. Altroché missili e Cuba e Cina.» Giulio era fuori di sé.

«Aspettate. Nell'articolo c'è un unico aspetto positivo: "Il cantiere sorge, sia pure per poche centinaia di metri, fuori dalle acque territoriali italiane. Dunque gli imprenditori non sono tenuti a chiedere permessi a chicchessia, né le autorità civili e militari possono interferire nella loro attività, domandandogli di fare o di non fare qualcosa. È vero. La Capitaneria di porto di Rimini, il locale ufficio del Genio civile-Opere marittime, la polizia, i carabinieri e la guardia di finanza hanno dovuto ammettere che l'isola non appartiene all'Italia. È, di fatto, uno staterello indipendente sottoposto all'autorità di un unico monarca, il proprietario".»

«Be', questo conferma che non possono dirci nulla» provò a rassicurarsi Lorenzo.

«Aspetta» bofonchiò quasi rassegnato Giacomo. «Guarda in quest'altra pagina. Scrivono: "Tra le ipotesi che più hanno circolato nelle ultime settimane vanno segnalate le seguenti. Prima: la società tenta di fondare un originalissimo, acquatico e indipendente casinò, per poi spartirsi gli utili. Seconda: in realtà gli imprenditori sono proprietari di night club, tedeschi e italiani, e sperano di lanciare un locale di tipo del tutto nuovo. L'extraterritorialità lo sottrarrebbe a qualsiasi tipo di sorveglianza. Consentirebbe perciò spettacoli d'una audacia senza precedenti in alcuna parte del mondo e la vendita in franchigia di liquori e sigarette. Terza: in realtà gli imprenditori sono un gruppo di americani o di inglesi interessati a organizzare una catena di stazioni radiotelevisive indipendenti, captabili nei paesi dove queste trasmissioni sono monopolizzate dallo Stato. L'Isola delle Rose diventerebbe presto la sede di Radio Adriatica: il materiale radioelettrico starebbe infatti per giungerle dall'estero, naturalmente via mare".»

«Nessuno crede a quello che diciamo. Sono invenzioni assurde. Nessuno accetta che un gruppo di ragazzi abbia avuto un'idea e che un imprenditore come tuo padre ci abbia dato fiducia. Basi missilistiche! Mi fanno venire voglia di piantarle davvero. Ora telefono a Mao Tse-Tung. Qualcuno ha il numero?» Giulio aveva scagliato il giornale per terra. Giacomo si era piegato per raccoglierlo e, rialzando la testa, aveva visto in lontananza arrivare un'imbarcazione.

«Ci siamo. Eccoli.»

Il capo di prima classe Balestrini era nervoso. Aveva un foglio in mano e i baffi gli tremavano leggermente.

«Allora, ragazzi, qui dobbiamo capirci. Che volete fare?»

«Comandante...» disse Giacomo

«Non sono comandante, sono capo di prima classe.»

«È di più?» chiese beffardo Lorenzo.

«No, di meno.»

«Strano, suonava bene.»

Giacomo riprese a parlare per evitare il peggio.

«Capo, noi qui vogliamo fare quello che vi abbiamo sempre detto. Abbiamo creato un'isola, provvisoria, dove vogliamo fare ricerche e attività culturali, ovviamente con le strutture e attraverso le attività di pertinenza.»

«Ci sono anche i missili tra queste pertinenze?» chiese ironico Balestrini.

«Capo, lei davvero crede a quello che scrivono i giornali? Le sembriamo tipi da missili?»

«Be', Guerrieri è maoista, si sa. E non so se quel galantuomo del padre ne è a conoscenza. E anche quel capellone del progettista è un comunista.»

«Cosa sarei io? Maoista? Perché sono andato alle manifestazioni contro la guerra in Vietnam? Lo sa che le ha promosse anche La Pira? E poi, scusi, come mai conosce le mie idee politiche? E quelle di Simone? Che fate, ci spiate?»

«Parole grosse. Diciamo che ci preoccupiamo di far stare tranquilli gli italiani. E dunque di evitare che i sovversivi possano dare calci alla democrazia.» A parlare fu un uomo che aveva appena finito di salire i gradini della scaletta. Aveva un'aria mite ma sicura, indossava un trench grigio e sotto la giacca una camicia aperta, senza cravatta.

«E lei chi è, mi scusi?» ringhiò Giulio.

«In linea di massima io sono chi voglio essere. Oggi, per esempio, mi va di essere Francis Drake. Ovviamente sapete chi era, no? Fu pirata spietato, assaltò navi e sottrasse forzieri. Ma poi fu nominato dalla regina Sir e persino Vice Ammiraglio. Guarda un po' com'è la vita.»

Il tono e le parole dell'uomo avevano fatto venire i brividi nella schiena ai ragazzi. Non era la protervia d'argilla di Balestrini ma qualcosa di diverso, di più inquietante.

Lorenzo non venne meno al ruolo che gli si stava assegnando e disse con un coraggio che un po' spaventò gli altri: «Sì, ma non ha risposto alla nostra domanda. Siccome è a casa nostra avremmo piacere di sapere con chi stiamo parlando».

L'uomo fece passare un tempo interminabile prima di rispondere. Tempo nel quale non staccò mai gli occhi da quelli di Lorenzo. Che colse la sfida e a sua volta non abbassò lo sguardo. «Diciamo che oggi mi chiamo Arbatax e che lavoro, oggi, con il comandante. Anzi, mi scusi, con il capo...» disse con un sorrisino che ammiccava a Lorenzo. Doveva aver apprezzato il carattere del ragazzo. «Però domani potrei lavorare con altri, sono un tipo leggero. E molto richiesto.» Girò le spalle a Giacomo e agli altri, con un gesto un po' teatrale. Si mise a guardare il mare, in silenzio. Ormai era lui il padrone della scena.

Poi si voltò d'improvviso, a conferma del fatto che seguiva una sceneggiatura precisa: «Voglio dirvi solo una cosa, ragazzi. Questa storia non è uno scherzo. Se sgarrate vi seghiamo. A me questo progetto non piace, neanche un po'. Non possiamo caricarci di altri problemi, oltre ai tanti che già abbiamo. Quindi, rigate diritto. Noi vi seguiremo passo passo. Con molta cura e molta premura. Per l'affetto, dipende da voi».

Nessuno disse nulla. Era sceso un gelo micidiale. Sembrava la notte dell'affondamento del *Titanic*. Un iceberg era venuto fuori all'improvviso. E indossava un trench grigio.

«Che giorno è oggi? Venerdì 17? Guarda le coincidenze. Arrivederci ragazzi. Ora il comandante in capo vi farà tutte le domande del caso. Io vi lascio. Tanto credo ci siamo capiti. Un'ultima cosa… Francis Drake sconfisse l'Invincibile Armata spagnola. Era uno a cui non bisognava far girare i corbezzoli. Così, per un ripasso storico. Buona giornata.»

Nello studio di Simone la riunione fu accesa, in certi momenti drammatica. Dopo che Giacomo ebbe riferito dell'inquietante visita, della miriade di documenti che la Capitaneria aveva richiesto, delle difficoltà insorte dopo gli articoli dei giornali, Giulio cercò di arginare il panico nel gruppo.

«Non dobbiamo cambiare una virgola del nostro programma. Ci chiedono i documenti? Glieli daremo. Abbiamo forse intenzione di mettere dei missili? No. Di fare un casinò? Neanche. Ma ricordiamoci sempre il nostro punto di forza. Siamo, come anche i giornali più ostili hanno confermato, in acque extraterritoriali, per cui più di tanto non possono farci. Vero, Giacomo?»

«Sì, vero. Comunque, hai ragione. Non possiamo fermarci. Andiamo avanti. Prudenti, ma avanti» rispose l'avvocato, ma la sua voce non era così sicura come i suoi amici avrebbero voluto.

«Allora, domani apriamo il bar e accogliamo i turisti che arriveranno con le barche. D'accordo?» disse Lorenzo guardando Alfonso.

«Sì, ieri sono stato sull'isola con la ragazza che ha trovato tuo padre. Mi sembra brava. E anche bona.» Nessuno rise.

«A proposito, hai informato tuo padre?»

«Sì, Giacomo, non mi sembrava turbato. Se lo aspettava. Spera solo che i nuovi soci non vengano spaventati.»

«E come fanno a sapere chi sono?» chiese Simone, visibilmente turbato.

«Quelli sanno tutto, forse ci controllano pure i telefoni» rispose Lorenzo.

Quando l'incontro finì e tutti furono usciti, Simone cominciò a guardare nervosamente negli angoli, dietro ai quadri alle pareti, nei vasi delle piante. Smontò la cornetta del telefono. Era sudato e pallido. L'aria gli mancava. Anche lì dentro, adesso.

Vennero a centinaia, nei giorni che seguirono l'apertura. Molti erano pescatori che si fermavano, scendevano dalle loro barche e consumavano un caffè al bar. La ragazza scelta dal padre di Lorenzo dopo accurata selezione corrispondeva effettivamente alla definizione stilnovista che ne aveva dato Alfonso. Era bella, esplosivamente bella, e soprattutto simpatica, arguta, con un gran senso dell'umorismo, trasmetteva gioia di vivere a chiunque la incontrasse. E questo costituiva un ulteriore elemento di attrazione per l'isola. Le persone avevano piacere di sedersi ai tavolini sulla piattaforma a consumare qualcosa e la sensazione di trovarsi in mezzo al mare era impagabile. Da Rimini arrivavano barche piene di turisti, già pronti per fare il primo bagno in mare aperto e poi salire i gradini della scaletta per chiedere a Luana, un nome che sospinto dalla curiosità già circolava sulla spiaggia, un cono gelato, un chinotto o un toast al prosciutto.

Il successo cresceva di giorno in giorno: si moltiplicavano gli annunci di agenzie che da tutta Europa volevano prenotare visite all'isola, gli incassi del bar e quelli delle traversate. «Il Resto del Carlino» continuava a sostenere l'iniziativa convinto che avrebbe portato a Rimini, come stava accadendo, attenzione e turismo internazionale. Però la proprietà aveva già ricevuto qualche telefonata che invitava alla prudenza, se non a un progressivo distacco critico. Al direttore la richiesta era arrivata mediata dal fastidio dei vertici aziendali per l'interferenza e poi, come in un telefono senza fili, era giunta a Laura, passando per Celletti, molto attutita. Insomma il «Carlino» di Rimini non cambiava posizione. Magari smussava qualche enfasi nel passare i pezzi, ma la città guardava con simpatia all'iniziativa e il giornale doveva essere in sintonia con questo sentimento.

Lorenzo pensò di organizzare uno spettacolo sull'isola e chiese ai tre che avevano superato le audizioni se volevano esibirsi e, così, prendere contatto con il luogo dove, appena pronte le stanze, avrebbero trascorso il loro soggiorno creativo.

Quella sera erano tutti lì, i ragazzi. E con loro un altro centinaio. Avevano scelto di fare lo spettacolo al tramonto, che quel sabato 1° giugno era previsto alle 20.39. E così sui manifestini scritti a mano che avevano fatto circolare per Rimini era quella, precisamente quella, l'ora in cui avevano dato appuntamento «ai giovani di Rimini». Avevano organizzato il trasporto con le barche. E aveva risposto il quadruplo delle persone che l'isola poteva accogliere.

Simone aveva già comunicato a tutti che quella sera non sarebbe stato con loro, per il motivo che conoscevano. Questa volontaria segregazione faceva sempre più male al ragazzo, che viveva tutto attraverso i racconti di Elisa, sempre molto premurosa, e degli altri, quando passavano la sera a trovarlo. Ma la sua malattia andava sempre peggio. Per lui era diventato persino faticoso uscire dallo studio, tanto che vi aveva allestito una piccola branda. Chissà perché, lì si sentiva meno solo e più sicuro che a casa sua. Ma la mattina la faceva sparire, perché non voleva preoccupare, non voleva aiuto, non voleva domande, non voleva parlarne.

Quel sabato 1° giugno c'era un sole meraviglioso. Simone aveva dormito in studio, con la scusa di dover lavorare fino a notte fonda, e, piegata la brandina e nascosta in un ripostiglio, si era fatto la doccia, la barba e si era cambiato con i vestiti puliti che teneva, ormai quasi stabilmente, in un armadio sulla parete destra, quello con la chiave.

Aperta la porta, con la tazzina del caffè in mano, aveva percorso i pochi passi che separavano il suo studio dalla banchina della darsena. Gli sembrava di aver traversato il deserto o una strada affollata di Tokyo, tanta era la fatica che gli era costata. Ora però era lì, nel sole e nel vento, e quel liquido caldo che gli scendeva dentro stava regalandogli un istante di autentica, inedita, felicità.

«Ehilà, grandi novità, vedo» disse allegra Laura, da dietro le spalle di Simone. Lui si girò. Sorrideva, perché aveva riconosciuto la voce.

«Be', il mio caffè all'aria aperta. Non è mica un'esclusiva dei frequentatori dell'isola, sai?»

«Lo so. Non sai quanto mi piacerebbe un giorno prenderne uno insieme, laggiù» e indicò quel punto dell'orizzonte su cui anche gli occhi di Simone si erano posati, mentre sorseggiava il caffè.

«E non sai quanto piacerebbe a me vederti fare il bagno diciamo non equipaggiata...» sorrise il ragazzo.

«Ah, be', vedo che la cosa è rimasta riservata.»

«È un mese che non si parla d'altro. Ho avuto vivide descrizioni dagli astanti. Ti lascio immaginare Alfonso.»

«Ma non dovrei essere il suo tipo. Credo che vada matto per la irresistibile e giunonica Luana.»

«Anche di lei ho avuto un identikit dettagliato. Sai, stare qui, come ci sto io, è come essere ciechi. Quello che succede sull'isola lo devi immaginare dal racconto degli altri. Vuoi un caffè anche tu?»

Laura si guardò intorno, come se cercasse qualcosa o qualcuno, e poi disse: «Sì, volentieri».

«Che facevi da queste parti?» chiese Simone avvitando una Bialetti talmente usata che i baffi dell'Omino erano quasi spariti.

«Niente di particolare...» rispose Laura spostando la tenda e guardando fuori.

Bussarono alla porta, mentre la ragazza stava girando lo zucchero nella tazzina. Simone aprì ed entrò un uragano. Voci, colori, rumori, una inaspettata aria di festa. Erano i ragazzi, tutti.

Scatta aveva in mano un pacco.

«Ciao, scusa il disturbo, eh...» disse Lorenzo, riferendosi alla presenza di Laura. La frase imbarazzò più Simone che lei. Lorenzo riprese: «Ti chiederai cosa facciamo tutti qui».

«Infatti» rispose Simone.

«Siamo venuti a portarti un regalo. E Laura è solo arrivata per prima. Non ti fare illusioni.» L'ironia di Giulio sembrò un po' dura.

Lorenzo riparò: «Abbiamo pensato di farti un regalo particolare. Non è il tuo compleanno né il tuo onomastico. Però oggi per tutti noi è un giorno speciale. Stasera l'isola comincia a essere davvero quello che avevamo pensato. Almeno i più idealisti, Elisa tu e io. Per i pragmatici come Giulio e Giacomo sono i conti a produrre sorrisi. Insomma, stasera al tramonto Sandra ballerà, Nino suonerà e Marcello mimerà e tu non ci sarai».

Simone abbassò gli occhi per un istante, ma Lorenzo fu svelto ad aggiungere: «Per te è durissima, crediamo di saperlo. Ma anche per noi è insopportabile. Ci manchi molto. E la prima cosa di cui abbiamo voglia è di raccontarti tutto ciò che viviamo su quell'isola che è tua come e più che nostra. E allora... Dài Scatta, scarta». Il finale onomatopeico della frase non aveva tolto tensione e attesa al momento.

«No, fai scartare Simone» suggerì Elisa.

Scatta finse una smorfia di delusione e passò il grande pacco rettangolare al ragazzo che si stava torturando la massa di capelli biondi.

Tolse la carta, era una valigia di media grandezza.

«Aprila» continuò tranquilla Elisa.

Collocate in spazi sagomati nella gommapiuma c'erano tutte le componenti di un cannocchiale professionale.

«Così potrai sempre vederci e noi sapremo che tu sei con noi, in ogni momento» disse Lorenzo.

Simone rimirava il suo nuovo occhio, che avrebbe fatto da filtro alle paure, alle ansie del mondo esterno. Ora, in fondo, poteva smettere di avere l'ambizione di condividere la vita reale, poteva però guardarla. E con questo saperla e, dunque, viverla.

Non capiva però, in quel momento, se il regalo dei suoi amici l'avrebbe fatto sentire meno solo o l'avrebbe chiuso definitivamente in quella bara che, nella sua mente, avrebbe voluto distruggere con tutte le sue forze.

Ci mise un po' a trovarla. Il mirino inquadrò prima una signora bionda che si ravviava i capelli, poi un signore con una grande pancia che si sbellicava di risate con un gruppo di amici rigorosamente maschi, alcuni bambini che si dondolavano su un'altalena posta nell'acqua che aveva, sulla struttura, una pubblicità della Campari coperta da fogli scritti a mano: «W i vietcong, USA=SS» e poi, di traverso «Yankees go home, americani a casa». Era incredibile come quell'obiettivo ravvicinasse tutto e a Simone sembrasse di poter parlare, anche a bassa voce, con quella ragazza con la coda che sul pattino si era tirata giù le spalline del bikini. Gran regalo, pensò, mentre cercava l'isola e armeggiava con la messa a fuoco. Finché la trovò, e fu una grande, meravigliosa, emozione. Aveva visto le foto che Scatta gli spargeva sul tavolo di lavoro, ma erano in bianco e nero. Aveva sentito i racconti dei ragazzi, ma erano solo parole.

Ora era lì, a un passo da lui e dai suoi ceppi invisibili, così vicina che poteva carezzarla col movimento dell'obiettivo, ne poteva esplorare angoli e anfratti. La vedeva a colori, con il blu del mare e il grigio argento della struttura, la sua struttura. E i colori delle decine e decine di persone che erano sedute a terra e avevano tutte lo sguardo puntato, rapite, nella stessa direzione. Prima di scoprire quale fosse, Simone indugiò su quei volti di giovani, su quella folla che, se fosse stata di carne e non di luce, lo avrebbe fatto svenire dalla paura. Ora invece era una scoperta rassicurante, una specie di festa di colori e di sorrisi, di capelli lunghi e camicie a fiori, di gesti che sembravano rallentati dalla distanza e perciò quasi magici.

Ecco Giacomo che ride con una ragazza e Giulio che, appoggiato alla balaustra, parla con una bionda, forse svedese. Elisa e Laura sono sedute vicine, in mezzo a loro, una bottiglia color arancio. Simone pronunciò sottovoce i loro nomi, come per chiamarle, per vederle voltarsi e salutarlo e misurare così la dimensione della loro sorpresa e la natura del sorriso che gli avrebbero rivolto. Ma dove guardavano tutti?

Guardavano Sandra, gli disse, inquadrandola, il suo cannocchiale.

Ora che era perfettamente al centro del campo visivo di Simone, la ragazza sembrava un angelo. Danzava lieve, e dietro di lei si vedeva solo il mare. Sembrava fosse sospesa nell'aria e i suoi movimenti leggeri appartenevano, visti così, più alla specie del volo che a quella del ballo. La musica Simone la cercò nella mente, per dare un senso alla velocità di quei piegamenti della testa, di quelle gambe che sembravano correre veloci nello spazio concesso. Se era Nino Rota, alla cui musica quella ragazza aveva dedicato la sua ricerca e i suoi faticosi allenamenti, forse poteva essere il motivo del finale della *Dolce vita*. Simone provò a cantarla dentro di sé e, facendo scorrere veloce il nastro nella sua mente, trovò, come per incanto, la sincronia tra la sua musica interiore e i movimenti di Sandra. Fu felice, in quell'istante, come un bambino al quale fosse riuscita un'addizione difficile.

Poi, ormai a suo agio nel ruolo di cameraman e regista, fece un'altra panoramica sui ragazzi. Inquadrò Lorenzo che, in direzione di Elisa, stendeva le braccia verso l'esterno, sorridendo. Come il Cristo in volo della *Dolce vita*, si confermò Simone.

Poi, d'improvviso, tutto diventò rosso. I volti dei ragazzi, il mare, la veste bianca di Sandra. Il tramonto era esploso, quella sera, con il rosso di un'eruzione. Una luce meravigliosa, emozionante, sconosciuta. Tutto era porpora, nel mirino del cannocchiale. E tutti gli occhi si volsero verso il punto dove il tripudio era in pieno svolgimento. Sarebbe stato l'incanto di un attimo, un orgasmo della natura, e non si poteva perderlo. I ragazzi si alzarono tutti. Sandra smise di danzare e Simone la vide spegnere il registratore. Solo silenzio, in quella magia. Lui ora li vedeva tutti di fronte a sé: sullo sfondo, quel cielo di fuoco.

Fu fortunato. Perché stava inquadrando Lorenzo proprio nel momento in cui il ragazzo fece la cosa più strana che avesse mai fatto fino ad allora. Fece partire un applauso. Un applauso al sole, alla natura, al cielo, a quel momento di vita. Così a Simone sembrò di sentirle, quelle mani che battevano l'una contro l'altra. Smise di tenere l'occhio nel mirino e alzò lo sguardo verso il cielo che si vedeva dalla darsena. Il cielo, certo, era rosso. Ma non era il rosso fiabesco dell'isola. Meritava rispetto, certo, ma non un applauso. Non quell'applauso.

Sandra aveva armeggiato ancora col registratore e nell'aria era partita una musica nuova, una musica che tutti conoscevano. Era un valzer, il magnifico *Valzer del commiato*, che Rota aveva scritto per il *Gattopardo* di Visconti. Sandra invitò per primo Giulio a danzare con lei, poi a una a una si formarono altre coppie e così, mentre il cielo da rosso diventava blu, l'isola fu riempita da decine di ragazze e ragazzi che volteggiavano leggeri, gonne larghe e parei al vento, verso il buio che cominciava.

Quando la musica finì, i ragazzi si rimisero a sedere e Marcello iniziò a mimare il finale di *Blow-Up*. Lorenzo chiese a Luana un gelato, una coppetta fragola e limone, e disse a Giulio, pensando ai momenti che avevano vissuto: «Ecco, era proprio così che l'avevo immaginata. Stasera è nata davvero, la nostra isola».

Giulio guardò i soldi nella cassa del bar e assentì, convinto: «Anche tuo padre sarà contento, stasera».

Avevano appena finito di pronunciare quella frase, quando sentirono il rumore di un'imbarcazione che si avvicinava. Giulio si sporse, pensando all'ennesimo controllo della Capitaneria. Scorse invece su una barchetta a motore, in piedi, vicino a chi pilotava, sua sorella Rosa. Quando fu più vicina, Giulio la interrogò con gli occhi, lei scosse la testa e si portò le mani sul viso.

«Vuoi che veniamo con te?» chiesero Lorenzo, Elisa e gli altri mentre Giulio saliva, in compagnia di Giacomo, sulla piccola imbarcazione. «No, grazie. Restate qui. Domani vi faccio sapere.»

Sul volto di Rosa lacrime e schizzi d'acqua si confondevano.

«Questa mattina ha voluto vedere le foto dell'isola. Poi si è fatto aprire la finestra per sentire il profumo della terra. Aveva gli occhi azzurri pieni di gioia: mi ha sorriso: "Che culo ho avuto a vivere!". Il pomeriggio ha cominciato a stare peggio, il respiro gli si è fatto affannoso. Ha dormito. Stasera, quando sono arrivati anche Nino, Ottavia e Anita, ha avuto un sussulto. Con gli occhi ha passato in rassegna tutti, anche la mamma e i suoi contadini, che avevano voluto vederlo. Gli abbiamo detto che tu eri sull'isola e che saresti arrivato domattina. "È più importante qualcosa che inizia che qualcosa che finisce, fatelo stare lì" ha sussurrato. Poi si è girato verso Olmo e gli ha detto: "Mi raccomando la terra e il grano. Ora sono in mano vostra". Olmo ha piegato il cappello e se lo è portato davanti allo stomaco. Lui ha capito prima di noi. Papà ha sorriso e gli ha detto piano: "Prendimi la giacca". Poi si è girato verso mamma e le ha sussurrato la frase che per tutta la vita, a sera, le gridava dai campi: "*Ho bèla fat*", Ho quasi finito, vengo. Ma stavolta sembrava non lo dicesse a lei. Ha sorriso e si è addormentato.»

Quella sera tragica e magica le sorprese dell'isola non erano finite. Con l'ultimo trasporto organizzato erano andati via anche i più recalcitranti. Molti avrebbero voluto passare la notte lì, ma Lorenzo era stato inflessibile. Così alla fine erano rimasti solo loro, tra i bicchieri di plastica e le carte dei gelati che volavano mossi da una brezza leggera e calda. In fondo, aveva calcolato in fretta Alfonso, erano tre ragazzi, lui, Scatta e Lorenzo, e tre ragazze, Elisa, Laura e la sua amata Luana. Chissà che non ne venisse fuori qualcosa.

Era buio, avevano spento ogni illuminazione e si erano seduti stanchi sul legno della piattaforma. Erano anche un po' brilli. Per festeggiare, andati via gli ospiti, avevano attaccato le bottiglie di spumante che attendevano questa occasione. La gioia magistrale di quel tramonto e di quella festa si era mischiata con il dolore per Giulio e suo padre. I ragazzi erano storditi da questo strano impasto, per loro sconosciuto e dunque difficilmente governabile. Bianco e nero, insieme. Mischiati con il giallo oro dello spumante Gancia. Laura trovò la forza di alzarsi e, un po' barcollando, si avvicinò alla balaustra. «Venite, correte.» Fu la prima a vederlo, quell'incanto.

Il fitoplancton illuminava quasi a giorno l'acqua, come se un riflettore fosse stato acceso in fondo al mare, rivolto verso l'alto. La natura trasformava la notte in giorno, con i suoi stessi mezzi. Faceva chiaro nel buio. Tutto sembrava fosforescente, irreale. I ragazzi erano rapiti. Alfonso ne approfittò per stringere Luana, che si divincolò bruscamente. Scatta fotografava tutto e a un certo punto, nel mirino, gli sembrò di vedere Lorenzo ed Elisa che, in un angolo più buio, si baciavano. Sicuramente si stava sbagliando. E comunque non premette il dito sul pulsante. Così sarebbe rimasta sicuramente la più bella foto che non aveva scattato, pensò.

«Tortolì, ma lei è comunista?»

«Io? No, perché?»

«Vede, io sono il suo capo e dovrei sapere tutto dei miei uomini. Ma qualcuno mi ha detto solo ora che lei qualche anno fa leggeva "Vie Nuove". E persino quel lenzuolaccio dell'"Espresso". Tortolì, mi sa che lei è comunista.»

«A chi l'hanno chiesto, al mio edicolante? Raffinati mezzi di indagine. Quello bisogna spararrgli per farlo tacere. È un chiacchierone e un impiccione. Però ha la memoria di un criceto. Mi ha sicuramente confuso con qualcun altro. Io leggevo solo "Bolero" e "Il calcio e il ciclismo illustrato", in quegli anni. Qualche volta, lo confesso, anche "Stop". Ma solo per le ragazze in bikini.»

«Già meglio, mi sembrava strano, infatti. Un uomo come lei. Con quelle checche dei comunisti dell'"Espresso".»

«Sì, che schifo» disse mentre finiva di leggere il bell'articolo con cui Eugenio Scalfari, diventato parlamentare, lasciava la direzione del giornale.

«Mi aveva cercato solo per questo?»

«No, Tortolì, è per quella storia dell'isola. Mi ha chiamato il ministro Preti. Non so quanto lo sarà ancora ma al momento è là, alle Finanze. È molto preoccupato per questa faccenda. Dice che potrebbe essere anche una storia di sommergibili atomici sovietici. O che vogliano installare dei missili albanesi per conto di Mao.»

«A me hanno detto anche che Fidel Castro vorrebbe allocare lì una delle sue fabbriche di zucchero. Ma si sa che con quella scusa producono armi da mandare ai comunisti sparsi per il mondo.»

Il capo si chiese per un momento se Tortolì stesse prendendo per i fondelli il ministro Preti, lui o magari nessuno. Optò brillantemente per l'ultima possibilità, perché mai un suo uomo avrebbe mancato di rispetto a superiori gerarchici o politici.

«Certamente sarebbe gravissimo. Ha indagato?»

«Con sollecitudine, ma non risultano movimenti cubani, cinesi o sovietici.»

«E gli albanesi? Quelli sono pericolosi, Tortolì. Lei me lo insegna.»

«No, io no. Non certo a lei, che è un maestro. A parte due ricconi in vacanza al Grand Hotel, non risultano albanesi in giro. Che fare?»

«Che lettura dà lei di questo evento? Che dico al ministro?»

«Come ha visto dal rapporto che le ho inviato, mi sono recato sul luogo. Non ho avuto la sensazione che siano estremisti. Sono lettori dell'"Espresso", al massimo.»

«Quel giornale mi fa dannare, dal 1964. Sono degli eversori dell'ordine costituito, altroché. E allora che gli dico al ministro?»

«Mi scusi se mi permetto, ma Preti non è l'autore di *Giovinezza, giovinezza*? Bel libro, peraltro.»

Il capo tacque troppo a lungo.

«Con quel titolo deve essere dalla nostra parte, no?»

«Certamente non dalla loro» disse Tortolì, sorprendendosi a rimpiangere quei lunghi turni sulle volanti di quando era ragazzo. «Guardi capo, io credo che vogliano far soldi e forse un po' di utopia. O che mascherino con l'utopia il desiderio di far soldi. Faccia lei. Ma non mi sembrano pericolosi. Al momento, almeno. Li teniamo d'occhio.»

«E queste storie dello striptease? O del casinò? Preti, da ministro delle Finanze, era preoccupato anche di questo. Sa, in acque extraterritoriali...»

«Non risulta nessuna iniziativa, finora. Per il primo progetto servono decine di ragazze e, mi creda, se arrivano in zona stia certo che è l'unica cosa di cui i nostri informatori si accorgono immediatamente. Per il secondo dovrebbero procurarsi apparecchi vari. E quasi tutti quelli che commerciano in questa roba lavorano con noi. Non sarei preoccupato.»

«Se ne occupi di nuovo, Tortolì. E mi dia notizie. Presto. Questa storia non mi piace. E secondo me lei la sta sottovalutando.»

«No, capo. Sono sul pezzo.»

«Ecco, bravo. E veda di non farsi sparare fuori. Ci vuole un attimo. Aspetto notizie.»

Tortolì abbassò la cornetta, decise che c'era un tempo troppo bello per prendere il trench, telefonò alla sorella che già sapeva quello che avrebbe dovuto fare e si chiuse dietro la porta dell'ufficio. Chissà se era già uscito l'ultimo numero di «Vie Nuove», si chiese.

«Ero sull'isola, sabato sera. Ho visto quel tramonto spettacolare, ho ballato il valzer guardando le onde, ho sentito Nino suonare *The nearness of you* con il sax e mi è venuta un'idea. Ve ne volevo parlare. Ho chiesto dove era la vostra base ed eccomi qui.»

Aveva bussato gentilmente alla porta dello studio di Simone. Erano le nove e mezza di mattina e aveva portato un thermos con il caffè e un sacchetto di brioche con la crema. Si era presentato con discrezione.

Lorenzo, che come tutte le mattine era passato a parlare con Simone, gli aveva aperto la porta e si era trovato davanti quel ragazzo con gli occhi grandi e una faccia di cui fidarsi, una faccia da ragazzo perbene. Si chiamava Enrico, aveva più o meno la loro età. Era di Cattolica. Di lavoro faceva, d'estate, il fonico nelle discoteche e con i soldi che guadagnava si pagava gli studi alla facoltà di Lingue all'università. I suoi erano insegnanti, la mamma di inglese al liceo e il papà di applicazioni tecniche alle medie.

«Ho pensato che la vostra idea è geniale. Cultura, arte, natura, affari. Tutto insieme. Siete grandi. Però mi sembra che il vostro sia un gigante incatenato. Che potrebbe essere molto di più. Un riferimento per il mondo intero.»

«Cioè?» chiese Giacomo che era appena entrato.

«Tu devi essere l'avvocato, ho visto la tua foto sul "Carlino"» disse sicuro il ragazzo e poi proseguì. «È dall'altra notte che ci penso. Se le acque sono extraterritoriali… lo sono, no?»

«Sì, senza dubbio» lo rassicurò Giacomo.

«Allora, perché non fondare uno Stato sovrano? Qualche mese fa nel mare del Nord, poco lontano dalla costa inglese, è stata occupata una piattaforma che era lì dal 1942 e che dopo la guerra era stata abbandonata. Un inglese l'ha conquistata e ha fondato un nuovo Stato, il Principato di Sealand. L'ho letto sui giornali inglesi che mia madre fa arrivare a casa per tenersi aggiornata.» I tre ragazzi si scambiarono un'occhiata. «Io so la lingua. L'ho imparata ascoltando la musica pop, anche se mamma pensa sia merito del suo Sandwich Method. Insomma questo tipo, Bates, ha proclamato l'indipendenza della sua piattaforma e ci ha installato una radio. Nessuno gli ha fatto nulla, perché è fuori dal controllo di ogni nazione. E gli inglesi non scherzano, si sa, a disciplina e rispetto delle leggi. Se lo hanno fatto loro occupando un territorio di proprietà altrui perché non potreste farlo voi, che avete speso i vostri soldi per costruire l'isola?»

Aveva parlato tutto d'un fiato. E ora uno scintillio gli illuminava gli occhi.

I ragazzi erano rimasti interdetti. Il ragionamento filava. Anche troppo. Lorenzo e Simone si voltarono verso Giacomo. Che li guardò e annuì, come a dire che le cose stavano proprio così.

«Sì, ma che vantaggio c'è a essere uno Stato sovrano?» chiese Lorenzo.

«Leggi e moneta proprie, relazioni internazionali, sovranità assoluta sul proprio territorio. E poi sarebbe un sogno per migliaia di giovani poter venire in uno spazio governato da leggi giuste. Un mondo utopico, consacrato a ogni tipo di bellezza: quella artistica, quella del mare e della natura, quella delle relazioni umane e quella delle buone leggi.»

Ora quella luce si era trasferita nello sguardo di Lorenzo: «Stai parlando di una società ideale, senza ingiustizie? Si potrebbe scrivere una Costituzione perfetta, non ci sarebbero polizia, né tribunali, né carceri. Ognuno avrebbe la libertà delle proprie opinioni, tutto verrebbe deciso democraticamente. Nessuna guerra, nessuna violenza. Noi possiamo farlo. Enrico, hai avuto una grande idea. Grazie. Ora ne parleremo anche con gli altri. Per quanto mi riguarda, io ci sono».

«Anch'io, per quanto posso» disse Simone con un po' di tristezza, senza alzare lo sguardo dai disegni.

«Io non lo so, ci devo pensare. Poi ne dobbiamo parlare con Giulio e con tuo padre, almeno.» Giacomo sentiva di essere, in quel momento, un congelatore di entusiasmi. Ma il ruolo e la sua caratteriale prudenza lo spingevano a dire la sua verità, non a sposare quella degli altri. D'altra parte non era questo il metodo che Lorenzo, Enrico e gli altri avrebbero voluto far vivere sull'isola?

Enrico disse che certamente era giusto che ci riflettessero, che la sua era solo una suggestione, forse un sogno. Che loro ponderassero tutto: d'altra parte l'idea e l'investimento era il loro. Però se avessero deciso positivamente lui avrebbe chiesto di essere coinvolto, di diventare parte del gruppo.

«Anche perché ho un'altra idea. Ma la devo perfezionare, non posso dirvela oggi.»

«Ecco, meglio. Una cosa per volta» sibilò, un po' irritato, Giacomo.

Enrico lasciò il suo numero di telefono. E uscì. Sorrideva al sole caldo della mattina. Chissà che in quei minuti, tra il caffè e le brioche, la sua vita non avesse cominciato a cambiare. Che una sua idea avesse conquistato già proseliti lo inorgogliva e aumentava la sua stima in se stesso. Forse in futuro avrebbe dovuto ricordarsi quella data: il 5 giugno del 1968.

Quando Lorenzo uscì per cercare Giulio ed Elisa vide, passando, un capannello di persone attorno a un signore che aveva un transistor.

«L'attentato a Robert Kennedy è avvenuto ieri sera, il colpevole è stato prontamente arrestato dalla polizia.»

Che strano, pensò. E gli tornò alla mente un testo di Nietzsche su cui il suo insegnante di filosofia lo aveva interrogato in terza liceo: «Questa vita, come tu ora la vivi e l'hai vissuta, dovrai viverla ancora una volta e ancora innumerevoli volte, e non ci sarà in essa mai niente di nuovo, ma ogni dolore e ogni piacere e ogni pensiero e sospiro, e ogni indicibilmente piccola e grande cosa della tua vita dovrà fare ritorno a te, e tutte nella stessa sequenza e successione».

«Ricordati sempre questa teoria, Guerrieri, la teoria dell'eterno ritorno» gli sputava sul viso il professor Gargiulo, mentre la cenere dell'ultimo mozzicone di sigaretta si spargeva sulla cattedra. E lui, infatti, non l'aveva dimenticata.

Il «Carlino» titolò: «Svelato a Rimini il mistero dell'isola d'acciaio: è un nuovo Stato». Nell'articolo Laura Spelta aveva scritto: «Fino a ieri è stato il mistero della stampa italiana: che cos'è? Una radio pirata, un casinò d'alto mare, un albergo per miliardari subacquei, un night club spettacolare? Oggi il mistero è risolto. Sappiamo che cos'è: un nuovo Stato». Laura aveva informazioni privilegiate, perché partecipava ormai a tutte le riunioni dei ragazzi.

La discussione nel gruppo era stata meno difficile del previsto. Giacomo aveva espresso la sua posizione: non vedeva ostacoli giuridici, e anzi si era fatto l'idea, studiando il precedente inglese indicato da Enrico, che una legittimazione solenne avrebbe rafforzato la posizione dell'isola da possibili cavilli giuridico-amministrativi e consacrato anche formalmente il carattere extraterritoriale della piattaforma con tutti i benefici, anche fiscali, del caso. Giulio era stato più prudente: si era chiesto se una decisione del genere non avrebbe, al contrario, richiamato su di loro attenzioni pericolose, se non avrebbe rafforzato l'idea che loro fossero il paravento di chissà quali potenze mondiali. E poi lo disturbava, molto, il fatto che uno arrivato dal nulla potesse dirottare la sua idea.

Alfonso, che di solito non parlava mai, aveva allora preso la parola per raccontare che la notte precedente, quando era rimasto di turno sull'isola, si era avvicinata una vedetta della Capitaneria. Lui si era preoccupato, ma aveva presto capito che i militari volevano solo prendere un caffè, interrompere un noioso pattugliamento e fare due chiacchiere. Erano entrati in confidenza, parlando di calcio e di donne, e Alfonso, che era molto prudente in ragione della visita di Arbatax-Drake, tendeva a svicolare dalle domande sull'isola. Ma erano tre bravi ragazzi e sembravano avere simpatia per quel luogo dove si erano fermati per ristorarsi e distrarsi.

Uno di loro, addirittura, si era tolto la divisa e si era immerso con qualcosa in mano vicino ai piloni. Alfonso temeva volesse controllare la struttura o addirittura mettere qualche «cimice». Invece quel ragazzo di Salerno, doveva essere una recluta, aveva chiamato gli altri a vedere quello che aveva tra le mani, una volta riemerso. Erano cozze, che aveva staccato con il suo coltellino.

«Lo sapevo che le avrei trovate. Sono o non sono un vero lupo di mare? Ce le mangiamo? Alfonso hai del limone?»

Certo che lo aveva, era quello che lui e Luana mettevano nelle Coca-Cola o nei Bitter. E così, in piena notte, si trovarono a farsi una lauta scorpacciata di molluschi crudi. Bevvero e risero. Erano ragazzi simpatici.

Al momento di andare via quello che sembrava il capo – dall'accento doveva essere romano – prese Alfonso sotto braccio e gli disse: «Grazie per l'ospitalità. Ti raccomando di non dire a nessuno che ci siamo fermati tanto, se no ci fanno neri. E, sempre in totale riservatezza, voglio dirti che ho la sensazione che a Roma vi abbiano messo nel mirino. Gli date fastidio. Hanno paura che cerchiate il petrolio e i preti che vogliate davvero fare lo striptease integrale. Il resto, i russi o i cinesi, sono balle per scaldare il clima e mettere paura all'opinione pubblica. Per darti un'idea, se ne stanno occupando i servizi segreti. Noi non c'entriamo più nulla o quasi. Anzi ci hanno fatto un culo così perché avete avuto le prime autorizzazioni. Io non ti ho detto niente, ma sinceramente temo che prima o poi quelli ve la butteranno giù questa isola.

E, voglio dirtelo, se succedesse mi dispiacerebbe molto. Per me siete brave persone, avete avuto una grande idea. Due cose che in questo paese non piacciono mica tanto».

L'intervento di Alfonso era esploso come una bomba, segnando irreparabilmente il corso della discussione. Solo Giulio continuava a mostrare se non contrarietà almeno una forte preoccupazione: non avrebbero finito per fornire un alibi ai loro nemici, non avrebbero confermato sospetti e pregiudizi?

Poi Lorenzo prese la parola.

«Credo che salveremo l'Isola delle Rose solo se rilanceremo. Se vogliamo evitare che la burocrazia guidata dal potere ci distrugga impunemente dobbiamo sfidarla. Ci sono due dati indiscutibili: la piattaforma è di nostra proprietà ed è fuori dalle acque territoriali. Su queste due basi dobbiamo costituire la nostra nazione. Non solo, dobbiamo dimostrare che è una cosa seria, dobbiamo darci una Costituzione, formare un governo. Se vi interessa l'aspetto pratico vi dico che mio padre, che oggi è a Milano, mi ha detto di essere d'accordo e di avere il sostegno anche dei futuri investitori. A loro interessano gli aspetti fiscali, doganali. Argomenti che capisco ma che mi appassionano poco. Credo invece che le cose ci stiano spingendo nella giusta direzione, nella direzione del progetto originale. O quello che, almeno per me, era il progetto originale. Una comunità di persone libere, legate al bello e alla natura, che si fa Stato. Non è meraviglioso? Si parlerà di noi dovunque. Realizzeremo un progetto di società possibile, di comunità ideale. Saremo lo Stato dell'Isola delle Rose, non ci saranno presidenti, tutto si deciderà insieme. Come faremo ora. Dài, votiamo.»

Si alzarono molte mani, per sostenere la linea proposta da Lorenzo. Laura non si mosse. Era stata indecisa se farlo o no. Anche se ormai sentiva di essere parte del progetto, era consapevole di essere arrivata per ultima e, soprattutto, la sua coscienza professionale, già in tensione per il coinvolgimento che lei stessa avvertiva come eccessivo, le impediva di sostenere due parti in quella difficile e complessa commedia.

Giulio votò contro, più malinconico che arrabbiato, come se la sua idea stesse prendendo una direzione che gli era estranea. Gli dava fastidio che Elisa si fosse così nettamente schierata ignorando le sue ragioni e che Lorenzo si comportasse un po' come il capo. Pensò, ma poi si pentì di averlo fatto, che quel comportamento veniva accettato dagli altri anche perché ad aver messo i soldi era stato il ragionier Guerrieri, suo padre.

Giacomo era rimasto col braccio a mezz'aria, indeciso. Dopo aver visto che suo cugino aveva votato no, decise che non poteva lasciarlo solo e rispose all'appello esclusivamente quando Lorenzo chiese: «Chi si astiene?».

Al termine della votazione fu stabilito che Laura avrebbe potuto scrivere sul suo giornale tutto quello che voleva, ma a una condizione. Che mettesse in evidenza che loro non erano interessati a nessuna delle due cose che secondo il graduato della Capitaneria preoccupavano i loro avversari: il petrolio per l'Eni e lo striptease per il Vaticano.

Si lasciarono con l'impegno di ritrovarsi sull'isola due giorni dopo. Giulio uscì per ultimo. Lorenzo gli mise una mano sulla spalla e gli disse: «Credimi, è meglio così. Per il tuo progetto». Lui gli sorrise e rispose: «Credimi, è meglio così. Per il *tuo* progetto».

Enrico giunse sull'isola con Scatta e Alfonso e aspettò gli altri. Quando arrivarono, tutti, chiese come mai non ci fosse Simone. Fu Scatta a rispondergli che il loro amico aveva da fare, ma che si erano dati appuntamento più tardi. Era una bella giornata. La notte prima una mareggiata improvvisa aveva messo a dura prova le strutture. Ogni nuvola era stata spazzata dal temporale che l'aveva accompagnata e ora il mare era una tavola e il cielo una distesa uniforme.

Si sedettero nel piccolo locale bar, fecero segno a un'imbarcazione che quel giorno non si poteva salire e cominciarono la loro riunione.

«Posso dire una parola, prima che iniziate?» Enrico deglutì troppo presto, perché quella non fosse considerata emozione.

«Intanto, non sapete quanto sia felice del fatto che la mia idea non vi sia sembrata una cazzata. Io vi ammiro, tutti, per il coraggio che avete avuto. E se, come mi avete detto, oggi si costituirà ufficialmente qui lo Stato dell'Isola delle Rose, io sarò la persona più felice del mondo. È il sogno che tutti, una volta nella vita, abbiamo coltivato. Anche i rivoluzionari più radicali hanno dovuto fare i conti col passato, con le strutture del mondo che li aveva preceduti. Noi no. Con noi un nuovo Stato sorge dal nulla. È la democrazia di questo tempo. Lo so che siamo una piccola comunità e non credo che passeremo alla storia. Ma alla nostra storia passeremo. La vita di tutti noi, in ogni caso, sarà segnata da quello che stiamo per decidere. Qui sperimenteremo un modo di convivere che vorremmo fosse quello di tutti.»

«Lo sappiamo, Enrico. È da mesi che lavoriamo a questo progetto che abbiamo sviluppato con le nostre testoline» sibilò gelido Giulio.

«So bene che sono l'ultimo arrivato e vi sono grato di avermi accolto.. Tra noi, ne abbiamo parlato con Lorenzo e Simone quando ci siamo conosciuti, non esistono legami di sangue, siamo uniti non da una comunanza di valori ma da un'idea di libertà. Non voglio vivere con chi la pensa come me ma con chi accetta che io la pensi come voglio. Saremo una società libera per questo. Ed è per questo che voglio dirvi l'altra idea che mi era venuta. E se questo Stato nuovo avesse una sua lingua propria? Una lingua universale, che unisca gli esseri umani e consenta a tutti di capirsi e di dialogare.»

«Parli dell'esperanto?» chiese Elisa.

«Sì, lo studio da anni, da quando sono bambino. È una lingua che nasce da tutte le altre lingue. Non è una lingua etnica, è una lingua di tutti e di nessuno, è una lingua non sopraffattrice. È una lingua semplice. È una lingua che non cancella le altre, si accompagna e consente a tutti di capirsi. È un aiuto a un mondo senza i nazionalismi che hanno fatto guerre e milioni di morti. Sentite cosa diceva il fondatore per spiegare il suo progetto…» Tirò fuori dalla tasca un libretto il cui autore si chiamava Zamenhof.

«Creare una lingua del tutto nuova, che da un lato non fosse proprietà di un solo popolo e dall'altro potesse essere usata liberamente dai popoli oppressi e senza lingua… una lingua neutrale, con il principale tratto caratteristico della "neutralità". Ci presenteremmo così, come quelli che cercano il dialogo, e cosa c'è di più extraterritoriale che parlare un'altra lingua? Ma non quella di qualcuno. Quella di tutti, per giunta.»

«Per me è geniale. Se la lingua ufficiale fosse l'italiano, ci consegneremmo per nostra stessa dichiarazione mani e piedi alla sovranità di Roma. Se ne scegliamo un'altra, diranno che è la prova che agiamo per conto terzi. Una lingua di tutti e di nessuno. Geniale. Davvero.» Questa volta fu Giulio il più entusiasta.

«E come ci chiameremmo in esperanto?» domandò Scatta.

Enrico fece passare un momento, come per costruire una pausa teatrale. E poi disse, sorridendo: «Insulo de la Rozoj».

«Aspettate» disse Scatta ed entrò nel bar. Tornò con un gran foglio di carta in cui aveva scritto a caratteri cubitali il nuovo nome in esperanto della piattaforma. «È mezzogiorno, stavo per scordarmi. Sbrighiamoci.» Fece segno a tutti di andare dalla parte della balaustra che dava verso la costa. Ci mise un po'. Poi, con l'occhio al cannocchiale che aveva installato per tenere d'occhio Simone, la costa e gli arrivi delle barche e delle vedette della Capitaneria, urlò «Eccolo!» e cominciò a salutare freneticamente con la mano libera. Indicava Elisa, alla quale aveva dato da tenere il grande foglio con la scritta «Insulo de la Rozoj» e urlava, come se potesse essere udito alla darsena: «Simone, questo è il nostro nuovo nome, ti piace?».

Uno dopo l'altro i ragazzi misero l'occhio nel mirino e tutti lo salutarono. Lui sorrideva, composto. Quando capì i gesti di Scatta e riuscì a inquadrare nel cannocchiale Elisa, gli si disegnò un interrogativo sul volto. Laura, che in quel momento aveva preso una macchina fotografica, sorrise. E si accorse di provare una grande tenerezza per quel ragazzo così importante e così prigioniero di se stesso. Come se da quella distanza potesse davvero fissarlo in una foto, puntò nella stessa direzione del cannocchiale e premette il pulsante, senza accorgersene.

«*Gi iras malglate*, Tortolì.»

«Prego?»

«*Kiom da tempo vi pensas dormi?*»

«Pronto? Ma chi parla?» La domanda era necessaria per prendere tempo, ma retorica. Aveva riconosciuto quella specie di ringhio infernale, quel festival mondiale della bronchite cronica che identificava il suo capo. Che alle sette del mattino di una domenica di luglio lo svegliava pronunciando parole da ubriaco.

«*Se kaliko tre peniglas, la vino elversigas*, Tortolì.»

«Ho capito solo Tortolì, capo. Ora l'ho riconosciuta. Come sta?»

«*Malspritulo!*»

«Che vuol dire, capo?»

«Idiota» disse stavolta in modo perfettamente intelligibile il Polifemo della Sip.

«Ah, non avrei pensato» si fece forza Tortolì.

«Sa in che lingua le ho detto che non va bene, le ho chiesto quanto pensa di dormire e le ho ricordato il proverbio "Basta una goccia a far traboccare il vaso"? Lo sa, Tortolì?»

«No, capo. Rumeno?» azzardò imprudentemente.
«Tua sorella. È esperanto. E lei sa perché io la chiamo alle sette di mattina di domenica per parlarle in esperanto?»
«Avrei delle ipotesi. Ma credo sia meglio soprassedere.»
«Non è che mi sia messo a studiare questa lingua del ciufolo. Ho solo davanti a me un dizionario. Sa dove si trovano i dizionari esperanto-italiano e viceversa?»
Tortolì si era davvero stancato delle domande furbacchiotte di Polifemo ma rispose comunque: «Azzardo: in libreria?».
«Arguta deduzione, Tortolì. Veda di farne aprire una anche se è domenica oppure la scassini perché è bene che lei diventi rapidamente uno dei massimi esperti mondiali di esperanto. Lo sa perché, Tortolì?»
Quel modo di formulare le domande gli aveva fatto odiare il suo cognome. Che in verità non piaceva neanche a sua moglie, anche se non era per quello che se ne era andata.
«L'isola?»
«Ma bravo, *mi estas tre Kontenta.*»
«Che fa, ricomincia?»
«Alla fine del dizionario c'è un manuale di conversazione. Lei sta rischiando. Le avevo raccomandato di stare attento a questa storia. Non solo hanno deciso di proclamarsi Stato indipendente, ma hanno anche scelto la loro lingua ufficiale. E lei non ne sa nulla. Lei non sta facendo bene il suo lavoro.»
Ora aveva cambiato tono. Era diventato minaccioso. A Tortolì non piaceva essere minacciato, da nessuno.
«Capo, mi ascolti. Lei mi ha chiesto di verificare se c'erano i cinesi, le donne che facevano lo striptease, il casinò, il petrolio. Ho anche cercato donne cinesi che

giocassero al casinò e bevessero molto. Non c'è nulla, perdio. Ho rovesciato Rimini. Ho controllato i telefoni di quei ragazzi, gli ho fatto mettere le cimici sull'isola e in casa. Ho fatto verificare il curriculum di quello nuovo, quell'Enrico Usnelli. È un idealista, un poeta, una specie di figlio dei fiori che odia la droga e la violenza. Che posso fare? Non hanno intenzione di realizzare nulla di male, glielo ripeto. Solo sogni e soldi. E non li considerano la stessa cosa.»

«Sa che ne parla come se stesse dalla loro parte, Tortolì?»

«È proprio così» avrebbe voluto rispondere. Ma non lo fece. Anzi. «Mi offende se la pensa così, capo. È che i dati sono questi.»

«Al suo intuito di investigatore l'esperanto non dice nulla?»

«Sinceramente?»

«Certo, Tortolì.»

«No.»

«Non dubitavo. Lei ha il fiuto di Pluto raffreddato. Useranno l'esperanto per mandare messaggi cifrati ai loro dante causa all'estero. È chiaro.»

«Le ripeto che i cinesi hanno un sacco di problemi con Mao e i russi con la Cecoslovacchia. Non credo pensino all'Isola delle Rose. E poi perché dovrebbero usare l'unica lingua universale per mandare dei messaggi cifrati? Come ha trovato lei quel dizionario, penso che altri possano trovarlo.»

«Lei sottovaluta l'astuzia di quei comunisti. Comunque prima o poi li sdraio, quei quattro capelloni.»

«*Voku tuj ambulancon*» disse sottovoce Tortolì, che nel frattempo aveva trovato nella libreria accanto al telefono un manuale di infermieristica in tutte le lingue di sua sorella maggiore, che lavorava all'ospedale cittadino. E «Chiamate un'ambulanza» gli era sembrato particolarmente appropriato a quel punto della conversazione.

«Cosa ha detto?»

«Non voglio deambulare, ho detto. Perché ora mi rimetto al lavoro, immantinente. Al più presto, l'ennesimo rapporto.»

«*Malsata urso dancas malbone*. Se ne ricordi, Tortolì.»

«Sarebbe a dire?»

«Sacco vuoto non sta in piedi. Se ne ricordi.»

Era rimasto fermo alle pagine dei detti e dei proverbi, il capo. Ma Tortolì ebbe la spiacevole sensazione che quella telefonata tra loro sarebbe stata, comunque, l'ultima.

Ci avevano lavorato un po' tutti. Il testo era circolato tra i ragazzi, che si erano scambiati appunti, correzioni, cancellature. A parte Alfonso e Scatta, che si erano tirati fuori per scelta, ciascuno aveva collaborato. Per questo quel giorno, sull'isola, il voto fu semplice. E così la Costituzione della libera Comunità dell'Insulo de la Rozoj fu emanata all'unanimità e con entusiasmo. Laura, che per correttezza non aveva partecipato alla stesura, la lesse ad alta voce, mentre il mare, quel giorno gonfio, sbatteva contro i piloni e proiettava schizzi alti. Il solenne testo fu salvato dal rischio di essere bagnato e fu declamato con orgoglio dalla sua prima lettrice «straniera»:

1. La Comunità è un luogo di condivisione, ascolto, rispetto reciproco.
2. Tutte le donne e gli uomini della Comunità sono per natura uguali e liberi; e stanno insieme per libera scelta, in pace e senza violenza alcuna, ricercando la felicità.
3. È garantita la libertà personale e la proprietà, privata e di Comunità.
4. È garantita la libertà di esprimersi con ogni mezzo e, libe-

ramente, di professare la propria fede o credo religioso, di riunirsi e di associarsi.

5. Sono garantiti per tutti i diritti sessuali, nel rispetto degli altri.
6. È garantito gratuitamente per tutti il diritto a un'istruzione e a una sanità di qualità.
7. È garantito per tutti il diritto di accesso all'acqua e ai beni del mare e del suolo, nel rispetto della natura, di quello altrui e delle capacità di ciascuno.
8. Tutti sono soggetti esclusivamente al giudice naturale precostituito per legge e nessuno può essere punito, con misure di riparazione, se non in forza di una legge che sia entrata in vigore prima del fatto commesso.
9. Il governo della Comunità è scelto a maggioranza qualificata dei suoi membri. La lingua ufficiale è l'esperanto.
10. È garantito per tutti il diritto di accesso a quello che verrà.

Simone aveva disegnato il simbolo, tre rose rosse con gambo verde, che ora campeggiava su una bandiera triangolare arancione. Sul margine sinistro, in verticale, era scritto «Insulo de la Rozoj». Per quel giorno, il giorno del varo della nuova Costituzione, i ragazzi avevano predisposto una cerimonia semplice ma suggestiva. Avevano alzato, in un angolo della balaustra, il nuovo vessillo e Nino aveva intonato con il sax l'inno nazionale che lui stesso aveva suggerito. C'era stata una vivace discussione tra chi voleva qualcosa di solenne, Wagner o Beethoven, e chi sosteneva la necessità che anche da quel punto di vista il loro progetto dovesse essere sovversivo e perciò aveva proposto *All you need is love* dei Beatles o *Mellow yellow* di Donovan. Alla fine fu proprio Nino ad avanzare una proposta che mise tutti d'accordo. *Summertime* di

George Gershwin. Non tutti la conoscevano, ma quando il ragazzo cominciò a soffiare nel suo sax quella musica, così intensa e suggestiva, tutti alzarono la mano per votare a favore. Delle varie versioni, quella di Sidney Bechet o quella di Stan Getz, Nino tendeva a inseguire quella più dolente di Charlie Parker, il suo idolo.

Scatta fece una fotografia e in quell'immagine si capisce tutto di quell'istante. Come se la Canon fosse riuscita a riprodurre anche quello che si muoveva o si sentiva: la musica, la piccola bandiera che sventolava, il vento leggero, i loro sorrisi. Come se quella foto raccontasse qualcosa che non si poteva vedere, la sensazione inebriante, inarrivabile, di una impresa collettiva che inizia. Era tutto meravigliosamente inedito, in quel momento. Come le vite di quei ragazzi che ormai sembravano legate da un filo invisibile e resistente: erano i cittadini di un nuovo mondo, il loro mondo.

Simone, quella mattina, aveva gelato Lorenzo. Gli aveva detto, forse dopo una notte insonne: «E se stessimo sbagliando tutto? Se quell'isola non fosse altro che una fuga, un rifugio?»

«Un rifugio? In che senso?»

«Non la costruzione di qualcosa di nuovo per tutti ma solo un nascondiglio per noi. Come se avessimo paura della durezza della vita vera, dei conflitti, in fondo degli altri. E se l'isola fosse un monumento all'egoismo? Scappiamo dalla responsabilità di fare la cosa più difficile: costruire non un nuovo mondo ideale per pochi ma una società meno infame per tutti. Vedo sui giornali o in televisione quello che succede nel mondo e penso a noi felici sulla nostra piccola isola. E se fossimo dei naufraghi e non degli esploratori? A Parigi un ragazzo di vent'anni come Philippe Matherion muore accoltellato sulle barricate delle manifestazioni, in Vietnam ogni giorno vengono uccise centinaia di persone e noi sventoliamo il nostro vessillo sui quattrocento metri quadri del mondo nuovo. Nuovo solo per noi.»

«Non sono d'accordo, Simone. Tu sei chiuso qui dentro, non vivi nulla delle emozioni che noi stiamo provando. Ogni cosa che cambia, cambia in un luogo. Quando il Vietnam avrà vinto, probabilmente gli studenti francesi o italiani o americani non smetteranno di essere picchiati o uccisi. Il mondo non cambia tutto insieme, non in un giorno, non in una fiammata. Sono tante cose che avvengono, come slittamenti progressivi, che fanno la vita diversa. Ognuno manda un messaggio. E credimi che quello della creazione di una comunità indipendente costruita da giovani, in mezzo alla natura, è un messaggio universale e molto forte.»

«Lorenzo, tu lo sai che tra noi ci sono due, chiamiamole così, "intenzioni" diverse? Che per te l'isola è quello che dici e per Giulio è un modo per far soldi? Legittimo, sia chiaro. Ma per quanto potranno convivere questi due progetti?»

«Giulio è migliore di quanto pensiamo. Lui sa che una semplice operazione commerciale non avrebbe senso, né fascino, e che ha bisogno della nostra utopia. Come io so che senza i soldi tutto è pura astrazione, sogno adolescenziale. Ognuno utilizza l'altro, ma temo o credo che sia così nella vita.»

«Forse hai ragione. È che io vivo tutto così da lontano. Con le mie paure che mi assaltano il cervello. E i miei occhi che vedono tutto attraverso il mirino di un cannocchiale. Mi manca tutto quello che succede quando uscite da qui, dopo un caffè che fa schifo e delle brioche sempre più secche. Non conosco le tensioni, le attrazioni, i litigi, i baci. Non ci sono, non ascolto. Al più sbircio, come un guardone triste. Non cerco di vedere gli amplessi ma la vita. E in effetti io, che critico la nostra scelta di rifugiarci su un'isola, sono rinchiuso qui dentro da due anni, prigioniero di me stesso. Va sempre peggio. Ormai non ritorno neanche più a casa. Riesco a malapena a fare i due passi per arrivare dalla porta dello studio alla banchina. Per il resto è Elisa che mi fa sopravvivere. Mi porta da mangiare, si occupa della biancheria. Ma lo fa, me ne accorgo, come se fosse una crocerossina. E io approfitto del suo altruismo, con ingordigia.

«Sono innamorato di lei. Non gliel'ho mai detto. Ma se non se ne è accorta, è cretina. E non è cretina. Si è messa con Giulio. Io a lui voglio bene, lo sai. Ma che diavolo c'entra con la gentilezza interiore di Elisa? Lei cercava il suo contrario, come fanno molte donne. E io sto qui, aggrovigliato nei miei pensieri e asserragliato nelle mie fobie, e qualche volta il cannocchiale mi si infila dritto all'altezza del cuore, come un coltello affilato.»

Poi, un giorno, arrivarono i tedeschi. Anzi, arrivò il tedesco. Era l'inizio di luglio quando un motoscafo che trainava uno sciatore sull'acqua rallentò fino a fermarsi nei pressi dell'isola.

Wolfgang era un bell'uomo, un atletico trentacinquenne biondo. Chiese di poter salire e raccontò ai ragazzi che stava allenandosi per la Pola-Cervia di sci nautico, una traversata che lui stesso aveva organizzato per promuovere, presso la stampa internazionale, la Riviera. Lui ci era arrivato la prima volta da ragazzo, agli inizi degli anni Cinquanta. Aveva frequentato in Austria la scuola alberghiera e aveva cominciato a lavorare all'hotel Vienna Touring di Riccione come apprendista. Fuori orario di servizio, per divertirsi, andava al dancing Florida e quando i gestori scoprirono questo bel ragazzo poliglotta gli chiesero se voleva presentare, in tutte le lingue, le serate del locale. Avevano il senso dell'ospitalità. E degli affari. In poco tempo il brillante ragazzo diventò gestore di vari alberghi. Per il turista trovare una persona della propria terra o che parlasse la propria lingua era un'ulteriore garanzia di sicurezza e di familiarità. Wolfgang aveva lavorato bene con la stampa tedesca e la traversata era molto attesa.

Quel giorno, dopo che era andato via, i ragazzi ne discussero. Il giorno successivo, quando si fermò di nuovo per prendere una Coca-Cola, Lorenzo gli disse: «Come ti abbiamo raccontato, noi abbiamo costituito la libera comunità, che agisce come uno Stato sovrano. C'è un governo, anche se non abbiamo presidente, per scelta. Allora pensavamo che sarebbe bello se tu diventassi il nostro ambasciatore in Germania. Se ci aiutassi a far conoscere l'isola presso il tuo paese, presso la stampa tedesca».

I ragazzi credevano che si sarebbe messo a ridere, il tedesco. Invece, rimase in silenzio un minuto, poi li guardò e disse: «Ci sto, quando si comincia?».

Le settimane successive furono molto intense. Vennero stampati e si cominciarono a vendere dei francobolli con l'effige della bandiera, il bar si potenziò e si cominciarono a discutere i progetti per completare le stanze che avrebbero ospitato, in prima battuta, i ragazzi selezionati. In un solo giorno arrivavano anche trenta o quaranta barche e non tutti i visitatori, per ragioni di sicurezza, riuscivano a sbarcare sull'isola. Il ragionier Guerrieri cominciava a vedere i frutti di un investimento certamente rischioso, i soci finanziatori stavano perfezionando i precontratti per l'acquisizione delle quote di proprietà. Su organi di stampa che vendevano milioni di copie in Baviera o in Renania erano usciti, persino in prima pagina, articoli sulla nomina di un cittadino tedesco come ambasciatore di quella strana nuova Repubblica. E Wolfgang aveva ricevuto richieste di informazioni dall'Ambasciata americana a Parigi mentre imprese o cittadini del suo paese si erano indirizzati a lui per sapere se potevano comprare appezzamenti dell'isola o affittare uffici.

Splendeva il sole sull'Insulo de la Rozoj. E, nei momenti di pausa, i ragazzi ne approfittavano. Quando non c'era nessuno all'orizzonte si stendevano sulle sdraio, con una bibita in mano e gli occhiali scuri sul naso. Scatta metteva della musica, piano. Non bisognava sciupare quella pace. E lì, sotto il sole a picco, i ragazzi pensavano che quell'isola era stata la loro fortuna. Elisa era di solito in una posizione centrale, tra Lorenzo e Giulio. E giocava con se stessa chiedendosi di chi dei due fosse la mano che la cercava. Sapeva che non poteva che essere quella del suo ragazzo. Perché Lorenzo, dalla sera del bacio, si era tirato indietro. Come spaventato o pentito. E nei momenti di egoismo o di autoesaltazione o, al contrario, di depressione, le piaceva pensare che anche Simone la stesse cercando con il suo cannocchiale. Essere al crocevia di quelle tre vite le dava una sensazione di potenza che usava con discrezione. Era lei l'ape regina. Però la comunità non prevedeva regnanti ma cittadini, cittadini «uguali e liberi».

Lorenzo aveva una gran voglia di usare quel buio finto per cercare di nascosto la mano di Elisa. Da quella sera non si erano più parlati. Non era capitato. L'alternanza dei turni non li aveva mai fatti incontrare, mai da soli almeno. E a lui non andava proprio di sfidare i pettegolezzi. La notte del bacio rubato aveva rischiato, era andata bene. Giulio non aveva saputo della «mascalzonata» che quella sera, proprio quella sera, la sua ragazza e il suo migliore amico gli avevano fatto. Ma la vita è così, amara come l'aranciata che in quel momento scendeva dalla cannuccia giù verso lo stomaco e placava l'ansia di

Lorenzo. O tutto o niente, si era detto, per non soffrire. E, per ora, trascinato da sensi di colpa e timori, aveva deciso per il niente.

Era bello stringere quella mano, al buio artificiale di un mezzogiorno di sole. Giulio aveva intrecciato le sue dita a quelle di lei, in un gesto sensuale che era anche di intesa. La sera prima, mentre Elisa era di turno con Giacomo e Alfonso, Giulio era uscito con una delle ragazze che si erano presentate all'audizione. Ed erano finiti a giocare insieme tutta la notte. Quelle dita intrecciate volevano dire «Scusami», era come sussurrare «Sono tuo e di nessun'altra» a se stessi prima che all'altro, «Sono andato ma sono tornato da te, come sempre». Quelle frasi non dette rassicuravano in primo luogo chi le pensava.

«Eccola» aveva pensato mentre la centrava con l'obiettivo del cannocchiale. Sembrava, così, una figura grottesca del cinema muto, quando la mascherina per il cambio di inquadratura si chiude dopo aver formato un tondo. Simone le aveva guardato il bikini a fiori, aveva fatto una panoramica sulle gambe, sui glutei, aveva seguito i suoi movimenti da attrazione del luogo, quelli con i quali aveva preparato l'abbandono sulla sedia a sdraio. Era geloso di tutti, anche dell'acqua che la carezzava quando faceva il bagno. Lui era in prigione e lei si tuffava. Sperava che una volta prendesse il cannocchiale anche lei e lo cercasse. Per quanto ne sapeva non era mai accaduto. Mai da sola, mai per sua iniziativa. Doveva accettare, una volta per tutte, che lei era di Giulio. Non sarebbe stato facile, per un detenuto, rinunciare all'ora d'aria.

Enrico aveva insistito perché lo ascoltassero. Aveva la sensazione che la scelta dell'esperanto fosse avvenuta con troppa leggerezza, come in risposta all'euforia del momento. Non voleva che fosse solo l'accettazione superficiale di una sua idea. Giulio era sempre meno convinto e si chiedeva se le novità fossero finite. Prima lo Stato, poi la lingua. Cos'altro? Enrico avvertiva la sua ostilità.

Lui avrebbe preferito saperli davvero consapevoli del valore di quella decisione. Per questo aveva chiesto al professor Domenico Barbato di incontrare i ragazzi e parlare con loro. Affascinato dai suoi saggi, si era precipitato a una conferenza e lì lo aveva conosciuto. Era un uomo giovane, il fisico sportivo, la barba appena accennata. Possedeva un doppio talento, raro e affascinante: riusciva a semplificare le questioni complesse e a stendere fili invisibili tra frammenti di conoscenza lontani, rendendo evidenti i loro collegamenti. Una rete di riferimenti che, come in un dedalo fittissimo, metteva in relazione coerente storia, tutte le storie, musica, pittura, letteratura, filosofia, teologia, scienza e ogni forma di conoscenza e di esperienza umana. Era uno di quegli uomini toccati da un dio che gli aveva infuso l'arte di raccontare le cose della vita e di dare ordine al caos.

Una sua conferenza era come un'indagine culturale. Barbato illustrava una tesi e poi cominciava, con la foga di un pittore di arte astratta, a riempire la sua tela di colori e così univa i punti, anche i più lontani, perché tutti gli indizi si trasformassero in prove, in conferme schiaccianti «al di là di ogni ragionevole dubbio» della bontà del percorso che lo aveva portato a quella determinata convinzione.

Non era un imbonitore, né un manipolatore. Non era così presuntuoso da pensare di avere sempre ragione. Sapeva ascoltare, come sa sempre fare chi conosce l'arte di raccontare. Era pervaso dal dubbio e non dalle certezze. Ma come un buon viaggiatore amava raccontare il suo percorso, condividere le sue scoperte, indicare i vicoli ciechi, rivelare i panorami improvvisi.

Ora erano tutti lì, nello studio di Simone. Era una giornata di pioggia continua, ostile. Si sentiva lo scroscio aspro dell'acqua sui marciapiedi flagellati dal vento. Loro erano tutti seduti, chi sulle sedie dello studio chi a terra appoggiato ai cuscini. Al suo arrivo il professore aveva salutato sorridendo ognuno di loro e speso delle parole, poche ma davvero sincere e convinte, sull'importanza del progetto dell'isola e dell'idea che lo sosteneva. Poi venne alla ragione di quell'incontro. I suoi occhi si accesero, di una luce limpida, quasi solare, che sembrava illuminare l'intero studio.

«Per parlare dell'esperanto io vorrei cominciare parlando di Babele. A cosa ti fa pensare questo nome, che è diventato una parola corrente?» chiese a Scatta. Il ragazzo arrossì, sorrise imbarazzato, si voltò verso gli altri e alzò le spalle.

«Confusione?» balbettò timidamente.

«Bravo, esatto. Oggi Babele significa disordine, caos. Ha un'accezione negativa, come se fosse il contrario di un ordine perfetto, auspicato, ideale. Ma è così? Ora vi leggo il testo della Genesi. Sono poche righe che descrivono questo episodio: "Tutta la terra aveva una sola lingua e le stesse parole. Emigrando dall'oriente gli uomini capitarono in una pianura nel paese di Sennaar e vi si stabilirono. Si dissero l'un l'altro: 'Venite, facciamoci mattoni e cuociamoli al fuoco'. Il mattone servì loro da pietra e il bitume da cemento. Poi dissero: 'Venite, costruiamoci una città e una torre, la cui cima tocchi il cielo e facciamoci un nome, per non disperderci su tutta la terra'. Ma il Signore scese a vedere la città e la torre che gli uomini stavano costruendo. Il Signore disse: 'Ecco, essi sono un solo popolo e hanno tutti una lingua sola; questo è l'inizio della loro opera e ora quanto avranno in progetto di fare non sarà loro possibile. Scendiamo dunque e confondiamo la loro lingua, perché non comprendano più l'uno la lingua dell'altro'. Il Signore li disperse di là su tutta la terra ed essi cessarono di costruire la città. Per questo la si chiamò Babele, perché là il Signore confuse la lingua di tutta la terra e di là il Signore li disperse su tutta la terra".

«Riavvolgiamo idealmente il nastro di questo testo e ripartiamo dall'inizio. "Tutta la terra aveva una sola lingua e le stesse parole." Il Libro fotografa una realtà, come avresti fatto tu» disse sorridendo a Scatta che aveva la Canon al collo come sempre.

«Ci sta dicendo che il mondo intero parlava una sola lingua e, sostengono alcuni studiosi del testo, quando dice "aveva le stesse parole" intende che aveva un solo pensiero. Dunque non era soltanto una unità di espressione ma persino una totale omogeneità di idee. Il punto di partenza è una specie di unitarietà e di condivisione assoluta, senza sfumature di diversità. Un orrore, non vi pare? La pre-Babele, fotografata in quella riga, è l'assenza della differenza. Tenetelo a mente. Emigrano dall'Oriente e si radunano. Il "Venite" è l'appello a ritrovarsi tutti, forti di una sola lingua e un unico pensiero, e l'invito è: "Costruiamoci una città e una torre, la cui cima tocchi il cielo e facciamoci un nome, per non disperderci su tutta la terra". Dunque l'uomo, quello di cui il testo parla, vuole trasformare questa unità assoluta in città, vuole abitare una torre, vuole toccare il cielo, vuole farsi un nome, vuole evitare la dispersione sulla terra. È una idea di ordine. Così l'uomo tende a costituirsi come dimensione unitaria, ma l'unica dimensione unitaria che Dio contempla è la sua. E l'uomo non può tendere a essere un assoluto senza distinzioni, perché quello è Dio. È lui che ricompone le differenze che ha creato. E l'uomo non può pretendere di cancellarle. In sostanza non può pretendere di farsi Dio. Se ci pensate il progetto di Babele è mosso da un'idea totalitaria, di cancellazione di differenze e pluralità. Non tanto perché con la torre che tocca il cielo auspica di arrivare a Dio, ma perché sta dicendo "Io sono Dio". Un conto infatti è dire che ogni uomo è individualmente unico, un altro è cercare di affermare che questo valga anche per la collettività che è, appunto, fatta di differenze che la rendono tale.

«La frase successiva dice: "Ma il Signore scese a vedere la città e la torre che gli uomini stavano costruendo". Considerate la bellezza di questo doppio movimento, provate a vederlo dall'alto, "spazialmente". Gli uomini, fattisi Dio, vogliono scalare il cielo. Dio, che certo non avrebbe bisogno di "scendere" si fa umano, "va a vedere", si avvicina alla terra.»

«Ma in fondo Hitler non voleva fare Babele? Un mondo che parlasse una sola lingua, il tedesco. In cui ci fosse una sola razza, quella ariana. E dove tutti la pensassero come lui, il Führer?» lo interruppe Elisa.

«Sì, questo esempio è terribile, ma corretto. Hitler cosa diceva? "*Gott mit uns.*" Dio è con noi, non il contrario. Un colore solo, il grigio delle divise del Reich, o l'arcobaleno? Fermiamoci sulla figura dell'arcobaleno. Dio, dopo il diluvio universale, stabilisce un patto con la nuova umanità che nasce con Noè e i suoi figli. Non ci sarà mai più una punizione paragonabile al diluvio. La firma su questo "contratto" è proprio l'arcobaleno che Dio manda in terra. E cos'è l'arcobaleno? Un ponte. Cioè qualcosa che unisce, mette in relazione, costruisce un luogo che non esiste ancora. Invece l'uomo che fa con Babele? Non solo si pensa Dio. Ma non si fida di Dio. Pensa a una torre perché non crede al suo impegno e non crede che non ci sarà un altro diluvio e dunque pensa di portarsi più in alto, dove le piogge non arriveranno. Una torre è un ponte rovesciato, ma non congiunge due punti.»

«Ma Babele era anche una città?» domandò Lorenzo.

«Sì. La città vista non come luogo orizzontale, di scambio. Ma come rifugio, come forte arroccato. È perfetta nella riproduzione simbolica di Brueghel. A Dio invece piace il nomadismo. Pensa, e teme, che la stabilizzazione tenda all'uniformazione. Prendete la storia di Caino e Abele. Caino lavorava il suolo e Abele era un pastore di greggi. Quando il primo figlio di Adamo ed Eva uccide suo fratello la condanna che Dio gli infligge, la riparazione sarebbe più giusto dire, è il nomadismo.

«E questo ci porta alle altre parole del testo: "Il Signore disse: 'Ecco, essi sono un solo popolo e hanno tutti una lingua sola; questo è l'inizio della loro opera e ora quanto avranno in progetto di fare non sarà loro possibile. Scendiamo dunque e confondiamo la loro lingua perché non comprendano più l'uno la lingua dell'altro'. Il Signore li disperse di là su tutta la terra ed essi cessarono di costruire la città".

«Vedete, Dio non è iracondo. Teme l'unicità tra gli uomini. Ha fatto l'umanità duale, che è il primo numero della molteplicità. Dio cerca la differenza e per questo sparge gli uomini sulla terra e li rende incapaci di comunicare tra loro. Sembra un controsenso, ma è l'unico modo per salvare il genere umano. Vi chiederete ora, ma allora perché serve l'esperanto? Per me l'esperanto è quella "lingua chiara" che il profeta Sofonia immagina che Dio riverserà sulla terra quando gli uomini "cammineranno spalla a spalla". Una lingua che non cancelli le altre, che anzi nasca dalla umile ricognizione delle radici di tutti i linguaggi e perciò sia semplice e familiare. Una lingua che non sostituisca ma si aggiunga, che consenta ai diversi colori dell'arcobaleno di parlarsi, riconoscendosi come diversi. La lingua dell'unità delle differenze, non della uniformità autoritaria. Per questo tutti i regimi l'hanno avversata. Questo è l'esperanto. Almeno per me.»

Smise di parlare. I ragazzi erano colpiti. Anche Giulio. Sentiva che quelle parole, anche nella loro complessità, descrivevano bene il senso della sua idea. Un senso che lui non aveva razionalizzato interamente all'inizio e che ora lo inorgogliva, dopo aver ascoltato le ragioni della scelta esperantista. Però sentiva anche che quell'idea era bella ma pericolosa e avrebbe potuto compromettere tutto.

Quello strano linguaggio, l'esperanto, era un ponte, un arcobaleno, una chiave. Non un gioco per squinternati. Una lingua che nasce dal basso per rendere universale la comunicazione tra gli esseri umani. Lorenzo alzò la mano.

«Professore, grazie. Posso farle una domanda stupida? A considerare i titoli delle canzoni che sentiamo, dei film che vediamo, pellicole italiane come *Escalation* o *Blow-Up* o altri, mi chiedo se non sarà l'inglese l'esperanto del futuro.»

«Non è affatto una domanda stupida. Sono gli Usa che guidano la grande industria della comunicazione. Vi dico una cosa, ma non fatela sapere in giro. Io preferirei una nuova lingua, che non sia l'espressione del dominio di nessuno, in cui tutti possano riconoscersi. Però se restano le lingue nazionali, e resteranno, meglio comunque che ci si possa parlare e comprendere. Se nulla è imposto. Se non è l'idea di trasformare il dollaro e la Statua della Libertà nel nuovo Dio e l'Empire State Building nella nuova Torre. Non vi sembri un paradosso detto da un fanatico dell'esperanto. Difendete le vostre lingue nazionali, come presidio della diversità. Se qualcosa si aggiungerà, allora, farà meno paura.»

I ragazzi erano colpiti dall'intensità e dalla cristallina sincerità di quell'uomo che sembrava più giovane degli anni che certamente aveva. Simone lanciò un applauso. Così, per riconoscenza. Un applauso tra pochi, come per dire grazie con le mani e col cuore, senza urlarlo.

«Come ha cominciato a studiare esperanto?» gli chiese Lorenzo mentre bevevano il caffè che Laura aveva preparato per tutti.

«Sono sempre stato un pacifista convinto. Non per ragioni ideologiche, potrei dire che sono pacifista per ragioni di famiglia. Mio padre è morto in guerra. È uno dei tanti che furono mandati, come bestie al macello, in Russia. Era un bersagliere. Da bambino era così bello vedere quel cappello con le piume e riconoscerlo quando correva, nelle sfilate militari di Milano! Noi allora abitavamo lì. Per me era un vanto raccontare che mio padre era uno di quelli che accendevano le fantasie di tutti i ragazzi. Ero orgoglioso di lui.

«Un giorno ci disse che doveva partire per la Russia.

Era l'estate del 1941. Nella mia testa quel posto significava freddo e neve. Come avrebbe fatto a correre lì, leggero come un angelo? Nei miei incubi notturni, quando era laggiù, lo immaginavo affondare con le sue scarpe in distese di neve alte come muri. E sentivo, fisicamente sentivo, la sua fatica a estrarre le gambe da quella morsa lieve, da quella trappola bianca.

«Nell'inverno di quell'anno il suo reparto si attestò presso la città di Rykovo. Lì i russi scatenarono un'offensiva molto violenta. Cominciarono al mattino presto, con attacchi di artiglieria e anche con i soldati a cavallo. Mio padre morì così, da solo. Un suo commilitone mi ha raccontato che lo vide uscire dalla trincea, come un automa, con l'arma bassa. Era stanco, si arrivava a trentacinque gradi sotto zero, il cibo si gelava mentre lo cuocevano, il vino veniva distribuito in blocchi da sciogliere con il fuoco. Nevicava, quel giorno di Natale. E lui, invece di essere con noi, al caldo, ad aprire i poveri pacchi di allora, era finito in un posto infernale. Per una guerra combattuta persino dalla parte sbagliata, una guerra assurda. Chissà se in quei momenti gli sono tornate in mente le parole del Duce: "Vincere e vinceremo". Sono morti in più di centomila laggiù, di freddo, di fuoco, di ferro. E mio padre, che correva veloce, è un numero tra quelli. Uscì dalla trincea, lasciò i poveri eroi che combattevano da leoni e si avviò verso il fuoco nemico. Nessuno l'ha visto colpire. Nevicava forte. A un certo punto è sparito alla vista di tutti. Il suo corpo fu ritrovato soltanto quando arrivò la primavera.

«Era solo. Solo come un cane. Solo a Natale, solo per colpa di quelli che la sera prima avevano bevuto spumante e carezzato i figli. Ho sempre nella mente due immagini che riproducono fatti avvenuti nello stesso momento: il Duce a Villa Torlonia, in vestaglia, che il 25 dicembre fa colazione al mattino con cornetti caldi e un buon caffè e mio padre che lascia cadere il fucile a terra e, sotto i fiocchi di neve, dice basta al gelo, alla solitudine, all'uccidere per sopravvivere e va a incontrare la morte. Questo ho odiato più di tutto della guerra. Lo avevano mandato ad ammazzare altri ragazzi come lui, non importa se fossero nemici. Per questo da allora ho cercato di costruire ponti. Perché, nella mia testa, mio padre che piange sotto la neve e il ragazzo russo su un cavallo intirizzito volevo che avessero qualcosa da dirsi, potessero spiegarsi, capirsi, conoscersi. Per questo ho creduto nell'esperanto: e ho cominciato a impararlo nel '52, in un corso a Milano.

«Ricordo sempre una compagna di classe alla quale la direttrice chiese perché aveva voluto studiare la nuova lingua. Rispose con poche, semplici parole: "Perché se gli uomini si conoscessero non ci sarebbero più guerre". Era una giovane donna forte e molto ispirata. Si chiamava Licia e in seguito si fidanzò con un altro mio amico, uno che credeva davvero in ideali di pace e di giustizia umana, e per questo voleva diventare insegnante di esperanto. Lui, se ricordo bene, si chiamava Giuseppe. Giuseppe Pinelli.»

«Il sottoscritto chiede di interrogare il ministro dell'Interno per sapere quale sia l'atteggiamento ufficiale assunto dal ministero in merito alla costruzione denominata "Insulo de la Rozoj" esistente al largo delle coste di Rimini e in particolare le disposizioni impartite alle autorità marittime italiane contro l'esistenza di tale grande manufatto marino» e perché si sia realizzata una «costruzione con condizioni di abitabilità, arredamento di negozi, stampigliatura di francobolli, apposizione di bandiera e conio di moneta, sino a far presumere l'esistenza di uno Stato Burletta nello Stato italiano.»

Dopo le elezioni le Camere si erano appena aperte e un deputato del Msi, solerte, strattonava il ministro Restivo. Anche uno del Pci, una settimana dopo, precisamente il 10 luglio, si rivolgeva, con toni più moderati, al Parlamento per conoscere «l'atteggiamento ufficiale attuale assunto dal ministero sulla vicenda della costruzione denominata "Insulo de la Rozoj" esistente al largo delle coste di Rimini, di cui si è avuta così vasta eco sulla stampa nazionale ed estera».

Al «Carlino» Celletti scrutava il telex della redazione

parlamentare di Roma. Gli sembrava ordinaria amministrazione. Anche se in effetti... In effetti, stava dicendo a Laura, dopo la Dc pure i partiti di opposizione si muovono. E ora il ministro dovrà rispondere, anche perché siamo a inizio e non a fine legislatura. Laura obiettò che se tutti i partiti erano contro il progetto dell'isola questo confermava quello di cui lei era già convinta. Cioè che gli artefici erano solo dei ragazzi, magari utopisti o magari ambiziosi, che non avevano «dietro» proprio nessuno. Nessuna potenza straniera, nessun grande gruppo industriale, nessun politico che li volesse usare e perciò li proteggesse. Per questo, proprio per questo, disse Laura a Celletti, «il "Carlino" li continuerà a sostenere, vero?». «Sì, certamente» rispose il capo della redazione, forte del rilancio che aveva impresso, anche in termini di copie, al suo giornale in Riviera. Ma a Laura sembrò pensieroso, preoccupato.

Tortolì, lette le interrogazioni che gli avevano fatto arrivare da Roma, staccò la spina del telefono. Non avrebbe sopportato di sentire esclamare un altro «Tortolì» antelucano, accompagnato da esalazioni mefitiche di tabacco via cornetta. Non ne aveva voglia. Non gli piaceva nulla di quella storia. E dell'accanimento di tutti contro quei ragazzi. Lui aveva fatto il suo dovere, aveva indagato, ma non era colpa sua se non era venuto fuori nulla. Non uno straccio di progetto nichilista, non un contatto con un cinese magari per aprire un ristorante, non una fiche, neppure una spogliarellista, anche brutta e claudicante. Va pur detto, per completezza, che la Fabbroni Luana, a un attento esame del dossier fotografico, era risultata bona assai ma, e se ne lamentavano gli osservatori dell'isola, assolutamente non incline allo spogliarello pubblico. Niente. Cosa doveva dirgli, al suo capo? Inventare? Molti suoi colleghi lo facevano, per la carriera, ma lui non poteva e non voleva. Già gli era scappata la moglie con un altro, con che faccia avrebbe parlato ai suoi figli se fosse diventato anche un falsario per conto dello Stato? O, più propriamente, di chi ne faceva le veci.

Quando videro avvicinarsi la vedetta della Capitaneria Lorenzo e Giulio, che erano sull'isola, capirono che non sarebbe stata una giornata come le altre. C'era nebbia, quella mattina, una nebbia inusuale per la metà di luglio, e da quel batuffolo di niente era sbucata l'imbarcazione alla cui prua si ergeva, come una polena sulle navi di un tempo, il capo di prima classe Balestrini, con indosso un ghigno sardonico.

«Buongiorno ragazzi» e fece come per sfilarsi i guanti che non aveva. «Ora abbiamo finito di giocare. Vedete questo foglietto bello bello? Con questo inizia il vostro candan.»

«Forse vuole dire countdown?» lo interruppe, già spazientito, Giulio.

«Sì, è quello che ho detto. Allora, vi intimiamo di sospendere ogni attività di costruzione, essendo per noi quelle in definizione e quelle già messe in opera estranee alle autorizzazioni da voi richieste. Pertanto da ora voi qui sopra non potete più toccare nulla. E stiamo valutando la conformità di quanto già realizzato rispetto alle carte che ci avete consegnato. Questa è una diffida, una ingiunzione. Ma vi dovrebbe essere chiaro che la pacchia è finita. Per me avete i giorni contati. Questa schifezza non durerà.»

«E il tenente Sheridan non l'avete portato stavolta?» disse Giulio sempre più adirato. «Vede, comandante...»

«Non sono comandante, sono capo di prima classe» puntualizzò stizzito il suscettibile Balestrini.

«Non si adonti: vedrà che dopo questo servigio la promuoveranno sul campo. Vede, dicevo, noi siamo su acque internazionali e non dobbiamo chiedere l'autorizzazione di nulla a nessuno. Vi abbiamo comunicato che avremmo portato qui delle strutture perché questo avveniva in acque italiane. Ma ora quello che succede qui non vi riguarda più. Noi siamo una libera comunità, siamo uno Stato sovrano. Pensi che abbiamo comunicato all'Onu la Costituzione dell'Insulo de la Rozoj. Anzi ci tengo a dirle che lei può restare qui sopra solo grazie alla nostra proverbiale gentilezza. Altrimenti lei ora starebbe facendo un atto contrario a tutte le regole internazionali.»

«Devo dirvi, ragazzi, che rischiate molto. A proposito: a che punto sono le vostre assillanti ricerche dello Scrigno di Venere? Ho cercato sulle enciclopedie la specie Tolo e, pensate che strano, non sono riuscito a trovarla. Però con quel nome c'è un'attrice che, ci dicono i nostri rapporti, era sull'isola per l'inaugurazione. Strano, no?»

«Non è sulle enciclopedie appunto perché la stiamo cercando. Si dà il caso che non abbiamo finito. E non smonteremo nulla qui, finché non l'avremo trovata. È un fatto di serietà professionale e di carattere» rispose sicuro Giulio.

«Anzi, sa cosa le dico, comandante? Che noi non possiamo ricevere la sua ingiunzione, perché è territorialmente incongrua.» Era stato Lorenzo a parlare, con tono deciso, anche se avrebbe voluto al suo fianco Giacomo per essere sicuro di non dire cose sbagliate.

«Ma veramente? Non me lo aspettavo proprio». Fece una pausa, il capo di prima classe. Voltò le spalle ai ragazzi e si mise a rimirare l'Adriatico. Era una scena surreale, perché non si vedeva nulla di nulla. La nebbia era cresciuta e ora avvolgeva anche i protagonisti di questa discussione legale. Così, dal nulla che aveva ormai nascosto Balestrini, i ragazzi sentirono una voce, tagliente: «È l'ora delle decisioni irrevocabili. La dichiarazione di guerra è già stata consegnata. Alla società che ci comunicò l'avvio dei lavori. A Rimini, Italia. Più precisamente all'indirizzo del responsabile. Suo padre, giovane Guerrieri».

I ragazzi restarono in silenzio, approfittando della nebbia che li nascondeva. Erano intimoriti, impauriti.

«Non sento l'ovazione del 10 giugno. Peccato. Ora se trovo la barca torno a casa. Ci vedremo. E lo dico nel senso letterale del termine. Buon proseguimento e tante care cose.»

«Vedi, Laura, da oggi dovresti occuparti di spettacolo. Il turismo sta esplodendo e ora impazzano concerti e rassegne, qui arriveranno Fred Bongusto, Iva Zanicchi, forse anche Morandi. Sarà una stagione unica. Poi c'è Miss Romagna ad agosto. E pensa che a fine anno faranno qui l'anteprima mondiale di *C'era una volta il West* di Sergio Leone. Insomma, ho bisogno di un occhio giovane e attento su questi avvenimenti. Ti va? Oggi dovresti intervistare Carmen Villani.»

«Capo, io faccio quello che mi dici tu. Ma a me di tutta questa roba non importa nulla. Io stavo seguendo gli studenti in lotta e tu mi hai dirottato sull'isola. Me ne occupo da mesi, credo con successo. Posso continuare a farlo?»

«Be', Laura, vedi... Una cosa esclude l'altra. Non posso far fare tutto a te. Ci sono gli altri. Ne devo tenere conto.»

«Ho capito. Mi devi togliere da quella notizia. È così?»

«No, che c'entra… Sì, invece. Ti devo togliere perché tu ti sei spesa molto a favore dell'isola e ora si cambia fase. Oggi la Capitaneria gli comunicherà che devono sospendere ogni attività di costruzione. Ed è solo l'inizio.»

«E tu come lo sai?»

«Me lo hanno detto da Bologna. Insomma, Laura, questo ora diventa un tema delicato. E il giornale dovrà essere più equilibrato. Non voglio che tu ti bruci e, in verità, non voglio neanche io rimetterci il posto.»

«Ah, ecco, è questo che ti preoccupa. Diciamoci la verità. Lascia stare Carmen Villani e dimmi che ti impongono una censura. A Roma hanno messo nel mirino l'isola e non vogliono stampa contraria. Come in guerra. E tu accetti. Sono stupita.»

«Lascia stare la guerra, che non sai di che parli. Sì, è così, se lo vuoi sapere. Cosa pensi sia meglio? Che io vada sull'Aventino e denunci l'ingerenza lasciando il campo a chi vogliono loro oppure che cerchi di limitare i danni e continui a fare il giornale libero che, mi darai atto, abbiamo fatto in questi mesi?»

«Ti do atto di questi mesi. E ti ho ammirato. Ho pensato che tu fossi un esempio di cosa vuol dire giornalismo vero. Mi sono sbagliata. Anche tu preferisci i compromessi. E salvarti il posto.»

Le veniva da piangere ma non voleva che lui la vedesse. Per questo si voltò e se ne andò, sbattendo la porta.

Il giorno dopo sul «Carlino» apparve un articolo dal titolo «L'Isola delle Rose ha i giorni contati». Questo il testo: «Tutto lascia supporre che "l'Isola delle Rose" è nata, purtroppo, morta. Una singolare realtà con abbondante appendice pubblicitaria è destinata a non sopravvivere a lungo. Il decreto del comandante Spezzaferro, uomo affabilissimo, direi anche molto addolorato sul piano umano per essere stato costretto a ricorrere all'ingiunzione che polverizza un valore dichiarato di settanta milioni, ma, forse, di circa mezzo miliardo effettivo, è colmo di "a termini di legge", "visto che", "ritenuto che", "considerato che", insomma praticamente un documento inoppugnabile». E concludeva: «Chi aveva sognato sensazionali spogliarelli e di rifarsi a un tavolo di roulette del denaro perduto sul 67 a Cagliari deponga ogni speranza. Dirotti in qualche locale di Parigi per gli strip da infarto e a Sanremo per gli improbabili en plein. Ai pochi filatelici che ne entreranno in possesso rimarrà, poi, la soddisfazione di essersi conquistati i rari, rarissimi esemplari emessi da uno Stato indipendente durato, purtroppo, lo spazio di un mattino».

Scagliò il giornale contro il muro. I fogli con i disegni si alzarono per lo spostamento d'aria. «Un valore di mezzo miliardo. Saremmo dei geni, se fosse così. Assurdo, ridicolo. È chiaro che ce l'hanno giurata. Ma io non ci sto.»

I ragazzi non se l'aspettavano una reazione così violenta. Laura li aveva informati dell'aria che tirava al giornale. E non doveva essere una brezza riminese. Quel giorno in cronaca c'era anche l'intervista a Carmen Villani, ma non era firmata da lei. Celletti l'aveva cercata ma lei aveva staccato il telefono. Capitasse quello che doveva.

Quando il ragionier Guerrieri aveva lanciato via il giornale tutti erano rimasti sorpresi. Di solito era così gioviale e conciliante. Ma quel giorno aveva il fuoco negli occhi.

«Con chi pensano di avere a che fare? Vedono voi e credono sia facile giocarvi. Io non mollo. È un'ingiustizia. E io non ne accetto. Non ne ho mai accettate. Sono prepotenti con le persone perbene che hanno idee e iniziativa. Ora basta. Non staremo con le mani in mano. Dobbiamo rilanciare, deve diventare un caso nazionale. Che dico? Internazionale! Non ci impediranno di sviluppare l'isola. Se vogliono fermarci, devono pagare il prezzo più alto possibile. Non stiamo facendo nulla di male, caspita. Non c'è nulla di quello che si sono inventati. Nulla. Solo ragazzi che vogliono fare cultura e affari. Bastardi. Ma ora alziamo il tiro. Dov'è Enrico?»

«Sono qui, ragioniere.»

«Bene, ora tu che sei del settore ti informi di quanto tempo e quanti soldi ci vogliono per mettere su una radio. Niente di faraonico. Non dobbiamo arrivare a Roma, mi basta che ci sentano in Riviera. Se dovremo cadere, se hanno deciso di farci cadere, ci troveranno in piedi. Faremo una stazione libera. Se lo fanno Monte Carlo e Capodistria perché non lo possiamo fare noi? Vero, Giacomo?»

L'avvocato aveva esaminato l'ingiunzione e, nonostante il commento del «Carlino», non gli sembrava poi così «inoppugnabile». Perché ignorava il dato di partenza. Quelle non erano acque italiane. Comunque stava già studiando il ricorso. E sì, in linea astratta, a questo punto il carattere di Stato sovrano, seppure autodichiarato e non riconosciuto, permetteva di installare una radio e di trasmettere. Così avevano fatto a Sealand. D'altra parte Capodistria non era certo uno Stato e per di più era ostile all'Italia. Comunque, sarebbe stato prudente avere una potenza minima, che non interferisse con la Rai. Il dado era tratto. E sulla mano che l'aveva lanciato si erano appoggiate, stavolta, quelle di tutti.

L'isola era diventata davvero la meta preferita dei ragazzi e dei turisti della Riviera. Poteva capitare che intorno stazionassero decine e decine di barche, con centinaia di persone che aspettavano anche a lungo pur di salire sulla piattaforma. Chi beveva, chi mangiava, chi ascoltava la musica. Scatta col mangiadischi aveva creato un jukebox artigianale e per cento lire metteva i dischi scelti dagli ospiti. E dal tramonto si cominciava a ballare. Oppure qualcuno iniziava a suonare una chitarra e si finiva a cantare tutti insieme *Azzurro* di Celentano, *Ragazzo triste* di Patty Pravo o *L'ora dell'amore* dei Camaleonti. Era un incanto. Lo erano i colori del mare, che sembrava persino blu. Lo erano quelli delle gonne, delle magliette e delle camicie dei ragazzi. Il mondo non era davvero più in bianco e nero. In quattro, cinque anni tutto era cambiato: il modo di vestirsi, di parlare, di fare sesso, di consumare musica, di vivere la politica. Il mondo era come rinato o almeno, per conto suo, era nata una nuova generazione, del tutto diversa dalle precedenti. Tutto era in movimento, nulla era fermo.

A fine luglio arrivò il trasmettitore e ai primi di agosto la parabola. Fu trasportata e montata di notte, per sicurezza. Avrebbe coperto un'area che arrivava a sud di Rimini fino a Cattolica e a nord a Cervia. Niente di più. Ma se ne sarebbe parlato.

Venerdì 9 agosto, verso le cinque del pomeriggio, sentendo un annuncio in più lingue Wolfgang riconobbe la sua voce e sorrise, a Cervia.

A Rimini, al Grand Hotel, molti dipendenti erano stati convocati nello studio del ragionier Guerrieri. Ad attenderli c'era una radio, accesa. Il proprietario dell'albergo li osservava da uno spiraglio della porta che collegava quella stanza con un'altra. Li vide trasalire e sorridere quando partì la musica di Gershwin ed Enrico cominciò a parlare.

Simone alzò la testa dai fogli. *Summertime* era uno dei suoi brani preferiti. Lo aspettava, come la voce che seguì il sax straziato di Bird.

«Buon pomeriggio, questa è la radio dell'Isola delle Rose. Da oggi cominciamo a trasmettere. Sono in studio insieme a Laura, una giovane e brava giornalista che sarà l'animatrice dei programmi insieme a me, che mi chiamo Enrico. La nostra radio farà della buona musica, quella che alla Rai si sente poco. La trasmetterà senza censure. E allora, per cominciare, questa è la canzone che abbiamo scelto per inaugurare le nostre trasmissioni:

La chiamavano Bocca di Rosa
metteva l'amore, metteva l'amore,
la chiamavano Bocca di Rosa
metteva l'amore sopra ogni cosa.

Enrico sfumò la voce di De André sulla strofa «Ma le comari di un paesino / non brillano certo in iniziativa / le contromisure fino a quel punto / si limitavano all'invettiva», e cominciò a parlare: «Pensate a quest'ultima frase. Forse parla anche di noi. Le comari che guardano con fastidio o paura alla nostra isola e ora alla nostra radio per ora si sono limitate all'invettiva, ma l'ira funesta delle cagnette è pericolosa, si sa».

Simone sorrise e prese la tazza del tè. La alzò, nel vuoto, verso l'alto, come se stesse facendo un brindisi inaugurale, da solo.

Celletti bestemmiò. Era un vizio che si portava appresso da anni. Lo rassicurava l'idea che Dio non era un tipo vendicativo. E che poi ci venisse lui a far quadrare il cerchio delle pressioni della proprietà, dei suggerimenti insistenti del direttore, del dovere di accontentare i lettori, di onorare la verità, che poi era la ragione per la quale aveva cominciato a fare quel maledetto mestiere. E la testa matta di quella ragazza impertinente che ora stava sentendo alla radio.

«E la nostra radio vi parlerà di tutto quello che la stampa nasconde, senza pregiudizi. Libera di dire ciò che vede e di discuterne. Non è questa la buona informazione? Nessuna manipolazione, nessuna ideologia, nessuna verità preconfezionata. Solo la realtà delle cose. Come appare a noi. E a chi verrà sull'isola e potrà intervenire in trasmissione e dire la sua. La nostra non è la verità assoluta. È la convinzione che la verità è semmai figlia del dubbio e della ricerca. E da qui, da questo mare che si apre davanti ai miei occhi, non si vedono muri.»

Celletti pensò al suo amico e maestro di un tempo e concluse che quella ragazza, cocciuta come un mulo, era un talento vero. E aveva carattere, un genere in via di estinzione.

«Più di me» pensò.

Guardò fuori dalla finestra e vide soltanto il muro del palazzo di fronte. E allora sorrise, abbassando il volume della radio che ora trasmetteva *The unknown soldier* dei Doors.

Tortolì, nella sua stanza d'albergo a Rimini, scansò la tenda. Guardò dove presumeva fosse l'isola. Il transistor dell'ufficio aveva appena annunciato per il giorno dopo un servizio sulla contraccezione, la prima lezione di un corso di esperanto del professor Barbato e un dossier radiofonico sulle lotte degli studenti, con dibattito in studio a seguire. Tortolì sfilò dalla cartella di finta pelle consumata un foglio con l'intestazione dell'albergo. Considerò che tre stelle erano un eccesso. E cominciò a scrivere, in bella calligrafia: «Con la presente io sottoscritto capo zona Tortolì...». Si fermò un attimo, ascoltò *Tristezza (per favore va' via)* di Ornella Vanoni e poi riprese a scrivere, sorridendo.

«Lo vedi, lo vedi?» urlò eccitato Scatta mentre schiacciava un occhio contro il mirino del cannocchiale.

«Chi, Simone?» chiese Elisa.

«Ma no, corri» gridò concitato il ragazzo facendole un gesto con la mano. «Vieni pure tu, Lorenzo, venite tutti.»

«Chi è?» chiese allora Enrico.

«Il maestro, il maestro» provò a dire Scatta, ma la voce gli si strozzava in gola dall'emozione.

«Dove, dove? Fai vedere» e Lorenzo lo strattonò.

«Attento, che perdi l'inquadratura» disse irritato Scatta.

«Non c'è.»

«Te l'avevo detto, *pataca* che sei, spostati. È lì, al Grand Hotel. Ha una sciarpa rossa.»

«Come una sciarpa, è quasi Ferragosto» osservò Elisa.

«Era una di quelle leggere, gli svolazzava attorno al collo. L'ho visto, era lui. Aspettate, ora lo cerco di nuovo. Mamma mia, che emozione.»

«A Rimini si vede poco, in effetti» sussurrò Giacomo.

«Sì, ma ci vuole bene. Pensa che è nato sul treno, qui, tra Viserba e Riccione, proprio nella nostra stazione.» Alfonso ne era sicuro.

«No, è una *patachèda*. Quel giorno c'era sciopero delle ferrovie» ribatté severo Lorenzo.

«Che ne sai tu, c'eri?» lo sfotté Elisa.

«No, me lo ha detto lo chef dell'albergo; dice che il maestro ci scherza sempre sopra. Invece è vero che una volta Walt Disney, dopo l'Oscar, gli fece una gran festa a Disneyland. Te li immagini insieme?»

«E la copertina di *Strange days* dei Doors che riproduce i personaggi della *Strada*? E Nico, la cantante dei Velvet Underground, che ha fatto l'attrice nella *Dolce vita*? Il maestro è ovunque e sempre» disse, orgoglioso, Enrico.

«Lo hai trovato, allora?» si spazientì Giacomo.

«Sto cercando ancora il Grand Hotel, avete fatto un bel *pastròc*» rispose piccato il ragazzo che fotografava tutto.

Giulio si allontanò dal gruppo e si mise a guardare verso Rimini, appoggiato alla balaustra. Tirò un sospiro e disse, come fosse una voce narrante: «Parlavamo sempre di partire ma uno solo, una mattina, senza dire niente a nessuno, partì davvero».

Lorenzo alzò la testa, come richiamato e disse, a voce alta: «Moraldo, dove vai, parti?».

«Sì, parto» rispose Giulio.
«E dove vai?»
«Non lo so, parto, non lo so.»
«Ma che cosa vai a fare allora?»
«Non lo so, debbo partire, vado via.»
«Ma non stavi bene qua?»
«Ciao Moraldo, ciao, addio.»
«Ciao, Guido.»
Si sorrisero. Questo numero lo avevano fatto mille volte, quando erano ragazzi. Lo facevano all'uscita di scuola, lo facevano fuori del cinema Fulgor, lo facevano ai bagni. Con le ragazze funzionava benissimo. Si sentivano loro, in quei momenti, i veri vitelloni.
«E dopo, quando lui sul treno immagina di vedere tutti i suoi amici che dormono, che meraviglia!» aggiunse, sognante, Giacomo.
«Eccolo, eccolo» interruppe Scatta lasciando il mirino ma tenendo ben fermo il cannone del telescopio. «Prima Elisa.»
La ragazza mise subito l'occhio nel posto giusto.
«Ma non c'è, non si vede.»
«Come non c'è? Ma sei sul Grand Hotel?»
«Sì, ma lui non c'è.»
Scatta riprese il controllo. In effetti non c'era.
«Vi giuro che era lì, con la sciarpa rossa. Sarà rientrato.»
«Ma va là» lo sbertucciò Alfonso.
«Io gli credo, se dice di aver visto Fellini così deve essere. E se non c'era, lui lo ha visto lo stesso, davvero» concluse Lorenzo.

Le radio della Riviera erano accese sulle frequenze dell'Isola delle Rose nei bar, nei circoli, nelle case dei ragazzi che si preparavano ad andare al mare. Negli stabilimenti la collegavano all'amplificazione. Per i bagnanti era molto affascinante sentire una voce che veniva da un luogo imprecisato, invisibile e mitico, lì, proprio nel loro mare.

Scatta fotografò un giorno un bambino piccolissimo intento a mungere Bick, una gigantesca mucca pezzata di plastica installata sulla spiaggia dalla Invernizzi, con un geniale colpo pubblicitario. E ricorda che mentre il bambino si attaccava a quelle poppe in polietilene, le trombe della Geloso collocate come bandiere sulla postazione alta del bagnino diffondevano le voci di Simon e Garfunkel che cantavano la più peccaminosa delle canzoni, *Mrs. Robinson*, la colonna sonora dei desideri onirici di tutti i ragazzi in età puberale del mondo.

I giovani partivano a frotte per andare alla radio. Le porte erano aperte e tutti potevano dire la loro in trasmissione. Si parlava del Vietnam e del servizio di leva, di Kennedy o Martin Luther King e della pillola, della minigonna e di Che Guevara, della legge sui manicomi e dell'attentato a Rudi Dutschke. Però anche della vittoria dell'Italia agli Europei di calcio e soprattutto di musica, quella italiana, certamente. Tuttavia in quelle settimane erano usciti album che avevano preso il cuore di tutti: *Super session* di Al Kooper, *Waiting for the sun* dei Doors, *In-a-gadda-da-vida* degli Iron Butterfly, *Wheels of fire* dei Cream. Ma questa era musica per il tramonto, per la notte.

Al mattino, quando la loro radio veniva amplificata in spiaggia, i ragazzi costruivano un sapiente mix tra temi impegnati e brani da estate fiduciosa. Molti Monkees, spesso Simon Says, Arthur Brown, Wilson Pickett, Creedence Clearwater Revival, *Good vibrations* dei Beach Boys. Piaceva, a Enrico e Laura, con la cuffia sulle orecchie e gli occhi sul mare, immaginare i ragazzi che, mossi da *I'm a believer*, entravano in acqua ballando. E i loro genitori che sulle sdraio, un bel panino con la mortadella in mano, intanto ascoltavano infinite discussioni sulla Primavera di Praga o sull'obbligo scolastico. L'importante, avevano imparato, è che tutto fosse breve e «caldo».

Perché la radio era un mezzo che consentiva profondità, ma, come nel mare che si distendeva davanti ai loro occhi, non si poteva stare sott'acqua troppo tempo. Bisognava risalire dalle parole alla musica e viceversa, con ritmi regolari e non dilatati. Il loro modello era *Per voi giovani* di Renzo Arbore, una trasmissione rivoluzionaria che alcuni di loro registravano ogni giorno con un magnetofono.

Però era così bello sentire quei ragazzi in costume da bagno, arrivati sull'isola chissà da dove, che per la prima volta riuscivano a far arrivare la loro voce e i loro pensieri a persone che non conoscevano. Erano dei fiumi in piena, scomposti, confusi, infantili o troppo superbi.

Ma era vita che sgorgava, speranze e sogni che prendevano il loro posto tra le cose possibili, dubbi e certezze egualmente inossidabili. Vita. Vita che entrava nelle case e usciva dalle finestre aperte dei ragazzi che la notte studiavano per gli esami di riparazione o che facevano l'amore o che leggevano Kerouac o Pavese. E si diffondeva per le strade di quella Rimini felice di essere Rimini, l'avamposto di un mondo aperto, culturalmente e linguisticamente, sessualmente ed economicamente, un mondo carico di buone sensazioni e di gente felice di essere viva. In quel tempo, in quel posto del mondo.

Quella città con gli occhi a pezzi, che solo venticinque anni prima, un soffio, aveva subìto 396 bombardamenti che avevano colpito 9431 edifici e aveva pianto 607 civili. Erano settantamila abitanti, prima che gli aerei e le navi cominciassero a bombardare. Ne sarebbero rimasti tremila, a riparare le case colpite e a cercare latte e zucchero. Gli altri erano sfollati nelle campagne dove, grazie a una straordinaria rete di solidarietà, una comunità aveva diviso il letto e il pane. Quello che c'era per uno poteva bastare per due.

Tutto fu distrutto.

I fedeli piansero la distruzione della chiesina del Paradiso, una meraviglia di architettura che sparì con il suo affresco dell'Arrigoni sul Giudizio Universale. Giudizio universale che per quella piccola struttura, sorta nel 1362 e forse prima, fu rappresentato dal furore iconoclasta di quegli oggetti ciechi, incolti e stupidi che sono le bombe.

Piansero i ballerini con il frac che, per generazioni, si erano sfidati nei magnifici saloni del Casino Civico di via Gambalunga. Era lì dal 1803 e nel 1859 qualcuno fece affiggere un manifesto che riportava uno stralcio del regolamento, del quale si era certi che «a niuno sarà discaro l'uniformarvisi per legge costante»: «Il solo impegno preventivo dà diritto ad un ballerino di ballare colla dama il ballo o i balli pei quali sarà stato accettato; ed è perciò proibito di costringerla, durante il ballo, ad accettare altro ballerino». Anche il tempio del valzer e del foxtrot fu distrutto, tre giorni dopo il Natale del 1943.

Pianse Federico Fellini a vedere colpito il suo Cinema Fulgor e a immaginare, tra le macerie di quella sala dove aveva sognato con Ronald Colman e Charlot, le caricature dei grandi attori che, diciassettenne, disegnava su incarico del gestore, uno che vedeva lungo.

Aveva pianto, Rimini, tanto. E ora aveva ragione di sorridere al nuovo mondo. Il passato era scuro e il presente aveva i colori del sole. Rimini aveva accolto come ospiti graditi i discendenti di chi l'aveva occupata e messa a ferro e fuoco. Ora i figli di chi era stato nemico e aveva sperato nella morte dell'altro si davano i baci dietro le cabine del bagno 16 o negli angoli della stessa piazza dove tre martiri avevano penzolato nel vuoto. Rimini, città capace di voltare pagina. Senza dimenticare e senza portare rancore verso chi non ha colpa. Rimini, città aperta.

E i ragazzi si erano detti che se c'era un posto al mondo in cui un'utopia come l'isola poteva nascere era quella città fatta di sofferenza, energia, fantasia e voglia di vivere.

Laura si schiarì la voce: «Oggi è Ferragosto. Auguri a tutti. A te che stai per mettere *Azzurro* nel jukebox, a te che versi lo zucchero nel primo caffè del mattino, a te che ti sei stufato di leggere Kant che tanto se non l'hai capito tutto l'anno non sarai certo folgorato con questo caldo e questo sole, a te che hai azzannato il ghiacciolo Arcobaleno e sei allo strato della fragola, a te che stai già preparando il pranzo per quando i tuoi figli torneranno dal mare, a te che stai aprendo la bottega ma forse ci ripenserai, a te che coltivi un rancore inutile, a te che conti le rose del tuo giardino, a te che guardi una foto di quando tua madre era bambina, a te che stai per calciare il pallone sapendo che non diventerai mai un famoso centravanti, a te che il cane ti porta a fare due passi, a te che stai incollando una foto di Virna Lisi sul muro e hai ragione a farlo, a te che ti diverti a suonare il clarinetto nella banda del paese, a te che sei contento di esserti svegliato anche stamattina, a te che continui a fare un solitario che ti riesce sempre, a te che parli con un tuo amico di quando litigavate, a te che stai sistemando il vestito bianco perché sposarsi a Ferragosto è raro e bello, a te che hai un'idea magnifica che gli altri non capiscono, a te che la mia boccia è più vicina della tua, a te che stai preparando uno striscione sul quale non sai cosa scrivere, a te che hai una corda rotta ma suona meglio, a te che hai visto Cristo per strada ma forse non è lui, a te che ti viene da piangere per quanto ti piace vivere, a te che danzi da sola immaginando lui che ti porta, a te che sai di aver sbagliato ma che non potresti vivere senza i tuoi errori, a te che ti sei svegliato col sorriso perché hai sognato di volare, a te che quello che c'è non ti basta, a te che guardi dalla finestra cercando lontano l'Isola delle Rose. Auguri a tutti voi che vedete e sentite quello che le vostre mani non toccano e i vostri occhi non raggiungono. C'è una frase di Borges, il grande poeta argentino, che dice: "Il mondo è un certo numero di tenere imprecisioni". Allora dedico queste parole, oggi, a un mio amico molto impreciso. E gli dedico anche una canzone che comincia con questi versi:

Seduto sotto la luce del mattino
Starò qui quando la sera arriverà
A guardare le navi entrare lentamente
E guardarle andare via di nuovo
Sono seduto sulla banchina della baia
A guardare la marea andarsene
Sono seduto sulla banchina della baia
Sprecando il mio tempo.

Anche lui è seduto sulla banchina a guardare le cose, fedele al suo posto nel mondo».

La voce calda di Otis Redding cominciò a cantare *Sittin' on the dock of the bay* e si sentì quella ragazza dire piano, dolcemente: «Ti voglio bene, Simone, non sai quanto».

Il giorno dopo, al mattino, Enrico iniziò le trasmissioni con un tono preoccupato.

«Buongiorno. Devo darvi una notizia per noi grave, anzi gravissima. La radio e l'isola possono chiudere. Questa mattina la polizia giudiziaria ci ha dato gli otto giorni. Dobbiamo interrompere le trasmissioni e smontare l'isola in un mese. A fine settembre tutto deve essere rimosso. Oggi è stata consegnata alla società una intimazione a sospendere le attività e a ripristinare lo statu quo ante entro quella data. Pena la distruzione e l'accollamento delle spese a noi con le conseguenze civili e temo penali del caso.

«A chi diamo fastidio? Temono che qui si faccia di tutto, dai casinò alle basi per lanciare missili. Che dietro di noi ci siano i cinesi, gli jugoslavi o gli albanesi. Invece siamo soli. E abbiamo costruito uno spazio dove siete già venuti a centinaia, ormai a migliaia. E tanti di voi hanno parlato ed espresso liberamente la loro opinione. Non testate nucleari, parole. Non roulette ma dibattiti. Non striptease ma brani musicali. Non droga o prostituzione ma tramonti ad ascoltare musica sul mare.

«A chi facciamo male? Siamo dei ragazzi che hanno voglia di lavorare e inventare, che amano la bellezza della creatività e della natura. Non siamo dei violenti, al contrario. Non cerchiamo petrolio da estrarre ma arte da far volare nell'aria. Avete sentito le lezioni di esperanto, che è la nostra lingua. Neanche quella però vogliamo imporre, questa radio è in italiano e l'esperanto è una forma di identità e di comunicazione aperta che deve nascere dal basso e servire a far comunicare i popoli, evitare conflitti, far circolare esperienze diverse e renderle comuni.

«Siamo dei sognatori? Può darsi. Ma un eccesso di realismo ha tolto all'umanità le utopie che l'hanno fatta crescere e l'ha costretta alla paura e alle avventure. Cristoforo Colombo non era un realista, come non lo era Galileo. Cercavano qualcosa che non c'era ancora, nella coscienza e nel sapere di tutti. Esploravano frontiere e si sottoponevano al fuoco dei venti. Nulla di paragonabile, ovviamente. Ma nella vita di ciascuno di noi in fondo è racchiusa una domanda: cosa vuoi sia il tuo tempo? Io voglio sia viaggio e fantasia, che poi sono la stessa cosa. Non voglio star fermo a contare giorni mesi e anni. Non voglio invecchiare bene. Voglio che la mia vita sia un campo di battaglia, che porti le cicatrici di mille sfide, e l'orgoglio di averle provate. Voglio che tutti i miei infiniti occhi abbiano visto quello che sono riusciti a cercare.

Voglio che non ci sia una musica o una parola che io abbia respinto come nemica. Voglio che le cose nuove non mi facciano paura, ma siano il mio Santo Graal. Voglio vivere, non passare il tempo.

«Per questo noi non molleremo, il nostro avvocato ha già fatto ricorso all'organo competente, il Consiglio di Stato, per bloccare il provvedimento. Vedremo, vi terremo informati. Intanto un po' di musica. *Hey Jude* dei Beatles.»

I quattro ragazzi di Liverpool non avevano ancora finito di cantare «Na na na nananana» che la notizia aveva già raggiunto ogni angolo della Riviera.

Il telefono del ragionier Guerrieri squillò più volte. Le telefonate che temeva.

«A questo punto, lei capisce, non possiamo rischiare. Se però ha altre iniziative in animo ce lo faccia sapere.» Tutte uguali, che bastardi.

Simone scagliò un barattolo di vernice verde contro il muro, che ora sembrava una tela di Jackson Pollock. I ragazzi bussarono alla sua porta. Giulio era una furia.

«Io ve l'avevo detto. La Repubblica, l'esperanto e poi la radio. Li abbiamo provocati. E ci hanno punito. Ora siamo nei guai.»

«Ma che cazzo dici» insorse Lorenzo. «Quelli avevano deciso di farci fuori dal primo momento. Ce l'hanno fatto capire e ce l'hanno detto esplicitamente. Ti ricordi quello che ci raccontò Alfonso? Vogliamo affrontare la verità? Noi un punto di debolezza lo abbiamo. Anzi due. Il primo: se lasciano fare a noi devono farlo anche con altri. E non si può riempire il mare di piattaforme. Il secondo: le tasse. Io questo lo sento come una colpa. Noi non paghiamo, gli altri sì.»

Giacomo intervenne pacato. «Il primo lo capisco. Il secondo no. Cosa vuoi che siano un po' di imposte su panini e aranciate, in Italia, poi? La verità è che noi abbiamo invece due punti di forza: se ci hanno fatto fare tutto fin qui è perché hanno accettato il nostro assunto, l'extraterritorialità. E il secondo è proprio il successo dell'isola, l'ascolto della radio. Giulio, stavolta non sono d'accordo, non abbiamo sbagliato a rilanciare. Non ci avrebbero fatto campare tranquilli. Comunque vediamo al Consiglio di Stato. È a metà settembre. Proviamo. Quello che è certo è che non smontiamo e non ce ne andiamo, dandogliela vinta. Siamo d'accordo?»

Nessuno si oppose. Ma nessuno gridò sì. Erano preoccupati, stanchi, intimoriti. Come se capissero che il Potere bussava alla loro porta un po' come il Lupo cattivo a quella della nonna di Cappuccetto Rosso.

Nei giorni successivi Rimini fu percorsa da mille voci di solidarietà nei confronti della radio e dell'isola. Appelli di cittadini, di commercianti, di associazioni e sindacati riempivano le redazioni dei giornali locali. L'emittente dava conto di tutto questo. Poi Praga fu invasa dai sovietici e la radio si schierò senza esitazione a favore di Dubček e degli studenti cechi. Furono trasmissioni appassionate e piene di partecipazione.

Su un'isola artificiale ragazze in bikini e ragazzi con i pantaloncini bagnati urlavano in un microfono cristalline ragioni di libertà. Ma la radio che trasmetteva le loro voci era destinata a sparire, come l'isola che li ospitava. Come se quell'estate del 1968 assomigliasse, per le cose grandi e quelle piccole, a una specie di autunno.

Aveva visto arrivare le nuvole. Erano blocchi di granito scuro, marmo grigio tenebra, non sembravano poter restare sospese in cielo. Eppure si muovevano, lente. Una minaccia che di lì a poco avrebbe scaricato la sua furia su quel mare ora piatto, pacifico e inconsapevole di ciò che stava per avvenire sopra la sua testa. Avrebbe aperto le cataratte sui pescatori che, calzato il cappello di tela cerata, stavano forzando i motori asmatici delle loro barche per sfuggire lesti alla furia degli eventi. E avrebbe riversato il suo fiume d'acqua sull'isola. L'unica cosa ferma, nel mare, con le sue lunghe gambe ben piantate nel fondo. La bandiera con le tre rose cominciò a sbattere forte contro il suo sostegno, con un rumore ripetitivo freddo e ostile, mentre le assi di legno della piattaforma cominciarono a scricchiolare.

Quella sera Laura ed Enrico avevano lasciato la conduzione della radio a Giulio. L'antenna era riparata ma nessuno aveva potuto garantire, al momento dell'installazione, che tutte le apparecchiature avrebbero resistito all'impatto con le scariche elettriche di un forte temporale. «In caso di fulmini e lampi, interrompere le trasmissioni» era scritto, come un ordine, su un foglietto attaccato con lo scotch sul muro. Alle nove, d'estate, di solito le conduzioni finivano e partivano per la notte nastri con musica che duravano fino alle otto del mattino, quando la voce di Laura o di Enrico dava il buongiorno alla Riviera che si svegliava e si preparava per il mare.

Ma quella sera, alle sette, si era già capito quello che sarebbe successo. Per questo Giulio aveva fatto rientrare a Rimini Alfonso e Luana. Aveva usato l'incontrovertibile argomento che con la tempesta alle porte nessuno si sarebbe fermato a prendere una bibita o una coppetta fragola e limone.

«Lo faccio io il turno di notte. Qualcuno stasera deve restare. Non preoccupatevi. Mi riparo nello studio se esagera» disse Giulio guardando qualcuno che poteva essere Dio o il blocco di granito scuro. Nella stanza che in quelle settimane aveva ospitato la radio c'era una brandina comoda e accogliente. Lì si erano consumati amori frettolosi e notti romantiche e amori romantici e notti frettolose. Lì Giulio aveva fatto l'amore con Elisa e con lei aveva vissuto lo splendore e lo smarrimento di vedere nascere l'alba sentendo solo il silenzio del mare.

Ma quella sera aveva voluto restare solo. Solo con i suoi pensieri e i suoi timori. Solo con le sue rabbie e le sue inquietudini. Elisa aveva una cena con le compagne di scuola e Giacomo stava preparando il ricorso. Agli altri il turno di notte sarebbe toccato nei giorni seguenti.

Si rese conto, mentre metteva sul piatto *She's leaving home* dei Beatles e accendeva, dicendo «Buonasera dall'Insulo de la Rozoj», la luce rossa dell'«In onda», che in realtà aveva voluto essere lì senza gli altri. Lo aveva voluto inconsapevolmente ma fortemente. E mentre Paul cantava

«Wednesday morning at five o'clock as the day begins silently closing her bedroom door», Giulio mise a fuoco la natura di quel bisogno assoluto. Voleva che fossero soli, l'isola e lui. Lui e la sua invenzione, la sua creazione, la sua magnifica idea, il suo sogno realizzato. Senza di lui nulla sarebbe esistito, né quei piloni né quell'acqua dolce che saliva dal profondo della terra né il legno sul quale in tanti avevano passeggiato meravigliandosi per quell'idea inedita e geniale. Era lui il padrone, il creatore, il signore unico di quell'universo quasi perfetto. Come gli sfrontati costruttori di Babele, anche lui aveva creato una terra dove si voleva parlare una sola lingua. In fondo anche lui, come loro, da quel lembo di terra inventata, che ora sembrava un'arca in un diluvio prossimo, stava dicendo: «Io sono Dio».

Fecero in tempo a scendere di corsa dalla barca e a salutare il marinaio Pietro che aveva fatto correre sull'acqua il suo gozzo come una lepre in fuga. Alfonso diede la mano a Luana per aiutarla a saltare sulla banchina. La pioggia si fece improvvisamente violenta, insopportabile. Si bagnarono dalla testa ai piedi, mentre correvano alla ricerca di un posto dove ripararsi da quella furia. Trovarono un locale di rimessaggio di barche che aveva una porta semichiusa. Con gesto sicuro, di cui fu molto orgoglioso, Alfonso diede una spallata alla porta che cedette e si aprì. La piccola sala era occupata dall'antenato di una barca, un sistema di pezzi di legno che dovevano essere stati riusati dai carri della Prima guerra mondiale. Si sedettero in un angolo. C'era una fievole luce che d'improvviso si oscurò. Tremavano per il freddo e i brividi erano dissimulati, in quel buio, da una risata quasi isterica, una cosa da bambini che avevano fatto una marachella.

Alfonso disse a se stesso che un rimpianto è peggio di una colpa, che non avrebbe più potuto guardarsi allo specchio se non lo avesse fatto, che era meglio un giorno da leoni, che si vive una volta sola… Insomma provò a baciarla. Tenne gli occhi chiusi, attendendo uno schiaffo, un urlo, un vuoto, una mano che lo respingesse. Invece sentì un caldo meraviglioso, un liquido dal sapore a lui sconosciuto, nettare puro. Sentì nella testa scendere un miliardo di monete, come avesse vinto alla più generosa delle slot machine, e un miliardo di palloncini colorati, di confetti prelibati. Luana si stava chiedendo cosa glielo avesse fatto fare. Era sorpresa di se stessa. Tutto, gli occhi e la ragione, le dicevano che era assurdo, inconcepibile. Ma faceva freddo e stava piovendo forte, quella sera a Rimini.

La voce di Giulio, dall'antenna di Radio Insulo de la Rozoj, annunciò *Se telefonando* di Mina. Laura stava guardando Simone lavorare. Gli aveva portato una torta alla crema e un caffè. Lui le aveva aperto la porta dello studio proprio mentre cominciavano a cadere le prime gocce. Lei le aveva schivate entrando in fretta. Simone, dopo la trasmissione di Ferragosto, le aveva telefonato per dirle che voleva parlarle. Si era preparato mentalmente un discorso perfetto, rispettoso dei sentimenti della ragazza e dei suoi convincimenti. Per non mortificarla non le avrebbe detto che lui amava disperatamente Elisa. Sarebbe stata la sua malattia, l'impossibilità di una vita normale – non poteva garantirle neanche una cena al ristorante, una vacanza, un cinema affollato – a spingerlo a dirle quello che con dolore le avrebbe sussurrato.

«Anch'io ti voglio bene. Davvero tanto bene. Ma avrei

preferito che tu non lo avessi detto. Preferirei che tu non mi amassi. Non lo merito e posso solo farti male.»

Ecco, era questa la frase che si era preparata. Gli sembrava funzionasse. Lui le voleva bene davvero e, in fondo, era la prima volta che riceveva una dichiarazione d'amore così semplice, chiara, diretta.

Ma non disse nulla, non ce la faceva. Aveva paura di farle male. Mangiò la torta, versò il caffè a Laura che si era seduta sulla solita sedia e si rimise a disegnare. Lei pensò che doveva aspettare, non doveva incalzare, non doveva forzare. Simone era la fragilità che le era piaciuta. Con lui anche un minimo rumore diventava un terremoto. Sorseggiò il caffè, lo guardò disegnare figure che non distingueva e attese. Simone non sapeva cosa fare. Era stato lui a proporle di vedersi lì, per parlare. Ma non ce la faceva. Ora persino Laura gli sembrava una folla da cui fuggire. Poi ci fu un lampo e un black out. Restarono al buio. Dalla radio a transistor, che superava di poco il volume della pioggia battente, si sentì la voce di Mina:

Se telefonando
io potessi dirti addio
ti chiamerei.

Quella canzone stava dicendo quello che Simone le avrebbe voluto dire. Erano al buio, la stanza era illuminata solo dalla luce fioca del transistor. Lui ne approfittò, era il momento: «Senti Laura...»

«Stai zitto, ora» gli sussurrò lei mentre prendeva il suo viso tra le mani e lo baciava sulle labbra e agli angoli della bocca, con una tenerezza che Simone non aveva nel repertorio delle sue conoscenze.

Sulla finestra della stanza da letto di Lorenzo, una piccola mansarda di fronte al mare, la pioggia cominciò prima a picchiettare, poi a infliggere colpi regolari e violenti. Il vetro sembrava sostenere a fatica il peso di quel martirio che durava da decine di minuti. Era un rumore inquietante, qualcuno che bussa con maniacale ripetitività. E il vento che ora si era alzato furioso sembrava portare un urlo disperato da lontano, come se il mare fosse ferito a morte e gridasse il suo dolore. Lorenzo cercò l'interruttore dell'abat-jour e lo premette. Non successe nulla. Per far luce accese la radio portatile proprio in tempo per sentire la voce di Giulio che diceva: «In questa serata da lupi non smettete di combattere. Domani ci sarà il sole. Così funziona. E ora io concludo con una canzone che a me trasmette insieme energia e disperazione. Scegliete voi». Lorenzo spense la radio e riuscì a spostare la tendina della finestra senza alzarsi dal letto, solo sporgendosi un po'.

«Torna qui, stringimi, ho freddo» gli sussurrò Elisa.

Giulio fa partire *Jumpin' Jack flash* dei Rolling Stones. Toglie la cuffia, spegne il microfono. Prende un sorso di Coca-Cola e resta così, in silenzio, con gli occhi chiusi. Ora è una vera burrasca. Tutte le strutture dell'isola oscillano scosse dal vento violento, la pioggia cade come scagliata dall'alto con rabbia. I tuoni e i fulmini esplodono a intervalli regolari. Giulio collega la radio all'amplificazione esterna, solo il colpo di una levetta, ed esce dallo studio. Ora è in piedi in mezzo alla piattaforma, sotto l'uragano. Ha messo il volume al massimo, come facevano per certe feste, e così, in quell'iradiddio, si sente la voce di Mick Jagger che contrasta la furia della natura.

E Giulio comincia a ballare, una danza scomposta e violenta, senza alcuna sincronia con la musica. Una danza in quell'inferno d'acqua, di vento, di lampi, di suoni. È un uomo solo, che balla nel diluvio universale. *Jumpin' Jack flash* è disperazione, stasera. Solo disperazione.

Il giorno dell'udienza al Consiglio di Stato i ragazzi trovarono sul «Carlino» un articolo che non si aspettavano. Uno dei più autorevoli collaboratori del giornale aveva firmato, con le iniziali del suo nome e cognome, un commento coraggioso.

«L'affare "Insulo de la Rozoj" è stato il più grande colpo pubblicitario che abbia mai fatto Rimini. All'Azienda di soggiorno si possono contare a chilogrammi gli articoli, provenienti da tutte le parti del mondo, sullo "Stato pirata" sorto al largo della costa riminese. Perché buttare via tutto questo? Quando mai le circostanze concorreranno con tanta perfetta e felice scelta di tempi e di situazioni? Noi pensiamo che i nostri enti turistici e tutta la nostra città non dovranno lasciare cadere un'occasione tanto unica e preziosa. L'Azienda di soggiorno, soprattutto, non deve permettere che venga demolito il manufatto divenuto ormai parte integrante del lancio pubblicitario e turistico di Rimini.»

Quando Celletti aveva passato il pezzo e lo aveva messo in pagina, un taglio centrale con il titolo «L'Isola delle Rose può ancora essere utile», sapeva di aver firmato la propria condanna. Glielo aveva proposto il decano dei commentatori e lui non poteva dire no. E non voleva dire no. L'allontanamento della Spelta gli era già costato molto e non aveva alcuna intenzione di perdere anche una firma autorevole del giornale.

Quando il «Carlino» arrivò in edicola molti colleghi passarono davanti all'ufficio del loro capo con la stessa espressione da «Morituri te salutant» che avevano letto dal mattino sul volto di Celletti. Che fingeva indifferenza, divorando sigarette e tenendo costantemente d'occhio il telefono grigio. Le ore passavano, ma da Bologna nessuna nuova. Dopo la riunione del mattino chiese a un suo amico che lavorava alla redazione centrale se il direttore si era imbufalito.

«Macché. Ha guardato il titolo. Ha detto che sei il solito cocciuto. Ha avvertito la segretaria di dire, se chiamava la proprietà, che lui era fuori per una cerimonia. Tutto qui.»

A tarda sera Celletti fu informato che il direttore si era premurato di conoscere il grado di arrabbiatura della famiglia Monti per l'articolo sull'isola. Un dirigente delle relazioni pubbliche del gruppo, che era anche un suo amico, lo aveva rassicurato; come unica reazione il cavaliere aveva passato in segreteria un biglietto: «Se chiama il ministro Preti dite che sono all'estero». Con un tratto aveva poi cancellato la parola «ministro» sostituendola con «onorevole».

Giacomo entrò con un suo collega, specializzato in diritto della navigazione, nella solenne aula della VI sezione del Consiglio di Stato. Il presidente, dal non rassicurante cognome di Uccellatore, e altri cinque togati erano pronti ad ascoltarli. Faceva caldo e nonostante le finestre aperte e le persiane accostate l'aria di quella mattina era davvero afosa. I magistrati sudavano, uno si detergeva costantemente il viso con un fazzoletto a scacchi, un altro si passava il dito nel giro del colletto troppo stretto, un terzo si versava compulsivamente acqua nel bicchiere.

Giacomo e il suo collega esposero con rispettosa fermezza i punti del loro ricorso contro l'intimazione della Capitaneria a demolire l'isola: 1) La zona di mare su cui sorge l'isola è fuori dalla sovranità dello Stato italiano; 2) Nessuna violazione di leggi di Polizia doganale fiscale, sanitaria, o di immigrazione è mai stata perpetrata e tanto meno contestata. A tale proposito si osserva che nella Convenzione di Ginevra non è fatta alcuna menzione in merito a controlli su costruzioni o altro; 3) La porzione di alto mare su cui sorge l'"Isola delle Rose" è passata da *res nullius* a proprietà ben definita in quanto il titolo più valido è riconosciuto dalla sua costruzione (vedasi art. 92 del Codice Civile); 4) Nessun equilibrio nell'ambito della Comunità Internazionale viene violato dall'Isola delle Rose, metri 20 x 20, e d'altra parte di questo equilibrio non si fa menzione nella Convenzione sull'alto mare di Ginevra; 5) La trivellazione del sottosuolo marino e il rinvenimento di una polla d'acqua dolce non confortano la legittimità del provvedimento così come nessuna violazione di esclusiva delle ricerche riservate all'Eni ricorre di fatto e può ricorrere di diritto nel caso di specie. Ad ogni buon fine, laddove si volesse sostenere che la falda di acqua dolce potrebbe pregiudicare gli interessi dell'Eni, tutt'al più l'ingiunzione potrà essere limitata al divieto di trivellazione per la ricerca dell'acqua, ma non potrà in alcun modo riguardare la piattaforma; 6) L'ingombro dell'isolotto artificiale è inferiore a quello di una qualsiasi nave, anche di modesto tonnellaggio, che potrebbe essere ancorata in mare libero alla stessa distanza dalla costa; d'altra parte, seguendo le precise istruzioni degli organi competenti, l'isolotto è stato dotato di apposite segnalazioni acustiche e luminose.

Parlarono a lungo ma non troppo. Non volevano che il caldo e l'ora disponessero malamente la Corte nel caso di uno sproloquio. Rispose l'Avvocatura dello Stato. L'avvocato era un tipo segaligno, con un'alluvione di forfora sulla toga nera e due occhiali spessi come fondi di bottiglia.

Sostenne la legittimità dell'atto con quattro argomenti: 1) L'Amministrazione ha ritenuto la costruzione e l'esistenza del manufatto in contrasto con i principi che regolano la libertà dell'alto mare, di cui alla Convenzione di Ginevra, «perché vengono sottratti in via permanente una porzione di mare libero agli usi comuni del mare»; 2) L'Amministrazione ha ritenuto la costruzione e l'esistenza del manufatto in contrasto con i poteri spettanti allo Stato di esplorare la piattaforma continentale e di sfruttarne le risorse naturali in quanto, avendo la legge stessa riconosciuto allo Stato il diritto esclusivo di esplorazione e sfruttamento di detta piattaforma, sono da considerare «illegittime tutte quelle iniziative realizzate sulla piattaforma senza autorizzazione dell'Amministrazione competente, le quali, per le loro caratteristiche tecniche, per il loro carattere permanente e per gli sviluppi di cui sono suscettibili, rappresentino un materiale impedimento alle attività previste dall'articolo 2 della legge 613 del 1967»; e nella specie l'Amministrazione ha anche rilevato che la costruzione de qua «è servita di base per l'esplorazione del sottosuolo marino per la ricerca di acqua dolce e per l'utilizzazione di tale risorsa in contrasto con l'articolo 2 della predetta legge; 3) Si è riconosciuto contrasto tra la costruzione e l'esistenza del manufatto e l'art. 2 della legge 19 febbraio 1956 che riconosce all'Ente Nazionale Idrocarburi l'esclusiva della ricerca e coltivazione di giacimenti di idrocarburi nella zona di mare interessata e ciò per il pregiudizio che deriva ai poteri riservati al predetto Ente; 4) La costruzione è installata in un'area cosiddetta «Zona contigua», cioè il tratto di mare adiacente al mare territoriale, e costituisce parte dello spazio delle acque denominato «Alto mare». L'alto mare costituisce *res communis* e non *res nullius* e su di esso i singoli Stati assumono impegni concreti di diritto internazionale, ciascuno nella sfera di rispettiva competenza, affinché i propri cittadini o persone giuridiche nazionali non svolgano sul mare libero attività suscettibili, in misura più o meno intensa, ovvero anche solo in modo potenziale, di impedire od ostacolare il libero esercizio di utilizzazione spettanti agli altri Stati.

Il segaligno era esausto. Aveva esposto le sue tesi con voce monocorde e linguaggio ottocentesco. Giacomo si era convinto, ascoltando il rappresentante dell'Avvocatura, che l'improvviso attivismo dello Stato non fosse determinato né dalla Costituzione della libera comunità né dai francobolli né dalla radio né dall'esperanto.

Eni, petrolio, trivellazioni. Il segaligno aveva nella carpetta un robusto dossier intestato dell'azienda petrolifera pubblica. E gran parte delle sue motivazioni sembravano risalire a quella fonte. Evidentemente inabissando quei piloni i ragazzi avevano pestato i piedi a qualcuno. Anzi, le zampe. Sei, per la precisione. E il cane aveva fatto fuoco dalla bocca. Un fuoco potente.

Fu Giacomo a chiamare il numero dello studio di Simone. L'ordinanza che definiva il giudizio del Consiglio di Stato su una sospensiva veniva pubblicata il giorno dopo l'udienza. I ragazzi erano tutti riuniti lì per aspettare. Salvo Enrico, che era alla radio, e Luana, che serviva tramezzini ai visitatori, sempre più numerosi, nonostante fosse settembre inoltrato.

Fu proprio Simone a rispondere. Attorno a lui tutti fecero improvvisamente silenzio e lo guardavano. Abbassò il telefono, non disse nulla. Prese il barattolo della vernice blu e lo tirò sullo stesso muro dove già campeggiava la macchia verde.

Enrico abbassò il volume della musica, fino a sfumarlo del tutto.

«Abbiamo perso. Il Consiglio di Stato ha respinto il nostro ricorso. Il nostro destino è segnato. D'ora in poi, in qualsiasi momento, possono intervenire per spegnere la radio, per cacciarci e per distruggere l'isola. Alla politica non importa nulla del nostro destino, perché siamo persone libere, non abbiamo chiesto né autorizzazioni né protezioni. L'Eni si è agitata e anzi fin qui nessuno si è fatto male. A Enrico Mattei è andata molto peggio, a Bascapè. Ci sono dei santuari che è meglio non sfiorare. Sono suscettibili. Molto suscettibili. Noi abbiamo le rose, l'acqua, i tramonti, la musica, le parole. Loro hanno i soldi e il potere di condizionare il potere. Chi volete che vinca? Ora, se vi va, non lasciateci soli.»

Non li lasciarono soli. In città comparvero anche degli striscioni in difesa dell'Insulo de la Rozoj e ormai, quasi per riflesso naturale, i ragazzi che non riuscivano ad andare con la barca fino al chilometro undici del mare si riunivano al tramonto sulla spiaggia col transistor per discutere dei temi che la radio affrontava, per ascoltare la loro musica, per testimoniare solidarietà all'isola e ai suoi creatori.

Simone era precipitato nella disperazione totale. Laura, al mattino, lo trovava sempre più scarmigliato, trasandato e faceva fatica a convincerlo della necessità di aprire le finestre e fare entrare luce e aria. Per lui la notizia dell'imminente distruzione dell'isola era stata come un colpo di mannaia. Pur non avendola mai vista, se non con il cannocchiale, lui la «sapeva», ne conosceva la struttura, gli angoli. Perché li aveva disegnati e perché i suoi amici glieli raccontavano e così diventavano materia, realtà. A quella balaustra sconosciuta lui si era affacciato mille volte. Mille volte, alzando lo sguardo dai fogli, gli era sembrato di sentire l'odore del mare e, la sera, di vedere il plancton che faceva luce. Quando il giorno finiva lui lanciava un ultimo sguardo alla sua isola, come se davvero potesse vederla a occhio nudo dalla banchina. Le dava la buonanotte, come si fa con la persona che ti si addormenta vicino. Con la stessa totale sicurezza di darle il buongiorno dopo poche ore. L'isola era il suo balcone, il suo osservatorio astronomico, la sua esperienza di vita comune. Per questo non poteva pensare alla sua distruzione. Come se dei feroci torturatori chiudessero anche l'ultimo spiraglio di luce della sua cella.

«Quando ho finito di parlare mi dia uno schiaffo.»

«Prego?» rispose sorpresa e infastidita Laura allo sconosciuto che l'aveva attesa all'altezza del faro, quando lei era uscita dallo studio di Simone per comprargli qualcosa da mangiare. Era un fine settembre docile, tiepido.

Faceva chiaro fino a tardi e, nella luce rossa del tramonto, le era apparso davanti un uomo con la barba lunga. Un bel tipo, con occhi azzurri che trasmettevano profondità e serenità. Tanto che, d'istinto, Laura percepì di non avere nulla da temere.

«Devono credere che io le parli perché ci sto provando con lei. È probabile che qui intorno ora non ci sia nessuno, ma non ne sono sicuro. Loro vi controllano, seguono i vostri movimenti e riferiscono. Hanno stabilito il momento in cui distruggeranno l'isola, è dopodomani verso sera. L'ho saputo, non mi chieda come. Vecchie amicizie. Volevo dirvelo. Mi siete simpatici. Avrei voluto essere come voi, nella vita.»

Laura trasalì. Quella parola, distruzione, smetteva di essere una minaccia e diventava improvvisamente una realtà. Due giorni, nulla, e il loro sogno sarebbe stato cancellato per sempre. Non un rischio, una scadenza. La differenza tra il momento della diagnosi sfavorevole e quello della morte.

«Grazie...» balbettò la ragazza. E si guardò intorno per vedere se c'era qualcuno. «Che possiamo fare?»

«Vuole la verità? Niente. È dal primo momento, da quando l'avete pensata, che ve l'hanno giurata. Avete pestato un millepiedi, ragazzi. Buona fortuna.»

Laura non lo schiaffeggiò. Gli chiese: «Lei chi è? Se posso...».

«Non può. Dica a Lorenzo Guerrieri che gli mando saluti dalla Sardegna. Da Arbatax.»

«Ci siamo. Forse è arrivato il giorno che temevamo. Circolano voci che oggi pomeriggio arriveranno le forze dell'ordine per dare attuazione alla sentenza del Consiglio di Stato, dunque procedere alla demolizione di tutto quello che abbiamo costruito con fatica. L'isola è un miracolo realizzato, un sogno trasformatosi in legno e acciaio. La radio è un vento nuovo che entra nelle vostre case. Parole e note che altrove non sentite. Non facciamo male a nessuno. Non togliamo, diamo. L'isola fa più ricca, lo ha scritto il "Carlino", tutta Rimini. Non abbiamo appartenenze politiche, non siamo espressione di multinazionali o di poteri economici. Non vogliamo cercare oro nero. Vogliamo solo immaginare che si possa vivere in una comunità libera, in cui ciascuno si trova per la propria autodeterminazione. In cui l'obiettivo, o meglio il senso della vita, non sia il profitto ma la bellezza del tempo che scorre, la qualità delle relazioni tra le persone.

Sappiamo bene, non siamo degli ingenui, che questo non è un modello sociale, che non avrebbe senso proporlo per tutta la società. Ma abbiamo il diritto di vivere come abbiamo scelto, se questa nostra libertà non confisca quella di nessun altro? Abbiamo il diritto di vedere vivere un'idea, se questa idea è valida e agli altri appare un'opportunità?

Chi viene in queste ore sull'isola ci racconta che in tutta la Riviera c'è grande dispiacere per quello che sta avvenendo. Enrico oggi ha portato documenti di scuole, di albergatori, di singole persone che chiedono il diritto di venire qui, quando vogliono e possono, ad ascoltare la musica, a guardare il tramonto, a usare il loro coltellino per staccare le cozze dai piloni. Insomma, lo considerano un pezzo della loro madre terra, in mezzo al mare. E i ragazzi che fanno i compiti sentendo la nostra musica e gli anziani che si appassionano ai nostri dibattiti ci mandano a dire "non smettete". Almeno da qui sembra così.

Ma noi siamo in mezzo al mare, lontani da tutto. L'unico rumore che sentiamo è quello delle onde che si infrangono contro i piloni. Il respiro del mare ci trasmette l'umore della natura. Oggi l'Adriatico è una tavola, ma noi siamo angosciati e arrabbiati e tristi e sgomenti. Siamo sconfitti, come capita spesso a chi prova a fare qualcosa di nuovo, a chi va oltre i porti conosciuti, a chi rischia e non si accontenta di quello che c'è. Poi il tempo rende giustizia. Vedrete che un giorno ci saranno anche in Italia tante radio e forse tante televisioni. Tante isole non credo. Forse questo sogno finisce domani.

«In esperanto, la nostra lingua, si dice "Mi ne havas tempon", "Non ho tempo". È quello che diceva il matematico francese Évariste Galois. Era un genio, fu uno degli inventori della matematica moderna e dell'algebra astratta. Era un repubblicano convinto, nel 1831 brindò al re con il coltello tra le mani. Fu arrestato e processato per questo. Continuò in modo febbrile i suoi studi. Poi, in circostanze ancora misteriose o forse legate a storie di donne, fu coinvolto in un duello. Il cui esito doveva conoscere. La notte prima lasciò varie lettere ai patrioti repubblicani e il testo incompiuto dei suoi ultimi studi. Sul margine dei fogli pieni di complicate operazioni era scritta, come in un delirio ossessivo, proprio quella frase, "Non ho tempo". Morì all'alba del 30 maggio del 1832. Aveva ventuno anni, neanche compiuti. Un genio bambino, un morto bambino. Però di lui, come vedete, parliamo ancora, più di un secolo dopo quel duello assurdo. Perché non è passato sulla terra come un granello di sabbia, ma come una roccia. Di noi, di questi mesi, si racconterà a lungo. Credo, spero. Perché siamo stati, mi auguro, come una pietra che rotola. *Like a rolling stone*, che ora ascoltiamo.»

Laura riprese, alla fine della musica.

«Mentre parlo con voi sto guardando il mare e sento sulla pelle la meraviglia di quest'aria fresca e non fredda e vedo lo splendore di questa luce che si rifrange sull'acqua. Sarei la persona più felice del mondo se non sentissi che tutto sta per finire. Se non scrutassi l'orizzonte con la paura di vedere arrivare una marea grigia che vuole cancellare i nostri colori. Se non pensassi che da domani qui può esserci morte e non vita, che questo lembo di creato cesserà di essere speciale e tornerà anonimo, un fazzoletto di mare come gli altri. Penso che quest'acqua e questi pesci sono stati contenti di essere unici, di essere cercati, considerati, amati. Che si saranno divertiti sentendo questa musica e le nostre parole. Se facevano luce, la notte, era per raccontarci la loro felicità. Solo a noi, come l'inchino di un gentiluomo. Noi abbiamo amato questi quattrocento metri quadri, questo legno, queste scalette. Ora siamo tutti qui. Aspettiamo che la nostra creatura sia straziata, come i genitori di Évariste Galois, se avessero saputo del duello. I suoi avversari erano dei maestri con le armi. Lui sapeva solo sognare numeri e inventare spiegazioni. Lui aveva confidenza con la penna, gli altri con la spada e la pistola. Doveva soccombere. Ma dei suoi assassini non c'è memoria. "Mi ne havas tempon."

«Qui la bandiera con le tre rose continua a sventolare, i ragazzi sono tutti a bordo, il bar è aperto e sono rimaste in vendita le ultime copie dei fogli con i francobolli. Chi li ha comprati avrà fatto un affare. Rischiano di diventare come il Gronchi Rosa.

«Noi siamo qui, immersi nel silenzio e nella solitudine del grande mare. Ora i ragazzi si affollano tutti nello studio, vicino a me. Penso sentiate questo allegro trambusto. Ci tolgono il pane, ma le rose non possono strapparcele. Almeno dal nostro cuore. Ora immaginate che tutti qui stiamo facendo la stessa cosa: vi pensiamo, vi ringraziamo e vi salutiamo. Eric Burdon, *San Franciscan nights*.

Quando si spense la luce rossa e partì la musica, non c'era nessun trambusto e nessuna allegria. Avevano finto, senza rendersene conto. Laura aveva scagliato via il microfono ed era corsa a sedersi fuori, con le gambe a penzoloni nel vuoto. Piangeva. Come Elisa, abbracciata a Giulio. E Luana, che riempiva di lacrime i bicchieri di aperitivo che stava preparando, mentre Alfonso era incerto se prenderle la mano. Lorenzo strappava compulsivamente dei fogli di carta, le copie della sentenza. Ne faceva pezzetti piccolissimi che poi gettava in mare, neanche fossero cibo per i pesci. Giacomo guardava lontano, appoggiato alla balaustra, come se cercasse di capire se c'erano movimenti, se gli invasori si avvicinassero. Scatta, anche per nascondersi, aveva preso il cannocchiale, che ora aveva il mirino bagnato di lacrime. Cercava sulla banchina Simone, che non c'era. E allora usò la grande lente del telescopio per esplorare la sua Rimini, per capire se il loro dolore esisteva anche lì dove la terra era ferma e le persone andavano veloci. Se non erano davvero soli, non i profeti di una frontiera conquistata ma i prigionieri di un sogno sbagliato.

Passarono ore. Enrico alla radio dava notizie sulla rivolta degli studenti in Messico, nell'imminenza delle Olimpiadi.

«Vi ricordate la canzone con cui iniziarono le trasmissioni di questa radio? Ve la faccio riascoltare. Prestate attenzione alle parole:

Alla stazione c'erano tutti
dal commissario al sagrestano
alla stazione c'erano tutti
con gli occhi rossi e il cappello in mano,

a salutare chi per un poco
senza pretese, senza pretese,
a salutare chi per un poco
portò l'amore nel paese.

C'era un cartello giallo
con una scritta nera
diceva «Addio Bocca di Rosa
con te se ne parte la primavera».

«Noi non abbiamo dato amore facile a chi non l'ha. Abbiamo cercato di dare ragioni per dubitare, musica per fantasticare, il coraggio di sognare quello che non c'è. Senza pretese, senza pretese, credo abbiamo portato un po' d'amore nel paese.»

Erano le quattro, ormai. Se la segnalazione proveniente da Arbatax era veritiera, il mare avrebbe presto dovuto cominciare a farsi grigio, grigio di divise e di burocrazia. Infatti Giacomo vide muoversi qualcosa all'orizzonte e avvertì gli altri con un gesto imperioso. Ma senza urlare, come se gli altri, così lontani, avessero potuto sentirlo. Tutti accorsero alla balaustra e, in effetti, c'era un brulichio lontano. Dovevano essere decine di barche, uno spiegamento di forze imponente, esagerato, sproporzionato. Sembravano arrivare da tutte le parti. Come volessero accerchiare l'isola e stringerla d'assedio. I ragazzi si sentirono a Little Big Horn.

Scatta impugnò il telescopio e sobbalzò.

«No, guardate. È incredibile.»

Non c'era bisogno del telescopio, ora tutti vedevano a occhio nudo l'unica cosa percepibile, a tanta distanza. Uno striscione giallo, con una scritta nera: «Addio Isola delle Rose, con te se ne parte la primavera». Si avvicinava una macchia umana colorata e disordinata. Non la plumbea compostezza di un plotone della Celere per mare, ma una valanga di gozzi, barchette a motore, piccoli motoscafi che spuntavano da ogni lato. Saranno stati centinaia. E migliaia le persone a bordo.

«Guardate, ci sono Nino, Sandra e Marcello su quella barca» urlò sorpreso e felice Lorenzo.

I ragazzi erano presi da una frenesia incontrollabile, correvano da ogni lato della piattaforma. E ciascuno indicava le persone che conosceva. Giacomo vide Wolfgang che fece, solenne, il saluto militare portando la mano alla tempia. Laura scorse persino Celletti che le disse da lontano, con il movimento delle labbra e un sorriso ammiccante: «Solo dovere professionale».

Elisa indicò col braccio tremante, senza una parola, una piccola imbarcazione che ora era a cinquanta metri dalle scalette. In piedi, vicino all'uomo che teneva il timone, c'era una persona intabarrata in un cappotto di cammello e con il volto semicoperto da una sciarpa rossa.

Elisa ora si era lasciata andare ed era scivolata, tra le lacrime, a terra. Nessuno degli altri pronunciò le parole che affiorarono in contemporanea nella mente di tutti: «È Simone».

Si capiva che stava soffrendo, aveva lo sguardo di un animale in fuga. Lorenzo gli sorrise e pensò alle mille forze lo avevano spinto fin lì: l'amore per Elisa e forse quello per Laura, l'amicizia per loro, il desiderio di vedere l'isola per la prima e ultima volta, prima che sparisse agli occhi del mondo. Giulio scese alla scaletta e lo accompagnò sulla piattaforma. Tremava e aveva gli occhi assenti. Ma era lì.

Furono le ore più belle che l'isola avesse vissuto. Furono le ore più belle che i ragazzi avessero vissuto. A gruppi tutti furono fatti salire. Celletti annotò che erano vestiti di mille colori, che parlavano tra loro con rabbia e allegria, che ballavano molto bene e che la Coca-Cola era la bevanda più popolare, nonostante Lyndon Johnson.

Al tramonto, una dissolvenza senza colori epici, i ragazzi ritornarono sulle barche che fecero una fila e puntarono la prua sulla costa. C'era qualcosa di struggente, anzi di disperato, in quella colonna di formichine che, come avessero il capo abbassato, si dirigevano verso casa. Non c'era più nulla dei colori, dell'energia con le quali erano arrivate, le barche e le persone. Era tutto rimasto sull'isola, che quella sera non avrebbe avuto bisogno del plancton per illuminare se stessa. Simone era rientrato con gli altri. Ma era stato l'ultimo a smettere di guardare l'isola. Il buio lo aveva inghiottito mentre salutava, con un cenno della mano, i ragazzi rimasti, tutti, sulla piattaforma.

Lorenzo si era chiesto se l'uomo che gli mandava i saluti da Arbatax lo avesse ingannato. Se fosse stato un depistaggio o se la polizia, visto il movimento di imbarcazioni, avesse rinunciato per evitare problemi.

«Se non è stato oggi sarà domani» sentenziò sconsolato Giacomo.

Quella notte dormirono lì, con i sacchi a pelo. Erano rimasti anche Nino, Marcello e Sandra. Qualcuno nello studio della radio, qualcuno nel locale del bar, qualcuno all'aperto.

Al mattino Enrico sloggiò i più pigri e accese la sua radio per capire se c'erano novità da riferire agli ascoltatori che alle otto avrebbero sentito la sua voce per il buongiorno di quel giovedì 3 ottobre 1968. Alle sette il giornale radio della Rai informava, con la consueta prudenza, che nella notte italiana, corrispondente al pomeriggio messicano, c'era stato un massacro nella Piazza delle Tre Culture di Città del Messico. Gli studenti uccisi erano forse centinaia. Una cronaca dell'inviato sul luogo forzava i limiti dell'informazione che era stata data dallo studio nel tentativo di sposare acriticamente la tesi del governo: «Forse tutto è nato da un colpo di pistola sparato dai manifestanti».

Una voce concitata ora raccontava quella che ai ragazzi, richiamati all'ascolto da Enrico, apparve subito come la verità.

«Erano più di diecimila e uno dei loro leader ha cominciato a parlare. Erano tutti con lo sguardo verso il terrazzo al terzo piano di un edificio, dove un ragazzo con i capelli lunghi, Socrates, ha detto che non sarebbero andati a manifestare davanti al Politecnico come avevano previsto perché l'esercito li aspettava con i bazooka. E che dopo i discorsi avrebbero dovuto defluire tranquillamente e ritornare alle proprie case. Ma a un certo punto gli elicotteri dell'esercito hanno cominciato a volare sempre più bassi al di sopra della piazza. Tracciavano cerchi concentrici e poi hanno sparato dei bengala verdi. Da quel momento è stato l'inferno. I quattro angoli della piazza sono stati chiusi da autoblindo e carri armati e i soldati hanno cominciato a sparare ad altezza d'uomo. Gli studenti cadevano sotto i colpi, mentre scappavano. C'erano persone messe al muro con le braccia alzate sotto la pioggia, le ho viste con i miei occhi, e colpi che provenivano da mitragliatrici. I soldati erano in borghese e si riconoscevano tra loro per un fazzoletto bianco che portavano alla mano. La nostra collega Oriana Fallaci è stata ferita e ha evitato la morte per poco. Il sangue riempiva la piazza. È stato un massacro. È mio dovere di cronista riferirlo. Proprio in questa piazza, che allora si chiamava

Tlatelolco, nel 1521 gli spagnoli sterminarono decine di migliaia di Aztechi e compirono la fine di quella civiltà. È un luogo di sangue, di libertà, di dolore. Ora le Olimpiadi non saranno più le stesse. Sono sporche del sangue di innocenti.»

I ragazzi avevano ascoltato in silenzio. Luana aveva preparato il caffè e Alfonso stava ripiegando i sacchi a pelo. Enrico avrebbe iniziato alle otto. Prese degli appunti. Su un foglio aveva scritto una frase di Emiliano Zapata che gli era tornata alla memoria: «Io non vedrò mai il frutto dell'albero che abbiamo piantato. Ma voi lo vedrete, amici!».

Alle sette e mezzo il sole era alto da più di un'ora. Ma l'orizzonte si fece scuro. Fu Scatta il primo ad accorgersene.

«Guardate, arrivano.»

Sembrava la replica, in bianco e nero, della scena del giorno prima. Erano decine di barche, ma questa volta tutte dello stesso colore. Si avvicinavano velocemente e ora i ragazzi potevano vedere distintamente un nugolo di uomini che stava in piedi nelle vedette. Enrico accese la radio, pochi istanti prima che l'imbarcazione della polizia toccasse le scalette.

«Sono arrivati. Sono tanti e persino armati. Sarà la prima guerra che l'Italia vince da molto tempo. Siamo una libera comunità e veniamo occupati. Guerra in tempo di pace. Che assurdità. Però siamo esistiti. Abbiamo perso ma ci abbiamo provato. L'Isola delle Rose finisce ma non muore. Grazie del vostro affetto.»

Non ci furono parole. Lorenzo salì sul piccolo pennone e tolse la bandiera. Allo sguardo beffardo di Balestrini che appoggiava i guanti bianchi al bordo della balaustra i ragazzi volsero le spalle. Si sarebbero visti ancora in tribunale, anche per il calcolo dei danni. Il capo di prima classe ascoltò austero la lettura del dispositivo in base al quale si sarebbe proceduto, seduta stante, alla distruzione dell'isola in osservanza alla decisione della Capitaneria confermata dalla sentenza del Consiglio di Stato. Balestrini immaginò che presto sarebbe diventato primo maresciallo e fece segno ai militari del Genio che cominciarono a lavorare.

«Voi non lo sapete, ma abbiamo fatto molti sopralluoghi, in questi mesi. Non ve ne siete accorti perché scivoliamo via senza farci vedere» sogghignò Balestrini.

«Come le bisce o una brutta malattia» rispose Giulio.

«Come quello che vi pare. Però ora bravi bravi salite sulla vostra bella scialuppa dopo aver declinato le generalità e vi togliete di mezzo. Altrimenti il passaggio dai grandi spazi a tre metri per quattro sarà un soffio. Voi avete perso, noi abbiamo vinto. Questo è il risultato, al novantesimo.»

In effetti gli otto militari, che sembravano imbarazzati, si muovevano come conoscessero ogni angolo dell'isola.

«Ci togliamo il pensiero tutto in una volta. Così a nessuno vengono in mente cattive idee. Tra un'ora qui non si sentiranno più le puttanate della vostra radio né si vedranno signorine in topless, qui rimarrà solo lo Scrigno di Venere, giusto Guerrieri? A proposito, è vero che per questa bravata suo padre dovrà cedere una parte dell'albergo? Ah, che ragazzacci. I padri si fanno un culo così tutta la vita e i capelloni fanno sfumare tutto in un istante. Roba da chiodi. Sa quanto esplosivo mettiamo? Cinquecento chili di tritolo e cinquanta di plastico. Abbiamo portato quattromila prismi di tnt e duecentocinquanta salsicciotti da due chili. E questo solo per la piattaforma, che ai piloni ci penseremo dopo. Vogliamo che da domani non si veda nulla, sopra. Sotto, nessuno si accorge mai di quello che succede. Abbiamo scialato, bando all'avarizia. Salutatela ora, la vostra isola, perché non la vedrete più. Bye bye.»

Fece un cenno agli uomini in divisa perché li facessero scendere. Lorenzo guardò i piloni, Giulio il legno della piattaforma, Elisa la balaustra, Giacomo l'antenna della radio, Enrico la stanza dello studio, Luana e Alfonso il bar, Laura la scaletta da cui era salito Simone. Scatta fu l'ultimo a scendere. Non resse all'intesa sulla scelta di non dare soddisfazione agli invasori e di non mostrare disperazione. Si gettò sulle assi piangendo come un bambino. Si rannicchiò come in posizione fetale, attaccandosi alla base del cannocchiale.

«Non toccatelo» urlò Giulio con una durezza che bloccò l'intervento dei poliziotti. «Ci penso io.»

Gli parlò, lo carezzò e lo convinse ad abbracciarlo. Così lo tirò su e lo avvicinò alla scaletta. Un soldato, un ragazzo della loro età, mentre scendevano, disse piano a Laura: «Io vi ascoltavo tutti i giorni. Mi dispiace. Mi mancherete». La ragazza sorrise. Salirono sulla barchetta che Alfonso guidava con destrezza e furono scortati da una motovedetta oltre la seconda linea delle barche delle forze dell'ordine che, disposte in cerchi, avevano circondato l'isola.

Alfonso aveva puntato verso Rimini.

«Fermati, aspetta» gli intimò Giulio. «Aspettiamo qui. Io non me ne vado. Voglio vedere tutto fino alla fine.»

Ora i ragazzi erano liberi di singhiozzare o di manifestare la loro rabbia. Quella barchetta sembrava una scialuppa dell'*Andrea Doria*, tanto forti erano le emozioni che la riempivano. Solo Giulio restava concentrato. Lorenzo voleva buttarsi in acqua e raggiungere l'isola, Giacomo malediceva le leggi e i codici e gli altri si abbracciavano, piangendo. Restarono così, in silenzio, per decine di minuti. Giulio era in piedi a prua e vedeva gli artificieri armeggiare ai quattro angoli della piattaforma e sulla scaletta.

A un certo punto Balestrini scese dall'isola. Giulio fu solo felice che avesse lasciato a penzolare dalla balaustra i suoi insulsi guanti bianchi. Si allontanò con la sua motovedetta e si collocò all'altezza del primo cerchio, a distanza di sicurezza.

I ragazzi si alzarono tutti, in un silenzio orrendo. Quando Balestrini, già con il braccio levato, chiese: «Tutto a posto? Siamo pronti?», successero due cose. Nino estrasse dalla custodia il sax e, approfittando di quella pausa nelle operazioni e di quel momento di silenziosa sospensione, cominciò a suonare le note strazianti del motivo della *Strada* di Fellini. Tutti si girarono, sbigottiti.

Giulio disse piano a Scatta: «Sei pronto?».

«Certo» gli rispose il ragazzo, con l'occhio già piantato nel mirino della sua Canon. Avvenne tutto nello stesso istante: Balestrini abbassò il braccio e quel cucciolo di fotografo premette il dito sul pulsante dell'otturatore.

Oggi

Il dito carezza quell'ultima immagine come fosse a rilievo. Sembra avverta sulla pelle il fresco dell'acqua e il bruciore del fuoco. Ludmila ha trovato l'album in soffitta seguendo precise indicazioni. Era nascosto in un punto che non è mai uscito dalla sua memoria, che pure comincia ad avere buchi grandi e inspiegabili. È la prima volta, da allora, che lo riapre. Quelle pagine hanno riposato insieme, aderendo l'una all'altra come amanti insaziabili, per più di quarant'anni. Ora le fotografie sono tornate davanti ai suoi occhi, trascinate da sua nipote che ha conosciuto un ragazzo che ha trovato una borsa frigorifera in fondo al suo mare. La vita, che meraviglia!

Forse, senza che lui ne fosse cosciente, l'isola gli aveva dato un appuntamento.

Prima che gli invasori sbarcassero, prima che il tritolo alzasse quella nuvola di fumo, Enrico aveva stipato nella sua borsa frigorifera dischi, carte, oggetti. E poi l'aveva gettata, con una forza figlia della rabbia, in fondo al mare. Lui si era sempre chiesto perché. Ora lo sa. Ciò che è stato resta, si era detto allora per lenire il dolore. Ogni gesto, ogni parola, ogni sentimento sono in un angolo remoto dell'universo e prima o poi tornano. Come l'acqua sospinta dalle maree. Tutto si crea, nulla si distrugge. È la memoria, la forza del mondo.

«Io sono Scatta» dice il nonno guardando Daniela e dopo, solo dopo, Giovanni.

«Queste sono le ultime fotografie che abbia mai fatto in tutta la mia vita. Non potevo immaginare, quando coltivavo il sogno di diventare come il grande Minghini, che fermare la realtà fosse tanto doloroso. Come se i tuoi occhi non perdessero ma trattenessero. Cosa sarebbe se tu potessi vedere a comando le immagini di tua madre quando eri bambino, del primo giorno di scuola, del primo amore, della morte dei tuoi genitori? Fare fotografie è così. Se passi una vita a tenere premuto il dito sul pulsante dell'istantanea poi tutto è dichiarato, esplicito, bianco o nero. Non ti fanno compagnia le pieghe premurose della memoria, che assolvono, riscrivono, cancellano, rimuovono. Tutto è contemporaneo, come il dolore che mi provoca oggi vedere queste foto di quarant'anni fa e sentire, come fossero qui, ora, il rumore di quella esplosione e le grida degli amici e gli schizzi d'acqua sul viso e le lacrime che bagnano il mirino. Lo stesso insopportabile sgomento, la stessa insopportabile sofferenza. Ora vi prego di andare. E tu, Daniela, non dire nulla ai tuoi. È un segreto tra noi. Uno di quelli che saltano una generazione.»

Per sua nipote le lacrime su quel viso sempre allegro sono come quelle nere dipinte sul volto bianco di un clown. Cambiano completamente la percezione di un essere umano. O, forse, la completano.

Ci mette un po' a trovare il cellulare al buio. Maledice la scelta della suoneria, *Have a nice day* degli Stereophonics. Ora quell'auspicio risuona a volume stentoreo in ogni angolo della stanza, finendo con l'apparire grottesco e beffardo.

Lei gli dice: «Che diavolo è?», con quel tono imperativo che a Giovanni dà fastidio.

«Niente, dormi.»

Per tutta la notte gli ha dato solo ordini, come fosse il suo toy boy. Fai questo, fai quello. Un'egoista che si doveva togliere uno sfizio. Gli è stata terribilmente antipatica, mentre facevano l'amore. Tanto che non vedeva l'ora di sgusciare via da quel letto che aveva tante volte immaginato e desiderato. Lei gli ha fatto pesare la sua età e si è comportata, Dio perdoni l'esempio, come la Tabaccaia di *Amarcord* con Titta. Come se lei avesse visto mille film e fatto mille viaggi e lui fosse uno spettatore vergine o uno che non aveva mai conosciuto altro che Rimini. Giovanni si è sentito sfidato e umiliato e allora ha sfoderato tutte le conoscenze apprese sul campo nelle gare precedenti e le ha alimentate con un sentimento che rasentava il disprezzo. Gli è sembrata persino brutta. È stato come se si stessero facendo male, se volessero usare il sesso per schiaffeggiarsi e dimostrare l'una all'altro chi fosse il vero padrone. Non c'è stata alcuna tenerezza, si sono presi selvaggiamente, come se la febbre accumulata, evidentemente da ambedue, nei mesi passati, fosse esplosa in rabbia, in bramosia, in qualcosa di cannibalesco. C'è stata violenza, non passione. Rabbia, non sensualità. Giovanni aveva sognato mille volte quel momento. E ora è arrabbiato con l'adolescente che c'è in lui. Per aver subito il fascino per la signora cinquantenne, una tipica pulsione da tempesta ormonale. Oppure qualcosa di letterario e cinematografico.

Mentre saliva le scale della casa di Francesca, Giovanni si sentiva come Benjamin Braddock del *Laureato*. Suonava alla porta di Mrs Robinson con il cuore in gola. Era stata lei a convocarlo. Non un corteggiamento, un ordine. Quando aveva chiuso la comunicazione, il ragazzo l'aveva immaginata. L'aveva pensata annoiata, in quella giornata di inizio autunno. Con addosso un po' di solitudine. E la voglia di divertirsi con qualcuno che non le desse problemi. Forse, avendo capito che Giovanni le sbavava dietro, aveva anche pensato di fare una buona azione. Non sapeva, la magnifica signora, che Giovanni è cosciente dei suoi mezzi, sa di essere considerato uno dei ragazzi più belli della Riviera. Sa di essere desiderato, anche per quell'aria malinconica e sognante che ben si sposa con la perfezione dei lineamenti e con la massa di capelli neri che, quando passeggia alla Marina, ondeggiano con il vento del lungomare.

«Dove sei?» È la voce che sperava di non sentire. Quella di Daniela. Si alza di corsa cercando, nel buio, di ricordarsi dove diavolo sia il bagno.

«Mi senti? Non rispondevi e allora ho chiamato a casa tua e mi hanno detto che eri a studiare da un amico.»

«È così. Sono da Aldo» sussurra chiudendosi frettolosamente la porta dietro le spalle e scoprendosi in una toilette che sembra un camerino, con le luci accecanti poste, in batteria, sulla superficie superiore dello specchio.

«Senti, il nonno dice che ti vuole parlare, chiede se andiamo subito da lui.»

«Ok, arrivo, ma che ora è?»

«Come che ora è? Sono le undici. Ancora dormivi?»

«Abbiamo tirato tutta la notte su Fichte.»

«Fammi entrare, devo fare la pipì» dice Francesca bussando alla porta.

«Ok, ora vi raggiungo. Ci vediamo lì» sussurra Giovanni prima che Daniela possa fare la domanda che teme. Conclude la telefonata e fa entrare Mrs Robinson. «Devo andare.»

«Così presto? Ci rivediamo?» dice lei con un tono burocratico.

«Non credo proprio» taglia corto Giovanni.

«Giovanni, sai che giorno è oggi?»

«Il 2, anzi no, il 3 ottobre.»

«Appunto. Allora tu e Daniela ora venite con me.»

Escono insieme dal villino di via Ramusio numero 7 e fanno i pochi passi che li separano dalla darsena. I ragazzi si guardano sorpresi. Si sono sentiti spesso per telefono, si sono scritti sms, si sono mandati email, hanno dialogato su Facebook, Twitter e si sono parlati, vedendosi, su Skype. Le loro parole si sono intersecate in modo sempre più perfetto, diventando rapide, istantanee e, nella giornata di ciascuno, insostituibili. La rete invisibile le trasporta febbrilmente, come un complice silenzioso, nascondendo rossori e attese, sorrisi e disappunti. Giovanni si è scoperto a controllare quasi permanentemente il suo cellulare nell'attesa di qualche messaggio. Pensa ai suoi genitori che, quando erano fidanzati, si scrivevano lunghe lettere che la madre aveva raccolto in un mazzetto legato con un nastrino rosa. Lettere lente, che impiegavano giorni a partire, muoversi e arrivare. Giorni contati, da chi spediva e da chi riceveva.

Se Daniela sta più di un'ora senza scrivergli qualcosa, da qualche parte, Giovanni si sente abbandonato. E mette il muso con se stesso. Questo tempo egoista rende in fondo tutti più dipendenti dagli altri. Un brulichio di lettere unisce i punti, attraversando il mondo, con una sensazione di onnipresenza e di contemporaneità che rassicura e stordisce. Però le parole di Daniela non sono come le altre. Sono più attese. Giovanni si è chiesto, anche dopo aver risposto sì alla convocazione di Mrs Robinson, se per caso si stesse innamorando della giovane insegnante di esperanto. Forse anche per quello, si era detto scendendo le scale, Francesca gli era risultata insopportabile.

Ora sono lì, fianco a fianco, e non sanno bene dove il nonno li porterà. Scatta, ormai Giovanni lo chiama così nella sua mente, si ferma davanti alla porta di un edificio a un piano, vicino alla banchina. Estrae un mazzo di chiavi e apre la porta. Entrano, è tutto buio. E tutto vuoto. La luce e la polvere giocano tra loro impazzite. Scatta si appoggia al muro, come se stesse per cedere. La nipote lo sorregge. Giovanni entra in quella desolazione, le mani in tasca. E capisce, guardando un muro, capisce. C'è una grande macchia in cui a fatica si distinguono, consumati dal tempo, colori che dovevano essere stati un verde e un blu.

«Era lo studio di Simone, vero?»

«Sì, l'ho comprato quando partì. Non volevo che nessun altro ci entrasse. È la prima volta che ci rimetto piede, da allora. È qui. È sempre pronto per lui. Un giorno tornerà, ne sono certo. Anche Laura lo aspetta, sempre. Si sposarono e la cerimonia si fece qui. Il sindaco capì i problemi di Simone e forzò un po' le norme. Eravamo solo noi, gli invitati. Avevano trovato una casa qui vicino, proprio a un passo. Io stesso mi ero spostato da queste parti per essergli più vicino. Ma dopo la storia dell'isola stava sempre peggio. E più il mondo accelerava più lui si ritraeva. Più offriva possibilità tecnologiche e di ricchezza più lui si chiudeva. Una volta Laura lo trovò in mezzo a questo studio, per terra, rannicchiato su se stesso. Poi sparì, sarà stato il 1977. Le aveva scritto solo: "Fammi andare, ho freddo. Grazie per avermi dato te. Ma io devo stare *Sittin' on the dock of the bay* e non ho il diritto di costringere nessuno a condividere la prigionia della mia mente. Da ora sei libera di tornare a vivere. Per me, fine pena mai".

«Laura lo ha cercato dovunque per anni. E alla fine lo ha trovato. Si era impiegato nell'osservatorio astronomico di La Silla, nel deserto di Atacama, in Cile. Per anni, dopo quel 3 ottobre, si era messo a studiare astronomia. E poi, chissà con quale fatica, aveva attraversato l'oceano ed era arrivato in mezzo a quel posto solitario e meraviglioso, un deserto dove a primavera nascono i fiori. Laura gli aveva scritto e lui non aveva risposto. Allora lei aveva preso la decisione più dolorosa e difficile della sua vita: riconoscere che era la scelta di Simone, che non aveva senso rinnovargli l'angoscia e farlo di nuovo precipitare in un passato dal quale era fuggito. Gli aveva mandato allora una lettera brevissima: "Io sono qui. Non ti aspetto, ci sono". Lui aveva risposto, in modo ancora più laconico: "Lo so. Ci sei sempre stata. Ma vivi la tua vita. Ti bacio"».

«E gli altri?» chiese Daniela.

Il nonno racconta di Alfonso e di Luana che si erano sposati. Anche se il giorno del matrimonio la bella sposa aveva esitato oltremodo prima di dire sì. Avevano messo al mondo una figlia e un bar in centro. L'ordine di importanza non sempre era stato quello giusto. Per Luana la piccola Rosa era il centro dell'universo. Per Alfonso lo era il bar L'Isola.

Lui, invecchiando, era diventato sempre più brutto e aveva fatto di questa caratteristica una virtù sulla quale scherzava con sofferente autoironia. Una volta aveva detto a Scatta, mentre prendeva un caffè macchiato, di quella notte in cui avevano portato la bimba, allora sei anni, nel loro letto e quando la creatura si era svegliata vedendo il viso del padre aveva lanciato un grido strozzato di autentico terrore.

Poi Luana si era invaghita di un bagnino bravissimo a ballare il rock e se ne era andata, portando Rosa con sé. Alfonso era quasi impazzito per il dolore. Aveva chiuso il bar e, prevedendo un futuro solitario, aveva avviato nelle Marche un lavoro che lo facesse faticare e camminare, «così» diceva «mi distraggo». Aveva allestito un carretto di granatine che, d'estate, alleviavano la sete dei bagnanti di Porto Sant'Elpidio e Civitanova. Una volta Scatta, in gita lì, lo aveva visto. Circondato di bambini festosi che chiedevano orzata e menta o arancia e amarena. Avrebbe voluto chiamarlo. Ma non lo fece.

Giacomo invece si è spostato a Genova, dove si è associato a un avviato studio di diritto della navigazione. È un borghese felice ed esercita ancora. Va in barca a vela e frequenta i circoli in voga in città.

«Non mi aspettavo di più. Era un tipo precisino. Ma arido» confessa il nonno di Daniela.

Celletti era diventato caporedattore centrale ma si era dimesso dopo la strage di piazza Fontana. Non credeva fosse stato Valpreda e non accettò di raccontare una balla ai suoi lettori. Pensava che la bomba l'avessero messa i fascisti. E quando uscì la notizia di Freda e Ventura lui, che era finito a occuparsi di ciclismo, entrò improvvisamente nella riunione di redazione e si mise in piedi, in silenzio, a osservare il direttore con aria di sfida. Per un tempo interminabile, i due si erano studiati come in un duello da saloon nel silenzio generale. Celletti schiumava rabbia, deglutiva in continuazione e teneva i pugni serrati. Poi disse con voce ferma quello che aveva deciso di comunicare ai vertici del giornale, dell'azienda, del governo, dell'Europa, del mondo. «*Pegulo, naivulo*!» Quindi chiuse la porta e andò via lasciando tutti attoniti.

Laura, che era rientrata al giornale e diventata vicecapo della cultura, aveva sorriso senza farsi vedere. Quel «Vaffanculo, coglione» in esperanto rivolto al mondo intero senza che nessuno capisse le era sembrato un tocco d'artista, una performance dadaista.

«Dicci di Lorenzo e di Giulio. Chi dei due conquistò Elisa?» domanda curiosa Daniela.

«È una storia lunga. E dolorosa. Giulio ed Elisa erano insieme. Ma Giulio era, di noi, quello che aveva preso peggio la distruzione dell'isola. Si era chiuso in se stesso. Il gruppo, dopo il processo civile che ci aveva condannato anche al risarcimento delle spese dello smantellamento, si era liquefatto.»

Il ragionier Guerrieri aveva prima alienato una parte della proprietà del Grand Hotel, poi era progressivamente retrocesso, facendo, a ritroso, la strada che lo aveva portato a Rimini. Insomma, alla metà degli anni Settanta, gli era rimasta una pensioncina a Cattolica. Allora riunì la famiglia e disse: «Adesso ci fermiamo. Abbiamo fatto la corsa del gambero. Però ora diamo un nuovo colpo di reni. Non voglio mica tornare a servire a tavola. Io che sono stato proprietario del Grand Hotel e ho conosciuto Marilù Tolo, Scilla Gabel, Fellini, Ira Fürstenberg e Mina. Eh, no. Ora il gambero fa il salto. Ma sorprende tutti perché lo fa in avanti.

«Lorenzo, tu la devi smettere di sentirti in colpa. Io non sono mica un ragazzino. Ho ponderato bene l'affare. C'era tutto. Se l'Eni non si fosse messa di mezzo, oggi saremmo miliardari. E poi hai visto ora quante radio libere? Avevamo previsto tutto, anticipato il futuro. E quell'avventura resterà nella storia, vedrai. Tra vent'anni qualcuno la racconterà e tutti avranno nostalgia di quelle giornate dell'estate del 1968. Ma bando alle nostalgie. Dunque stavolta vi do una comunicazione. Potete dire sì o no. Ma sappiate che io ho deciso. Ho acquistato un grande albergo a Santo Domingo. Un affarone. Ho pagato poco e il paese ha possibilità di sviluppo immense. E c'è un mare che in confronto l'Adriatico sembra uno stagno per le rane. Forse è lì la nostra Isola delle Rose. Lorenzo, vieni con la mamma e con me? Ovviamente poi sarà tutto tuo.»

Come avrebbe potuto dire di no, dopo quello che aveva fatto a suo padre, pensando alla fatica e ai sacrifici di tutta una vita? Lo aveva visto dimagrire, perdere il sorriso e poi un giorno portarsi la mano al petto dicendo: «Sei arrivato, ti aspettavo». In clinica Lorenzo aveva scoperto, dentro di sé, che suo padre era la persona migliore che avesse mai conosciuto. Il ragionier Guerrieri non gli aveva rinfacciato mai nulla, si era sempre caricato, anche con la mamma, alla quale il tempo lo aveva riavvicinato, la responsabilità di aver dilapidato un capitale per un sogno. Un sogno che, si era rimproverato mille volte, forse assomigliava a un capriccio. «Siamo state vittime del Sessantotto, chi lo avrebbe mai detto» scherzava il padre quando era solo con Lorenzo e gli indicava i sensori che aveva appoggiati con le ventose sul petto.

Ma Lorenzo non aveva smesso di vedere Elisa, in tutti quegli anni. Erano amanti clandestini. Giulio aveva coperto la sua parte di debiti facendo il rappresentante non più della Coccoina ma dei biscotti Strudel. Alla fine aveva messo su con fatica una piccola pasticceria. Ma i dolci, con la tristezza che aveva dentro, gli venivano senz'anima; una crema scialba e una panna floscia. Elisa lo aveva seguito sempre, condividendo la sua caduta e i suoi tentativi di risalire. Gli voleva bene davvero e il rapporto segreto con Lorenzo le serviva a non avere altro da rimproverare a Giulio. Quando disse di sì al padre e decise di andare a Santo Domingo, Lorenzo si chiese cosa voleva fare e cosa aveva il diritto di fare con Elisa. «Lascio o raddoppio?» Un giorno lei gli aveva detto che andava al mare con una sua amica a Milano Marittima. Allora Lorenzo si era messo d'accordo con un amico che possedeva un elicottero e lo fece, quello che era nella sua testa dalla prima volta che avevano parlato del trasporto del corpo del Che e del Cristo nella *Dolce vita* del maestro.

«Guardate» aveva sentito dire Elisa da cento voci mentre, con gli occhi chiusi, prendeva il sole sulla spiaggia. Aveva appena fatto in tempo a mettersi seduta che le era apparsa una scena incredibile. Lorenzo che, con le braccia legate ai due pattini del piccolo elicottero, volava a bassa quota sul mare. Sembrava un Cristo crocefisso, ma sorrideva e cercava con lo sguardo qualcuno in basso. Lei restò un po' incerta, si guardò intorno e poi decise che sì. Che quella citazione di Guevara e di Fellini era un dono per lei. E allora che tutto andasse a farsi fottere. Alzò la mano e saltellò urlando il suo nome. Lui sorrise e in quel momento le apparve ancora più bello, ancora più essenziale per la sua vita di quanto non avesse mai pensato prima.

Quella sera Elisa, prima che la storia facesse il giro della Romagna, ne parlò a Giulio. E gli disse quello che aveva stabilito con Lorenzo. Sarebbero partiti insieme. Non volevano restare a Rimini, era meglio così per tutti. Giulio non reagì come Elisa aveva temuto. Non lanciò piatti, non pianse, non insultò lei né il suo amico del cuore. Disse solo: «Le cose hanno un loro itinerario».

«I due partirono e a Santo Domingo hanno fatto davvero fortuna. Fui io a doverli chiamare per dirglielo. Il 3 ottobre 1978, dieci anni dopo la distruzione dell'isola, Giulio fu visto verso sera in spiaggia. Era in piedi e guardava in lontananza. La direzione era quella giusta, verso l'Insulo de la Rozoj. Venne a piovere, e chi era andato allo stabilimento per un aperitivo, in quell'inizio autunno caldo e bizzoso, era riparato all'interno. Qualcuno lo vide ma non fece caso a quell'uomo in piedi sotto la pioggia battente. Senza una parola Giulio si avviò verso il mare. Entrò in acqua vestito com'era e, senza cambiare mai passo, si inabissò lentamente. Andava verso l'isola e forse è l'unico di noi che l'ha rivista.»

Ora Daniela è davvero preoccupata per suo nonno. Continua a fissare i suoi occhi arrossati, un insulto alla sua consueta, invincibile, allegria.

«Enrico e io abbiamo messo su una televisione, alla fine dei Settanta. Andava bene. Poi la pubblicità è venuta a mancare e dovemmo vendere la frequenza. Ma abbiamo fatto un affarone. Io ho scelto qualche investimento ben riuscito e ho preso un po' di quote di alberghi della Riviera. Enrico si è comprato uno stabilimento, quello delle riunioni dei ragazzi, e vive lì felice. A noi, in fondo, è andata bene. Abbiamo vissuto una vita intensa, senza noia. Nessuna guerra da fare, per fortuna, ma tante sorprese da vivere. Su un foglietto l'altro giorno mi sono segnato le cose che mi sono venute alla mente. Le cose che ho vissuto, così, alla rinfusa. L'invasione dell'Ungheria, l'affondamento dell'*Andrea Doria*, Gagarin nello spazio, il suicidio di Marilyn Monroe, la strage di Kindu in Congo, Giovanni XXIII che parla in carcere, l'alluvione del Vajont, quella di Firenze, i Beatles e i Rolling, un ragazzo ammazzato dai fascisti dopo vent'anni dalla fine del ventennio, Tenco che si suicida a Sanremo, la Guerra dei sei giorni, John e Robert Kennedy uccisi come cani, Martin Luther King e Malcolm X, il corpo straziato di Guevara, l'uomo sulla luna, la strage di piazza Fontana, il primo trapianto di cuore, la guerra in Vietnam, Muhammad Ali, Monaco '72, il Watergate, il divorzio e l'aborto consentiti, piazza della Loggia, la caduta di Franco e dei colonnelli greci, il terremoto in Friuli, il rapimento e l'uccisione di Moro, papa Luciani che muore, il papa polacco, la strage di Bologna, John

Lennon assassinato, Ustica, la fine di un ragazzino in un pozzo, un lupo grigio che spara su una tonaca bianca, la P2, l'Italia che vince i Mondiali, la fine del servizio militare obbligatorio, la morte di Berlinguer, Gorbaciov, Chernobyl, la piazza Tienanmen, i telefoni che si portano in tasca, la caduta del muro di Berlino, la morte di Ceausescu, la fine dell'Urss e il colpo di Stato, Mao che era un assassino, Tangentopoli, la Germania unificata, la fine della Dc e del Pci, l'euro, lo strazio di Falcone e Borsellino, la guerra in Iraq e quella nei Balcani, l'uccisione di Rabin e quella di Olof Palme, la strage dei bambini di Beslan, l'Undici Settembre, le televisioni appese al muro o sul telefono, il Viagra, un giovane uomo nero alla Casa Bianca, la Cina capitalista, la recessione e forse la fine dell'Europa.

«Questa è stata la nostra vita, ragazzi. Abbiamo conosciuto tutto tutti insieme, nello stesso momento. Siamo il prodotto di una matrice comune. Siamo stati sfrontati e sicuri, ora siamo fragili e impauriti. Ma abbiamo vissuto, scalato. Siamo caduti e risaliti. Abbiamo vinto e perso. Siamo stati vivi. È l'augurio che faccio a voi, oggi. Pensatevi nel tempo, non nell'istante. Abbiate l'ambizione di fare qualcosa di grande e dunque immaginatelo, sognatelo. Non sono i sogni non realizzati ma quelli non fatti a rendere futile e stupida una esistenza.»

Guarda l'orologio.

«A forza di raccontare abbiamo dimenticato di mangiare. Prendiamoci una bella cioccolata con un po' di paste, che ci teniamo su.»

Si fermano allo Chez vous, ora Bar Pascucci, e continuano a parlare. Intanto Giovanni scrive freneticamente sul suo taccuino. Quella storia era perfetta, per uno dei sassi che, alla prima escursione subacquea, avrebbe lasciato in fondo al mare.

Quando escono il tramonto è cominciato. Un vero spettacolo. Tutto il cielo è rosso e blu e il sole manda uno sbaffo riconoscente di giallo. Scatta si avvia verso lo stabilimento di Enrico, dove i ragazzi ai suoi tempi si trovavano per sognare e parlare. Arrivano sulla spiaggia: è un incanto, quella specie di Piedigrotta di colori sull'acqua, che sembra avvolgere ogni cosa. Si mettono in piedi, davanti al mare, davanti a quello spettacolo irriverente della natura.

Sentono una voce, una sola. Il resto è silenzio, silenzio assoluto.

«Parlavamo sempre di partire ma uno solo, una mattina, senza dire niente a nessuno, è partito davvero.»

È Enrico, che passa una mano attorno alla spalla di Scatta, strizza l'occhio ai ragazzi e si mette al fianco del suo vecchio amico. Ora sono in fila, uno accanto all'altro davanti al mare, dentro al tramonto che li avvolge. Nessuno parla.

Giovanni prende la mano di Daniela, che gliela stringe e pensa: «Finalmente».

È in quel momento, proprio in quel momento, che Scatta rompe il silenzio. Alza il braccio a indicare un punto di mare.

«Ehi, Giovanni, la vedi l'isola? È lì.»

«Sì, Scatta. La vedo. È bellissima.»

Ringraziamenti

> Dicono che c'è un tempo per seminare
> e uno più lungo per aspettare
> io dico che c'era un tempo sognato
> che bisognava sognare.
>
> Ivano Fossati, *C'è tempo*

Ho incontrato il creatore della vera Isola delle Rose, l'ingegner Giorgio Rosa, nella sua casa di Bologna. Mi ha parlato dell'isola, mi ha mostrato le fotografie, mi ha donato una copia dei francobolli e della bandiera. È un uomo di ottantasette anni, con occhi geniali e allegri. Sua moglie Gabriella e suo figlio Lorenzo lo seguono con magnifica dedizione e magnifico divertimento. Quei quattrocento metri di piattaforma sono un pezzo della storia della loro famiglia, segnano un prima e un dopo, come una nascita o una morte, o tutte e due le cose insieme. Davanti a dei pasticcini mi ha narrato tutta la storia di quel progetto folle figlio dell'ottimismo degli anni Sessanta. Non c'era nulla di utopico nel suo disegno, se non lo spirito di innovazione di una generazione che aveva diciotto anni durante i bombardamenti ed era mossa da una incontenibile voglia di vivere, migliorare, scoprire. Erano energia pura, vitalità e ottimismo. Per questo sognavano cose da realizzare, fossero anche impossibili. E cercavano di farlo. Il Sessantotto, nella sua dimensione onnicomprensiva, avvolse anche il suo progetto, colorandolo di tonalità per lui inaspettate. Fu un sacerdote a suggerire l'esperanto e il governo dell'isola era formato da suoi amici e conoscenti. Ma tutto era casuale o, meglio, era spirito del tempo che si depositava, come le «manine» di Fellini. Quelle che, quando cominciavano a scendere dal cielo, a Rimini si diceva «le manine sono su e l'inverno non c'è più». Non c'era più l'inverno, in quel tempo di corse a occhi chiusi, di fiori sociali e di coscienza che sbocciavano senza pause. Verrà, negli anni seguenti, la pioggia livida, anche per le ingenuità e le furbizie sepolte in quelle frenetiche passioni. Ma allora sembrava assurdo essere indifferenti o impermeabili a quella stagione di passioni autentiche. L'ingegner Rosa è stato un utopista per caso. Ha avuto un'idea, ha immaginato, progettato, costruito e pagato per un progetto folle e geniale. L'ha raccontato in un dvd, *L'isola delle rose*, pubblicato dall'editore Persiani. Ricorda ancora tutto, di quei giorni lontani. Con nostalgia che diventa liquida agli occhi, facilmente. Parlare della sua isola, anche se con personaggi di fantasia, è un modo di rendere omaggio a quel talento e a quel coraggio.

Solo a Rimini poteva nascere un progetto così. Per tutte le ragioni descritte nel romanzo. Perché Rimini è poeticamente strana, perché è stata un avamposto di mondo futuro, perché ha rappresentato la prima allegria collettiva di un paese e di un continente che si lasciavano alle spalle le trincee e le camicie tutte di un colore, il fumo delle camere a gas e le biblioteche bombardate, l'odio fra «stranieri» e le guerre civili tra i fratelli della stessa nazione. Rimini allegra e sognante, veloce e ambiziosa era lo scenario migliore immaginabile per il progetto dell'ingegner Rosa e per questa storia.

Ringrazio il giovane e bravo sindaco Andrea Gnassi per i suoi consigli. Ringrazio i grandi riminesi che non ci sono più. A cominciare da Federico Fellini, vecchio amico di mio padre, persona magica e benefattore dell'immaginazione del mondo. E Tonino Guerra, al quale ho rubato (con un anacronismo) le parole alle pagine 131-132, che aveva gli occhi più allegri che abbia mai visto in vita mia. E Alberto Sughi, per il suo talento e le sue visioni.

Grazie a Sergio Zavoli, che è legato alla mia famiglia da qualcosa di profondo che nasce a Rimini. Un giorno del 1947 Sergio stava raccontando, grazie a un cavo telefonico, la partita di calcio Ravenna-Rimini. Tutta la città era in piazza per seguire, da altoparlanti, la voce e le parole di quel ragazzo che vedeva quello che loro non potevano vedere e lo raccontava. Al Bar Forcellini c'era, per caso, un ingegnere della Rai che rimase colpito dalla «tecnologia» e dal talento di quel giovane che usava le parole con maestria. Telefonò a mio padre, allora caporedattore delle radiocronache, per segnalargli quel talento. Tre giorni dopo, per telegramma, papà gli chiese di andare a registrare Bologna-Genoa. Il martedì successivo Sergio ricevette un altro telegramma: «L'aspetto in via Asiago 10! Firmato: Veltroni». Lo racconta Sergio nel suo bellissimo libro di ricordi *Il ragazzo che io fui*. Ravennate, ma riminese d'adozione, mi ha aiutato con mille consigli e suggestioni. Gli sono grato, con l'affetto che sa.

Nando Piccari, vecchio amico e compagno di tante battaglie, mi ha fatto da «basista» in Riviera. Grande conoscitore della città e della sua storia civile, come documentato dal suo *Poveracce e champagne*, mi ha aiutato con la stessa energia che mette in ogni cosa.

Sono molto grato a Giuseppe Musilli, che mi ha accompagnato a conoscere alcuni dei protagonisti di questa improbabile storia. Lui, con Stefano Bisulli e Roberto Naccari, ha curato un dvd, *L'Isola delle rose. La libertà fa paura*, che costituisce la più affettuosa opera di ricostruzione e documentazione di quella esperienza. Così come è pregevole il lavoro dei tanti siti che si sono occupati della piattaforma e, in generale, della magnifica follia delle micronazioni.

Ho incontrato Franca Serra, allora diciottenne, che andò a lavorare sull'isola e lì ha lasciato il cuore. Era una ragazza bellissima e il suo splendore è raccontato da molte foto che la ritraggono nel bar che gestiva sulla piattaforma. Oggi fa fatica a parlarne. «La fine dell'isola è un dolore che ancora non si spegne» mi ha detto, le lacrime agli occhi, ricordando le notti con l'acqua piena di luce vissute lassù. Wolfgang Rudy Neumann era come il libro lo descrive. L'ho trovato a un numero di telefono del suo paese. Anche lui parla di quella esperienza con divertimento e affetto.

Sempre per quel che riguarda Rimini, devo gratitudine a Manlio Masini per una chiacchierata al Grand Hotel e soprattutto per la sua infaticabile fatica di storico della città. I suoi volumi *Radiografie di un primato. Frammenti di storia della marina di Rimini*, *Credere, obbedire, ballare!* e, con Giuliano Ghirardelli, *Viale Vespucci, il cuore della riviera Adriatica* sono davvero preziosi. Come *La Rimini che non c'è più* di Arnaldo Pedrazzi, *Falce, martello e lasagne* di Tiziano Arlotti, Giuliano Ghirardelli e Mario Pasquinelli, *Rimini, la storia urbana*, *Rimini città come storia* di Giorgio Conti e Pier Giorgio Pasini, *I santi riminesi* di Rosanna Menghi, *Riminesi alla menta* di Giuliano Masini. Bellissimi volumi sono anche *Una costa lunga due secoli* di Ferruccio Farina, autore anche di *Romagna e romagnoli*, *Kursaal e dintorni* di Alessandro Catrani, *Tenebrosa Rimini* di Piero Meldini. Ovviamente il mitico *Rimini* di Pier Vittorio Tondelli e un volume pubblicato da Guaraldi con scritti di e su Liliano Faenza. Per capire Rimini del dopoguerra bisogna consultare *Davide Minghini fotografo in Rimini*, che raccoglie alcune istantanee del Vasari per immagini della città. Devo molto anche ai lavori di Amedeo Montemaggi, la «firma» che difese l'isola e di cui, nel romanzo, Celletti non vuole disfarsi. Il suo libro *I tre martiri. 16 agosto 1944* è una intensa testimonianza di quei giorni di sangue.

Per Federico, vale il monumentale *La mia Rimini* pubblicato da Cappelli nel 1967, la *Guida alla Rimini di Fellini* di Giuliano Ghirardelli, la bellissima biografia di Tullio Kezich, l'*Intervista sul cinema* di Giovanni Grazzini, il volume di Bernardino Zapponi *Il mio Fellini*, quello di Vincenzo Mollica *Fellini* e mille altri.

Un grandissimo grazie devo alla dottoressa Oriana Maroni, responsabile della Biblioteca Civica Gambalunga di Rimini e ai suoi collaboratori. Il direttore del Grand Hotel Leopoldo Veronese mi ha raccontato molto del suo albergo e del mito che lo accompagna. Grazie anche a Elisa Marchionni, a Francesca Fellini, a Laura Paolucci, riminesi doc. E a Marco Damilano dell'«Espresso» per la consulenza sull'archivio del suo giornale.

Per l'esperanto ho consultato *Via Zamenhof* di Roman Dobrzynski, *Una voce per il mondo* di Vitaliano Lamberti, *L'esperanto in Italia* di Carlo Minnaja, *Gramsci e l'esperanto* a cura di Andrea Montagner. L'interesse di Licia e Pino Pinelli per l'esperanto è documentato nel bel libro *Una storia quasi soltanto mia* di Licia Pinelli e Piero Scaramucci.

E poi *Babele* di Paul Zumthor, *Diluvio e Torre di Babele* di Andrè Parrot e lo straordinario *Babele* di Silvano Petrosino. Per questa parte è stata fondamentale una lunga conversazione con il rabbino Benedetto Carucci, una delle persone più ricche intellettualmente che mi sia capitato di conoscere.

Un lungo rapporto di stima con il giovane e autorevole costituzionalista Francesco Clementi ha dato origine alla Costituzione «ideale» di cui si parla nel libro. Il libro di Irene Bignardi *Le piccole utopie* descrive molte esperienze comunitarie di grande interesse.

La poesia *Il pane e le rose* di James Oppenheim è stata pubblicata nel dicembre del 1911.

Grazie a Simone Verde per l'intelligente aiuto nelle ricerche. A Silvia Decina e Paola Moretti perché organizzano le cose. A Claudio Novelli, che legge e conforta. E, come sempre, alla dottoressa Giannella della Biblioteca del Senato e a Giovanna Cordani della Nazionale Centrale.

Infine la fantastica Giovanna Cau, energia pura, affetto e competenza. E Rosaria Carpinelli che mi segue da molto tempo con l'intelligenza e la sensibilità che le sono proprie. Massimo Birattari, l'editor ideale. Laura Cantarelli, che ha letto il libro con partecipazione.

Un grazie speciale a Paolo Zaninoni, editore munito di fantasia e libertà, due facoltà rare in una persona sola.

Flavia, anche noi l'isola l'abbiamo vista. Tante volte.

Finito di stampare nel mese di agosto 2012
presso il Nuovo Istituto Italiano d'Arti Grafiche (BG)

Printed in Italy